BASTEI
LÜBBE

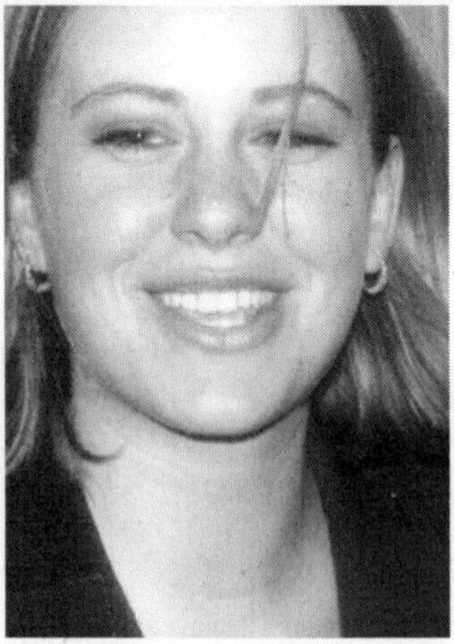

© Athanasios Megarisiotis

Anke Greifeneder

geb. 1972, studierte Jura in Konstanz, wo sie »weder Gerechtigkeit noch einen Ehemann fand«. Sie tauchte ab in die Medienwelt und leitete zunächst die Programmplanung für MTV in London, heute in Berlin. KLATSCHMOHN ist ihr erster Roman.

Über dieses Buch:

Was Pia Mohnhaupt in ihrem Leben widerfährt, kann sie selbst nur zum Teil wirklich glauben: Ein Talkmaster aus dem Fernsehen, der so unverschämt gut aussieht, dass jede Frau unter fünfzig sämtliche Vorsichtsmaßnahmen vergäße, eine Clique von Freundinnen, die ebenso treu wie völlig abwegig sind – und sich allesamt in der gefährlichen Lebensphase des Kind-oder-Karriere-Knicks befinden.
Pia ist – trotz stetiger Ermahnungen, sich nun langsam etwas entschiedener auf die Suche nach Mr. Right zu begeben – entschlossen, ihrem Leben zunächst den notwendigen Glanz zu verleihen. Da kommt Leander gerade recht …

Anke Greifeneder

KLATSCH-MOHN

Roman

BASTEI LÜBBE

BASTEI LÜBBE TASCHENBUCH
Band 15 191

1. Auflage: Septembet 2004

Bastei Lübbe Taschenbücher ist ein Imprint
der Verlagsgruppe Lübbe

Originalausgabe

Dieses Werk wurde vermittelt durch die
Literarische Agentur
Thomas Schlück GmbH, 30827 Garbsen
Einbandgestaltung: Bianca Sebastian
Titelbild: Maritius-Images/Age
Satz: hanseatenSatz-bremen, Bremen
Druck und Verarbeitung: GGP Media, Pößneck
Printed in Germany
ISBN 3-404-15191-7

Danksagung

Hagen, meinen Eltern, meinem Bruder Henning, Agentur Schlück, Tanja »Tanina« Heitmann, Sebastian Schlück, Joachim Jessen, Karin Schmidt, Susanne Haffner, Norbert und Roswitha Sindram, Manou, Nicola, Regina, Kochi, Helga und Franz, Jochen, Pia, Julia, Melli.

eins

Ich hätte es wissen müssen!

Wenn jemand zu den Männern gehört, die im Kino nur aus geheucheltem Interesse sitzen bleiben, bis auch noch der Stadt London für ihre freundliche Unterstützung gedankt wird, kann er nichts für mich sein.

Wenn dieser Jemand auch noch Klaus heißt, macht es das nicht unbedingt besser.

Aber der Reihe nach: Meine letzten Versuche, einen passablen Mann zu finden, waren gescheitert, bis ich auf Klaus stieß, der viel versprechend wirkte.

Klaus hatte Witz, ein nettes Lachen und nichts gegen meine spätpubertären Samstagnachmittage einzuwenden, an denen ich mich darauf beschränkte, »Sex and the City« und »Friends« zu schauen. Und so kam es, dass er mich nach einigen unterhaltsamen Verabredungen ins Kino einlud. Aber nicht in irgendeinen Film, sondern seinen Lieblingsfilm, wie er betonte. Das Meisterwerk war zwar schon etwas älter, wurde aber gerade noch mal im Maxx gezeigt: »Verhängnis« mit Juliette Binoche und Jeremy Irons, den ich eigentlich sehr sexy finde.

Ausgerüstet mit einem Bier und Popcorn war ich bereit, mich zu konzentrieren – auf eine Offenbarung, wenn man Klaus Glauben schenken durfte.

Wie war das gleich? Sag mir, welcher Film dir gefällt, und ich sage dir, wer du bist.

In diesem Fall nahm das Grauen seinen Lauf.

Eine peinliche Story und noch peinlichere Sexszenen; oder glaubt irgendjemand ernsthaft, man könne Lust empfinden, während man mit dem Kopf aufs Parkett geschlagen wird und dabei wellensittichartige Geräusche ausstoßen muss? Selbst wenn es Jeremy Irons ist?

Den »verhängnisvollsten« Fehler beging der Regisseur, als er Juliette eben noch nackt zeigte, also jung und knackig, und dann die betrogene Ehefrau ins Bild laufen ließ. Diese hat gerade erfahren, dass Jeremy die gut zwanzig Jahre jüngere Juliette poppt, die übrigens pikanterweise auch noch die Verlobte seines Sohnes ist – sagte ich schon, dass das Drehbuch nichts taugt? In ihrer Verzweiflung reißt sich die sichtlich ältere und nicht mehr taufrische Ehefrau die Kleider vom Leib und kreischt Jeremy an: »War dir das etwa nicht genug?«

Das hätte sie besser sein gelassen.

Ich kann sagen, nicht nur Jeremy schaute betroffen zur Seite. In diesem Moment war mir klar, dass es nicht funktionieren würde mit Klaus und mir, zumal er mir bei den als Sex getarnten Kampfszenen ein zweideutiges Grinsen zuwarf und etwas wie: »Heiß, ganz heiß«, ins Ohr flüsterte. Der Mann konnte keine Ahnung von weiblichen Bedürfnissen haben. Zumindest nicht von meinen, so viel stand fest.

Also täuschte ich schwere Menstruationsbeschwerden vor – Männer fragen da ja nie detailliert nach – und flüchtete zu Katharina.

Katharina öffnete erstaunt die Tür.

»Und Klaus?«

»Mit Klaus ist's aus«, reimte ich unfreiwillig.

»Na, dann komm mal rein. Lilli ist auch da.«

Natürlich war Lilli auch da. Lilli war immer da und ich meistens auch, abgesehen von meinen kurzen frustrierenden Ausflügen in die schäbige Welt der Rendezvous. Wir kannten uns von der Uni, wo wir einen Kurs für autogenes Training besucht hatten, der einzige Kurs, in dem ich regelmäßig anzutreffen gewesen war. Ich hatte teilgenommen, um meine Prüfungsangst zu bewältigen – lernen wäre wahrscheinlich effektiver gewesen. Katharina war dort gewesen, um neue Männer kennen zu lernen, nachdem sie eingesehen hatte, dass Verbindungs- und Burschenschaftstypen zwar standesgemäß waren, leider aber indiskutabel, denn wer will schon mit einem Kotzkübel ausgehen, dessen Pflicht es ist, sich jeden Abend in die Bewusstlosigkeit zu trinken, und der mit einer Schärpe und einer komischen Mütze vor der Mensa herumsteht, um »Damen« für den Verbindungsball zu werben?

Lilli machte damals eine schwere Zeit durch: Ihr reizender Freund war zum ersten Mal fremdgegangen. Es sollten weitere Affären folgen – bis hin zum krönenden Abschluss mit Lillis Schwester. Sie durchlitt schlaflose Nächte und versuchte mit autogenem Training, ihre Bettschwere wiederzuerlangen.

Seit dieser Zeit waren wir uns Beistand und Ratgeberinnen in allen Lebenslagen, und genau deshalb war ich hier. Ich brauchte eine dritte Meinung. Mich überfielen Zweifel. Hatte ich doch mal wieder vorschnell gehandelt? Wer konnte schon einem Film eine solch übersteigerte Bedeutung beimessen?

»Du hast vollkommen richtig gehandelt. Wenn dein Bauch dir sagt, das ist es nicht, dann lass es lieber gleich«, sprach mir Lilli Mut zu.

Ich wusste, was jetzt kam. Entweder würde sie mir Tarotkarten legen oder eine neue Zusammensetzung von Bachblüten empfehlen. Und wenn gar nichts mehr half, gab es einen heilenden Stein. Muss ich noch erwähnen, dass Lilli neuerdings auf dem Esoteriktrip war?

Dabei hatte sie einen sexy Job bei einem Privatsender, sah aus wie die kleine Schwester von Meg Ryan und ließ in Sachen Stil Jackie Kennedy wie eine Kassenpatientin aussehen. Die Esoterik war ihr eher Mittel zum Zweck, um endlich den passenden Mann und die innere Mitte zu finden.

»Danke, Lilli, lieb von dir.«

Mir schwante, dass Katharina mich nicht so einfach davonkommen lassen würde. Und richtig, innerhalb kürzester Zeit listete sie meine Verfehlungen und Desaster der letzten Jahre auf.

»Na schön, Pia, ich darf dich erinnern: Im zarten Alter von 27 Jahren hast du Marc abblitzen lassen, mit der Erklärung, du fühltest dich noch zu jung für eine Beziehung. Übrigens habe ich mit 26 mein erstes graues Haar entdeckt. Danach kam Patrick, dem du erzähltest, du würdest für ein Jahr nach Indien in eine Meditationsgruppe gehen, und vor dem wir uns regelmäßig verstecken, wenn wir ihn zufällig von weitem in der Stadt sehen. Wie viel Mühe die Beantragung einer neuen Telefonnummer plus Bestechung deiner Eltern gekostet hat, will ich erst gar nicht erwähnen. Und wäre David nicht freiwillig zu seiner Ex zurückgegangen, hättest du deine plötzliche Neigung zu Frauen entdeckt, wofür entweder Lilli oder ich als Alibi hätten fungieren müssen, was ich übrigens immer noch geschmacklos finde.«

»Hör auf, es reicht. Was willst du damit sagen?«

»Na, dass es endlich Zeit wird, dein Problem anzugehen.«

»Welches Problem denn?«, fragte ich erstaunt.

Katharina und Lilli schauten sich viel sagend an.

Aha, sie sprachen anscheinend öfter über mein Problem.

»Du bist komplett bindungsunfähig«, klärte Katharina mich auf. »Du rennst vor jeder Beziehung davon, die eine Chance hätte, ernsthafter zu werden«.

Da saß sie, die Reinkarnation von Greta Garbo und Marlene Dietrich, die Personifikation aller Diven. Katharina von Steinbeck, Chanel-Kostüm, Turban und eine Zigarettenspitze in der Hand. Bei jedem anderen hätte es lächerlich gewirkt, nachgestellt, nicht so bei Frau von Steinbeck. Sie war die Einzige, die es schaffte, mittags am Badesee mit Federboa und Hut zu erscheinen und dabei noch würdevoll auszusehen.

»Und was soll ich eurer Meinung nach dagegen machen?«, fragte ich erstaunt.

Wieder wechselten die beiden Blicke, und mir wurde klar, dass die Lösung meines Problems auch schon feststand.

»Du gehst natürlich zu Dr. Cornelius und sprichst mit ihr.«

Dr. Gabriele Cornelius war die befreundete Haustherapeutin derer von Steinbecks und verdiente ein Vermögen an den Neurosen der Familie.

»Ach, ich weiß nicht, ob das was für mich ist.«

Ich dachte daran, wie viele Jahre Katharina bereits bei der Frau Doktor in Therapie war, erfolglos, wie ich fand, denn ihre Neurosen hatten sich nicht gebessert.

»Pia, du gehst da hin. Ich besorge dir eine Probestunde.«

Katharina verschluckte sich vor lauter Aufregung am Qualm ihrer Zigarette.

»Ich dachte, du wolltest aufhören zu rauchen«, bemerkte Lilli, wohl wissend, dass sie einen wunden Punkt ansprach.

Katharina überhörte die Spitze und wandte sich stattdessen leider wieder an mich.

Mir blieb nichts übrig als einzuwilligen.

»Bevor ich es vergesse. Witta hat bereits angerufen, um zu fragen, wie dein Date denn so gelaufen ist«, ließ mich Lilli wissen.

Witta die Widerliche! Keinem von uns war klar, mit welchem Vergehen wir uns Witta eingehandelt hatten.

Anfangs war sie sehr nett gewesen, hatte uns von der schweren Zeit erzählt, als ihr Mann plötzlich gestorben war, und wir hatten ihr viel Mitgefühl und Bewunderung dafür entgegengebracht, wie tapfer sie sich schlug.

Nächtelang waren wir da gewesen, um ihr Gehör zu schenken und sie von sich sprechen zu lassen.

Irgendwann war das Thema Verstorbener durch gewesen, doch daran, dass sie nur von sich erzählte, änderte sich nichts.

Wann immer Lilli, Katharina oder ich etwas loswerden wollten, hörte Witta kurz zu, nur um nicht darauf einzugehen, sondern jeden Ansatz eines Gesprächs im Keim zu ersticken mit einem: »Ach, das kenne ich. Das ist mir auch mal passiert, nur war es bei mir noch schlimmer, weil ...«

So führte sie einen Monolog nach dem anderen, in dem sie nur kurz innehielt, um uns an den ihrer Meinung nach richtigen Stellen lachen oder empört »nee« rufen zu lassen.

Erst als wir sie zu gut kannten, um sie loszuwerden, hatte sie ihr wahres Gesicht gezeigt. Ihr Talent bestand darin, immer zu riechen, wenn etwas Spannendes, was sie garantiert nichts anging, passierte, um dann mit überflüssigen Ratschlägen zu nerven. Denn Witta hatte Lebenserfahrung. Witta war ja bereits verheiratet gewesen und Witwe. Welch Wortspiel: Witta, die widerliche Witwe.

»Ihr Mann wusste schon, was er tat«, rutschte es Lilli heraus, und Lilli sagt selten fiese Sachen.

Am nächsten Morgen im Büro kam mir meine Assistentin Vera merkwürdig gut gelaunt vor.

Und das hatte seinen Grund.

»Stell dir vor, wen du interviewen wirst!«, rief sie aufgeregt.

»Vera, wir arbeiten in einem Verlag, der sich darauf spezialisiert hat, Biografien zu veröffentlichen, falls du dich erinnerst; da kommt – angefangen von Ebby Thust bis hin zu Helmut

Kohl – eigentlich jeder in Frage.« Inständig hoffte ich, dass es sich um niemanden aus einer Soap handelte, denn Vera schaute leidenschaftlich gerne Soaps. Ansonsten war sie als Assistentin nicht zu schlagen. Freundlich, tüchtig, und was das Beste war: Sie konnte schweigen!

»Also gut«, klärte sie mich auf. »Du kommst nie drauf. Es handelt sich um Leander Berglandt.«

Leander Berglandt! Jetzt war ich an der Reihe zu schlucken. Leander Berglandt war dieser unverschämt gut aussehende Talkmaster, der zwei Shows im öffentlich-rechtlichen Fernsehen hatte. Er war keine dieser schmierigen Eintagsfliegen, sondern seriös, anspruchsvoll und dabei charmant.

Ein Typ, der Generationen vereinte. Generationen von Frauen natürlich. Schon seit Jahren schwärmte ich für Leander Berglandt und hätte in meiner imaginären Männer-Top-Ten für ihn sogar Rupert Everett von der Bettkante gestoßen, falls Rupert je auf die Idee käme, doch noch hetero zu werden, worauf ich und der Rest der weiblichen Hemisphäre wohl vergeblich warteten.

Leander Berglandt!

Und ich war die Auserwählte, die sein bewegtes Leben in Worte fassen durfte!

Witta wird wimmern, dachte ich gehässig, und im selben Moment ging mir durch den Kopf, dass dieser Satz sich vorzüglich als Titel für ihre Biografie eignen würde.

Witta hatte schon immer ein Faible für Glamour und Prominente gehabt, was an sich ja nichts Verwerfliches ist, denn wer – Hand aufs Herz – greift zum »Spiegel«, wenn daneben die druckfrische »Gala« liegt? Doch Wittas Neugier überstieg das gesunde Maß und angemessene Anteilnahme am Glitzerleben bei weitem. Sie sprach von Promis wie ich von meiner Verwandtschaft und ging auch nur in Läden, in denen Boris schon mal beim Whiskey schlürfen gesehen worden war. Dort stand sie mit anderen Möchtegernpromifrauen herum, immer auf der Suche nach einem Unsterblichen. Witta gehörte zu den Frauen, die auch noch mit Anfang dreißig darauf hofften, entdeckt zu werden.

Schauspielerin, Model oder Sängerin – für alles meinte Witta, begabt zu sein, aber anstatt jemals konkret etwas dafür zu tun, sei es mit einer Gesangsausbildung zu beginnen oder zu Castings zu gehen, blieb sie lieber auf ihrem sicheren Posten bei der Bank und wartete darauf, dass ein starker Mann in Form eines Agenten ihr Talent auf der Tanzfläche bemerkte. War Celine Burer nicht genauso entdeckt worden?

Witta beim Tanzen zu beobachten schlug alles. Sie wand sich in allen erdenklichen erotischen Posen, in denen bereits Demi Moore in »Striptease« kläglich versagt hatte, was der anwesenden Männerschar ziemlich egal war, solange es was zu gucken gab. Nicht, dass Witta etwa leicht zu haben gewesen wäre! Nein, seit ihrem Verstorbenen hatte es niemanden mehr gegeben, denn Witta wartete auf die richtig große Nummer, die es wert war, sich hinzugeben. Zumindest für die Aufwand/Nutzen-Kalkulation hatte ihr Job bei der Bank etwas gebracht.

Leider bemühte sich Witta in letzter Zeit auffallend um mich und meine Freundschaft, was nur einen Grund haben konnte: Ich hatte die Schwangerschaftsvertretung meiner Kollegin Jana übernommen.

Jana arbeitete in unserer verlagseigenen Zeitschrift »update« als Kolumnistin und besuchte in dieser Funktion alle wichtigen Premierenpartys, Modeveranstaltungen und Hochzeiten. Ich würde sie für fünf Monate vertreten.

Natürlich war ich aufgeregt und hatte Bammel, ob ich bei den witzigen Vorlagen von Janas Kolumne mithalten konnte, denn bisher hatte ich nur Biografien geschrieben, meistens klassischer gehalten. Das Allerletzte, was ich wollte, war Witta, die versuchte, auf jede Party mitgenommen zu werden. Vor allem jetzt, wo meine Zukunft mit Leander Berglandt zum Greifen nahe lag.

Zum Glück war Stader, mein Chef, noch in Urlaub, und so fiel es nicht auf, dass ich den Rest des Tages damit verbrachte, jedem die frohe Botschaft zu verkünden und Mails zu verschicken, die ich mit: »Herzlichst, deine Pia Berglandt«, beendete.

»Und wann ist es so weit?«

Katharina, Lilli und ich saßen bei unserem Stammthailänder und gingen unserer Lieblingstätigkeit nach: Klatsch auszutauschen. Niemand konnte das besser als wir, und mit niemandem machte es mehr Spaß als mit Katharina und Lilli, denn um richtig tratschen zu können, brauchte es einen kleinen verschwiegenen Kreis.

»Noch vier Tage bis Buffalo«, zitierte ich frei aus »John Maynard«, dem einzigen Fontane-Gedicht, das ich jemals auswendig lernen musste.

»Das ist gar nicht mehr so lange«, sinnierte Lilli. »Vielleicht sollte ich dir schon mal sein Horoskop ausrechnen. Weißt du, welches Sternzeichen er ist?«

»Er ist am 11. November 1962 in Hamburg geboren«, gab ich stolz mein recherchiertes Wissen zum Besten.

»Au weia, ein Skorpion!« Lilli erblasste.

»Du weißt, was das bedeutet?«, übernahm Katharina.

»Nein, weiß ich nicht.«

»Lass es mich so ausdrücken: Falls er dich jemals an sich heranlässt, wirst du die pure Leidenschaft erleben, und wenn er dich wieder loshaben will, die schlimmste Zeit überhaupt.«

»Es sei denn, er hat einen mildernden Aszendenten«, gab Lilli zu hoffen.

»Mädels! Ihr spinnt komplett! Ich habe genug damit zu tun, fabulös auszusehen, da kann ich mich nicht noch mit diesem kosmischen Zeug belasten. Sagt mir lieber, was ich anziehen soll und ob ihr mir Geld fürs Fettabsaugen leihen könnt«, grinste ich. Da musste ich nicht zweimal bitten.

Katharinas Meinung nach musste ich, wie hätte es auch anders sein können, an diesem Abend einfach Aufsehen erregend aussehen, was bei ihr entweder Leopardenturban und schulterlange Handschuhe bedeutete oder eine Abendrobe, bei der nur noch der Kronleuchter auf dem Kopf fehlte – sprich, eine Miniaturausgabe ihrer selbst.

Lilli wollte, dass ich hip, aber gleichzeitig elegant wirkte. Mir war klar, dass wir die Kleiderfrage heute nicht lösen würden, und so schwenkte ich auf ein anderes Thema um.

»Was machen die Männer?«

Katharina räusperte sich. »Außer meiner Liaison mit Christopher kein gutes Material in Sicht. Ich glaube, ich muss mal wieder Herbert fragen. Der hat sicher noch einen Banker oder Unternehmensberater in petto.« Katharinas älterer Bruder Herbert war ein unerschöpflicher Quell an Verbindungen und Namen. Er selbst war eine der begehrtesten Partien der Stadt, nicht nur groß gewachsen, sportlich und gut aussehend, sondern zu allem Übel auch noch intelligent und sehr erfolgreich.

Seine einzigen Schwächen, die er gut zu verbergen wusste, waren seine Bequemlichkeit und seine Hypochondrie. Eine Mischung, die erstaunliche Blüten trug.

Manchmal bekam man Herbert nur durch wüsteste Prophezeiungen dazu, seinen Hintern zu bewegen.

»Wenn du das nicht sofort machst, wirst du einen Gehirntumor bekommen«, drohte Katharina dementsprechend.

Schon das Wort Tumor verursachte Herbert Kopfschmerzen. Hinzu kam, dass eine Computertomographie wegen des Strahlenrisikos nicht oft durchgeführt werden konnte; zumindest hatte Herbert noch keinen Arzt gefunden, der bereit war, ihn regelmäßig nur auf Verdacht in die Röhre zu schieben. Herbert war nicht nur Hypochonder, sondern auch abergläubisch.

»Nimm das mit dem Tumor sofort zurück. Ich glaube, du hast sie nicht mehr alle!«, schrie er Katharina bei diesen Gelegenheiten erbost an. Aber bisher hatte er immer zähneknirschend klein beigegeben, denn man wusste ja nie, ob so eine Drohung sich nicht doch unterbewusst auf den Gesundheitszustand auswirkte.

Abgesehen davon, dass Herbert nach einem Bericht zum Beispiel über Ebola sofort sämtliche Symptome spürte und nur mit aller Überredungskunst davon abzuhalten war, in die Notaufnahme des städtischen Krankenhauses zu fahren, war er schwer in Ordnung; außerdem besorgte er Katharina immer wieder Kandidaten mit Potenzial.

»Bei dir was Neues in Sicht, Lilli?«, bohrte ich.

»Was soll es denn Neues geben? Ich werde als alte Jungfer sterben, die als abschreckendes Beispiel eingeladen wird. Schaut genau hin, Kinder. Das ist Tante Lilli, die mit ihren Katzen in einer Eigentumswohnung lebt. Nein, die Tante Lilli hat keine Kinder. Sie ist schon gesund, sie hätte Kinder bekommen können, aber leider keinen Mann. Wisst ihr, dass ich bei Ally McBeal nie verstanden habe, warum sie von diesem dicken tanzenden Baby träumt und es überall sieht? Inzwischen kann ich an keinem Hundewelpen mehr vorbeilaufen, geschweige denn Hipp-Werbung schauen, ohne mir vorzustellen, wie meine Kinder, die ich nie haben werde, ausgesehen hätten. Und das Schlimmste ist, ich habe Angst, irgendwann irgendeinen Typen zu ehelichen, nur um Kinder haben zu können. Dabei will ich doch nur die besten Gene und nicht einen übrig gebliebenen Sparkassenangestellten.« Lilli war den Tränen nahe.

»Lilli, wann bekommst du deine Tage? Das ist doch PMS, was da aus dir spricht.« Katharina war manchmal nicht sehr taktvoll.

»Dann dauert dieses PMS aber bereits ein Jahr!«, konterte Lilli wütend.

»Ich weiß, dass du keine Kinder willst. Du willst ja wahrscheinlich nicht mal einen Mann, denn dann müsstest du ja etwas von der Aufmerksamkeit, die sich sonst nur auf dich bezieht, abgeben. Da ist es natürlich bequemer, sich nur phasenweise bewundern zu lassen«, fuhr Lilli fort und zeigte ein mir bekanntes Flackern in den Augen. Ich hielt den Atem an.

»Reiß dich zusammen, Lilli! Ich weiß, dass du deine Aussteigerfantasie realisieren willst. Mit einem Mann in der Toskana auf einem Weingut zusammenleben, drei Mädchen in Laura-Ashley-Kleidchen stecken und nebenher Kinderbücher schreiben. Mal im Ernst. Wer von deinen männlichen Bekannten, denkst du, würde das machen? Das Beste wird sein, du gehst mit Pia gleich mal mit zu Dr. Cornelius.«

Mist! Sie hatte meine Probestunde nicht vergessen.

»Weißt du was, Katharina, ich gehe nirgendwo hin«, antwortete Lilli. »Ich glaube nämlich, dass es die große Liebe sehr wohl gibt, und von diesem Glauben wirst du mich nicht abbringen. Lieber werde ich Tante Lilli mit den Katzen als so abgebrüht wie du.« Die Unterhaltung wurde ungemütlich. Und natürlich ließ eine Katharina von Steinbeck das nicht auf sich sitzen.

»Mein Gott, Lilli! Du denkst doch nicht im Ernst, dass ein Mann und ein Kind dich oder dein Leben ändern können. Das musst du schon selbst auf die Reihe bekommen. Sonst sitzt du irgendwann wirklich mit deiner Rama-Familie auf deinem Weingut und heulst plötzlich los, weil du lieber wieder Single sein willst. Und deine Bemerkung, ich sei abgebrüht, überhöre ich und werde sie deiner momentanen hormonellen Verfassung anlasten.« So war Katharina, in einem Moment emotional behindert und im nächsten großartig.

»Vielleicht hast du ja Recht.« Lilli schniefte. »Aber was soll ich denn noch machen, um den Richtigen zu finden? Ich habe mir erst vor einigen Tagen ein Buch über Feng-Shui gekauft. Jetzt ist mein Schlafzimmer voller Delfine und Entenpaare, meine Möbel musste ich fast komplett umstellen und dafür potthässliche Bilder und Kristalle aufhängen. Zu allem Übel habe ich festgestellt, dass mein Klo mitten im Partnerschafts-Chi steht. Kein Wunder also! Ich bin losgezogen und habe Kristalle und Salz im Badezimmer deponiert. Getroffen habe ich trotzdem noch niemanden, obwohl das männliche Chi in meiner Wohnung so was von aktiviert ist!« Im gleichen Moment prustete sie los und lachte selbst mit uns.

Nach zwei weiteren Flaschen Weißwein war die Welt wieder in Ordnung. Wir versicherten uns gegenseitig, wie großartig wir seien, und meine Unterschriftsproben als Pia Berglandt waren gut leserlich auf sämtlichen Bierdeckeln verewigt. Übrigens fanden wir alle die Variante mit einer langen g-Schleife am besten.

Der nächste Morgen begann leider nicht so taufrisch, wie der Abend geendet hatte.

Auf dem Weg zum Büro fiel mir ein, dass Stader wieder da sein würde und ein Telefonat mit Leander Berglandts Assistentin anstand, um unsere Interviewtermine zu planen.

Ich malte mir aus, wie sie in Zukunft unsere Abendessen, die Verlobung und die Hochzeit koordinieren würde. Leander und Pia Berglandt, gern gesehene Gäste auf jeder Charity-Veranstaltung und natürlich immer in der »Gala« zu bewundern unter der Rubrik: »Das Paar, das frisch verliebt wirkt wie am ersten

Tag«. Und unter dem strahlenden Foto steht: »Das Paar hat bereits zwei Kinder, was man ihr überhaupt nicht ansieht. Braun gebrannt erzählen die Berglandts von ihrem Urlaub auf Barbados, ohne Kinder, nur mal wieder zu zweit, und zwinkern sich verschwörerisch zu.«

Kaum war ich zur Tür herein, wurde ich von Staders Lachen in die noch einsame Realität zurückgeholt.

»Pia, habe gehört, du musst dir diesen Poser Berglandt antun. Mein Beileid. Wenn dir der Typ zu schmierig ist, gebe ich den Job an den Schröder ab, den kann ich eh nicht leiden.« Stader gehörte zur Raucherfraktion der Selbstdreher, kam vom Radio, war Hertha-Fan und konnte natürlich nichts mit einem Freigeist wie Leander Berglandt anfangen.

»Willkommen zurück, Stader. Wie ich sehe, ändert dich auch kein Urlaub. Und wegen des anstehenden Jobs: Leander Berglandt gehört zu den talentiertesten Künstlern, die wir jemals in der Unterhaltungsbranche hatten. Und übrigens freue ich mich darauf, mit ihm zu arbeiten.«

O weia, ich merkte selbst, dass das eine Spur zu pathetisch geraten war.

Stader lachte wieder. »Sag nicht, dass du auch einer von diesen peinlichen Berglandt-Fans bist. Ich dachte, der bedient die Zielgruppe meiner Mutter.«

Vera eilte mir netterweise zu Hilfe. »Also nein, Herr Stader, da muss ich widersprechen. Leander Berglandt ist nicht umsonst in der »Marie Claire« zum sexiesten Mann gewählt worden. Ich finde ihn übrigens auch sehr attraktiv und würde mich gerne anbieten, Pia zum einen oder anderen Interview zu begleiten.«

Stader drohte vor Lachen zu ersticken.

»O Gott, ein Nest! Du, Vera, wirst schön im Büro bleiben. Pia hat bereits Begleitung, und zwar einen talentierten Fotografen. Er heißt Max und hat schon des Öfteren Bilder zu Biografien geliefert. Vera, er sitzt draußen am Empfang. Schick ihn bitte mal rein.«

Es dauerte nicht lange, und Vera kam kichernd und mit roten Wangen um die Ecke, im Schlepptau jenen Fotografen, der zugegebenermaßen umwerfend aussah und anscheinend genau wusste, welche Knöpfe er bei Vera zu bedienen hatte. Er bedankte sich höflich und beschenkte die arme Vera mit einem zweideutigen Zwinkern, was sie nervös zu Boden blicken ließ.

Maximilian Vangunten, genannt Max, war der lebendig gewordene Typ aus der Gauloises-Werbung, der sich lässig eine Zigarette ansteckte und aus dem Augenwinkel sein nächstes weibliches Opfer suchte, das er mit seinem »Ich-zeig-dir-das-Leben«-Blick ins Bett zerren konnte. Zerzaustes dunkles Haar, braun gebrannt, aber keine Toasterbräune, sondern ein hart verdientes schönes Haselnussbraun, vom Segeln oder Freeclimbing natürlich. Ich kannte die Sorte Mann, schließlich war ich selbst schon oft genug auf den »Blick, der lügt« hereingefallen. Stader schien große Stücke auf ihn zu halten und blödelte herum.

»Max, pass mir auf Pia auf, die scheint ganz wild auf diesen Berglandt zu sein.«

Max lächelte. Ich auch, aber nicht amüsiert, sondern peinlich berührt und gedemütigt.

»Ich hoffe, du bleibst trotz deines privaten Interesses an Herrn Berglandt professionell«, richtete Max zum ersten Mal das Wort an mich.

Ließ sich die Demütigung steigern?

»Lass das mal meine Sorge sein, Max. Ich mache diesen Job nicht erst seit heute, und glaube mir, es gab schon einige Versuchungen, denen ich nicht erlegen bin.« Warum rechtfertigte ich mich überhaupt?

Max setzte den eben beschriebenen Blick auf, gegen den ich zum Glück immun war, und scherzte süffisant: »Immerhin gut zu wissen, dass du in Versuchung gebracht werden kannst. Sonst würde unsere Zusammenarbeit nur halb so viel Spaß machen.«

Klasse, ein Frauenheld. Zum Glück erkenne ich eine Plattitüde, auch wenn sie noch so gut gespielt ist.

Stader schien die Konversation zu gefallen. Klar, so unter Männern. »Wie ich sehe, versteht ihr euch prima. Dann viel Vergnügen, ihr beiden. Und vergesst nicht, die Assistentin von Berglandt anzurufen.«

Damit waren wir entlassen. Just in diesem Moment läutete mein Handy. Eine aufgeregte Lilli war dran.

»Mensch Pia, wir wollen in zwei Wochen beim Sender einen Charity-Tag zu Gunsten von Kindern in Not machen. Stell dir vor, wir werden sogar echte Kinder ins Studio bekommen, und ich werde auf sie aufpassen dürfen, zumindest auf eines. Dann kann ich den ganzen Tag Mama spielen.« Lilli schnappte nach Luft.

»Das freut mich, Lilli. Dann wirst du ja doch nicht die durchgeknallte Tante Lilli mit ihren Katzen, sondern nur die gestörte Lilli, die anderer Mütter Kinder klaut.« Ich begann, mir ernsthaft Sorgen zu machen.

»Nein, Pia, du begreifst das nicht. Für mich ist das eine Chance, auszuprobieren, wie das wäre mit einem Kind und ob ich dazu geschaffen bin. Und falls ja, kann ich mir einfach ein Kind machen lassen. Herbert kennt sicher einen guten Kindsvater für mich.« Das war kein Scherz. Lilli meinte tatsächlich, was sie von sich gab.

»Lilli, ehrlich gesagt, wird mir die Perspektive mit deiner 2 ½-Zimmer-Wohnung und den Katzen immer sympathischer, aber lass uns darüber heute Abend sprechen. Ich muss zu einem Meeting.«

Max hatte mitgehört und konnte sich natürlich einen Kommentar nicht verkneifen. »So, so, eine durchgeknallte Freundin hast du also auch. Na ja, gleich und gleich gesellt sich gern. Was habt ihr denn für ein Problem mit Katzen? Ich mag Katzen.« Dabei setzte er wieder sein zweideutiges Grinsen auf.

O Mann! »Du bist ja auch keine Frau um die 30, die in der Angst lebt, irgendwann alleine in ihrem Appartement zu sterben und von ihrer fast verhungerten Katze gefressen zu werden«, versuchte ich dem unsensiblen Klotz zu erklären.

»Das ist doch eine ›urban legend‹. Wie die Tarantel in der Yuccapalme oder das Pärchen, das nachts von einem Irren überfallen wird. Dass darauf tatsächlich jemand hereinfällt.« Max schüttelte den Kopf und fügte hinzu: »Weiber sind manchmal echt hysterisch, aber ich mag das an euch!«

Den Rest des Vormittags verbrachten wir damit, unsere Terminkalender mit Leanders abzustimmen. Seine Assistentin klang nicht besonders freundlich, eher streng und auch schon älter, aber wahrscheinlich war sie genau die Richtige, um ihm aufdringliche Leute vom Hals zu halten. Wir einigten uns darauf, Leander für ein Vorgespräch in den Teevee Studios zu treffen, wo seine beiden Shows produziert wurden.

Nachdem Max und ich die Details für die anstehenden Interviews durchgegangen waren, packte er seine Kamera und verabschiedete sich.

»Wir sehen uns dann in den Studios. Ach, und sag deiner Freundin, dass Katzen sich als Kinderersatz nicht so gut eignen. Die sind viel zu selbstständig, und pampern lassen die sich auch nicht gerne. Ich würde ihr eher einen Pudel empfehlen, da hat sie noch eine Chance auf ein Gespräch mit anderen Hundebesitzern. Übrigens, wie sieht deine Freundin eigentlich aus? Die scheint ja Aufheiterung dringend zu gebrauchen. Bring sie doch mal mit.«

Na klasse, ich konnte es kaum abwarten, mit ihm zusammenzuarbeiten. Insgeheim hegte ich die Befürchtung, er könne mir bei meinen Gesprächen mit Leander dazwischenfunken. Ein baggernder Fotograf hatte mir gerade noch gefehlt.

Max, da war ich mir inzwischen sicher, bekam, was er wollte. Der kurze Gang mit ihm durchs Büro und die kreischenden Kolleginnen, die mich hinterher alle beneideten, waren Beweis genug.

Leander war da bestimmt anders. Sicher hatte er viele Jahre in einer Beziehung mit einer feengleichen Künstlerin gelebt, Typ Winona Ryder, zerbrechlich, kindlich und umwerfend schön. Sie hieß entweder Vivienne, Aimee oder Feline; solche Frauen heißen immer so. Vielleicht war sie kompliziert gewesen, dabei aber charmant und dünn, da sie vor lauter Kunst und Arbeit schon mal vergaß zu essen. Etwas, das mir nicht einmal bei einer eitrigen Angina passierte.

Und gemeinsam waren sie ins kommunale Kino gegangen und hatten sich Kurzfilme in Schwarzweiß angeschaut, Frascati getrunken und eine Jazzplatte aufgelegt, während sie sich langsam auszog und er seinen Skizzenblock holte, um ihre fragile Gestalt festzuhalten. Sie bemerkte das erst gar nicht, so sehr war sie mit sich beschäftigt, die kleine Elfe. Ja, so war das sicher bei einem gebildeten Mann wie Leander. Konnte man nur hoffen, dass er auch pragmatischere Frauen wie mich mochte.

Gegen Nachmittag rief meine Mutter an, um mich über die letzten Kleinstadtgeschichten auf dem Laufenden zu halten. Zum Glück gehört sie nicht zu der Sorte Mütter, die einem ständig die verbleibenden Eier vorzählt. Sie führte mit meinem grummeligen Vater ein ausgefülltes Leben und hatte es nicht eilig, Großmutter zu werden.

Sie pflegte stets zu sagen: »Kind, lieber keinen als so einen. Und erst mal baust du dir ein eigenes Leben auf. Immer schön unabhängig bleiben, sonst ergeht es dir wie deiner Cousine Cornelia.« Meine Cousine Cornelia war nach dem Abi ungewollt schwanger geworden, mit ihrer pubertierenden Jahrgangsliebe zusammengeblieben, hatte noch ein Kind bekommen und war jetzt Mutter und Alkoholikerin.

Meine Mutter war auch diejenige, die mich auf Familienfesten verteidigte, wenn wieder spekuliert wurde, was mit mir nicht stimmte.

Auf diesen Festen bot mir Onkel Heinz regelmäßig an, im Notfall bei ihm einzuziehen. Er war Junggeselle geblieben; offiziell war nie die Richtige dabei gewesen, meines Erachtens hatte er sich einfach nicht geoutet. Der Einsatz, den Onkel Heinz an den Tag gelegt hatte, um einen wirklich niedlichen Zivi als Pfleger zu behalten, überstieg ein normales Maß bei weitem. Auch die Tatsache, dass seine ansonsten geschmackvolle Jugendstilwohnung mit Fotos von eben genanntem Jüngling voll gepflastert war, bestärkte mich in meiner Ahnung. ›Großvatergefühle‹ hieß es offiziell, inoffiziell schwärmte er von seinen blauen Augen und apollo-gleichen Lippen.

»Pia, du hast immer ein Plätzchen bei deinem Onkel Heinz sicher«, pflegte er zu sagen. Die Aussicht, irgendwann bei Onkel Heinz einziehen zu müssen, gab mir, so lieb ich ihn auch hatte, immer wieder Energie, die Suche nach einem passenden Deckel nicht aufzugeben.

Meine Mutter fragte interessiert nach Leander, denn natürlich war meine Heimatstadt bereits über das anstehende Interview informiert. Dafür hatte sie gesorgt. »Also ich finde ihn sehr seriös. Du weißt, wir schauen nur öffentlich-rechtlich und 3Sat. Er ist einfach kompetent, hat Charisma und ist dabei nicht aufdringlich. Wobei dein Vater ihn ja nicht so mag. Aber ich finde ihn fabulös. Halte mich ja auf dem Laufenden, Kindchen, hörst du.«

Ich versprach, immer brav Bericht zu geben, und verabschiedete mich.

Nach der Arbeit fuhr ich zu Katharina, die zu einem Spätsommerfest geladen hatte. Natürlich reine Tarnung, um sich von ihrem Bruder Herbert Kandidaten mit Potenzial vorstellen zu lassen. Zum Glück hatte ich das nicht mehr nötig; mein Glück mit Leander war quasi besiegelt. Die von Steinbecks wohnten nicht, sondern residierten in einer mehr als großzügigen Villa, die von einem herrlichen Gartenanwesen umgeben war. Man hatte immer ein bisschen das Gefühl, bei den Carringtons zu sein.

Im Einfall des späten Sommerlichts sah dieses Fleckchen Erde besonders idyllisch aus. In der Einfahrt parkten glänzende Luxuswagen, und ich stellte meinen nicht mehr ganz rostfreien daneben.

Katharina eilte mir in einem langen Kleid mit hohem Schlitz entgegen. Sie fuchtelte nervös mit den Händen und schien seltsam aufgeregt. Es musste etwas passiert sein.

Noch bevor sie mich aufklären konnte, hatte ich ihn entdeckt. Da stand er: groß, graue Schläfen, volle Lippen, eine ausgeprägte Nase, feurige, intelligente Augen, zu schön, um wahr zu sein. Leander Berglandt in Fleisch und Blut.

Mein Herz raste, mir wurde speiübel.

»Katharina, ich kann ihn unmöglich so treffen. Ich bin nicht vorbereitet. Schau mal, wie ich aussehe.« Es war zu spät. Herbert, im Bewusstsein, mir etwas Gutes zu tun, kam direkt auf mich zu, mit keinem Geringeren als Leander Berglandt im

Schlepptau. Ich dachte kurz, die Sonne würde Herbert blenden, bis ich erkannte, dass er mir verschwörerisch zuzwinkerte.

»Hallo, Pia, schön, dass du da bist. Darf ich dich mit Leander Berglandt bekannt machen?« Herbert war in seinem Element. Hoffentlich erwähnt er unsere anstehende Zusammenarbeit nicht, sonst sieht das auch noch eingefädelt aus, ging es mir durch den Kopf.

Doch Herbert schien bemerkt zu haben, dass ich nicht allzu erfreut aussah.

»Schön, Sie kennen zu lernen. Ich schaue gerne ihre Sendungen.« O Gott, wie banal. ›Ich schaue gerne ihre Sendungen.‹ Das hätte ja Tante Eda besser hinbekommen.

Leander schien das nicht zu stören. Wahrscheinlich traf er öfter auf Frauen mit Karnickelstarre. »Und was machen Sie, Pia, wenn ich fragen darf?«

»Ich bin sozusagen eine alte Freundin der Familie«, zog ich mich aus der Affäre. »Aber wenn Sie jetzt denken, ich bin die Haustherapeutin Dr. Cornelius, haben Sie sich getäuscht.« Na, das war doch mal ein witziger Ansatz. Warum nur blickte Katharina so seltsam säuerlich? »Ich komme gerade aus dem Büro und muss mich noch umziehen, Sie entschuldigen.«

Mit schnellen Schritten entfernte ich mich vom Ort des Geschehens. Katharina hinterher. »Pia, das war nicht taktvoll, Dr. Cornelius zu erwähnen. Wie stehen wir denn jetzt da!«

»Entschuldige, ich hab versucht, schlagfertig zu sein, stattdessen hab ich es vermasselt. Ich fahre am besten nach Hause und lasse das Interview den Schröder machen, wie Stader es vorgeschlagen hat.«

Katharina schnaubte. »Nichts dergleichen wirst du tun. Du kommst jetzt mit nach oben. Ich leihe dir was, du schminkst dich und fängst das Ganze von vorne an. Wegrennen kannst du immer noch.« Resolut schleppte sie mich in ihr Ankleidezimmer und begann, ein Designerkleid nach dem anderen vorzuziehen. Prüfend schaute sie mich an. Ich folgte ihrem Blick und sah mich im Spiegel. Größe 178 cm, Haare lang, hellbraun mit goldenen Strähnchen. Augen groß, hellblau. Mund laut Aussage sämtlicher Männer sinnlich. Busen dekolletéfüllend. Ich wusste, dass damit die Schokoladenseiten abgegolten waren. Hüften zu breit. Oberschenkel mit leichten Anzeichen von Cellulite.

Auch die ersten Fältchen um die Augen fand ich nicht sehr ermunternd, aber die lassen sich kaum vermeiden, wenn man dreißig wird. Waden wieder ganz in Ordnung, was nur die Konsequenz zuließ, mich ab der Hüfte in eine Pferdedecke zu hüllen. Natürlich war das übertrieben dargestellt, denn alles in allem sah ich sehr annehmbar aus.

Noch prickelnder waren aber angeblich mein Charme und Witz, die ich bereits entwickelt hatte, als ich noch zu Hause wohnte. Kein Wunder. Ich bin in einer Kleinstadt aufgewachsen, in der es mehr Bäume als Menschen gab und wo ich selbst nach 18 Jahren noch misstrauisch beäugt wurde, weil meine Familie nicht bereits seit vier Generationen dort lebte. Ich war immer die »Zugereiste« oder »Reingeschmeckte« geblieben, die so komisch sprach. Komisch hieß in diesem Fall Hochdeutsch.

Obwohl meine Kindheit und Schulzeit sehr behütet und glücklich gewesen waren, hatte ich es kaum abwarten können, nach meinem Abitur in die große Stadt zu ziehen – sehr zum Leidwesen meiner kleinen Schwester, die sich fortan der geballten Erziehungsgewalt meiner Eltern gegenübersah.

Ich hingegen begann ein Volontariat bei einer angesehenen Tageszeitung, studierte im Anschluss Literaturwissenschaften und landete als Ghostwriter beim Weidelechnerverlag, wo ich Stars und manchmal Sternchen aus der Unterhaltungsbranche beim Verfassen ihrer Biografie unter die Arme griff.

Ich liebte meinen Job, auch wenn ich mich manchmal fragte, wie man im Ernst auf die Idee kommen konnte, mit knapp dreißig Jahren bereits einen Lebensrückblick zu wagen, bloß weil man zur richtigen Zeit am falschen Ort einen prominenten verheirateten Mann gepoppt oder mit viel Silikon und einer riesigen Marketingmaschinerie zwei Chartplatzierungen geschafft hatte. Ich meine die Kategorie »Sängerinnen«, bei denen man denkt, weshalb singen? Ausziehen hätte völlig gereicht.

Spaß machten mir vor allem Fernsehlegenden, verdiente Journalisten oder Schauspielerinnen, die ihr Handwerk wirklich verstanden und nicht in irgendwelchen Vorabend-Soaps durch bauchfreie Tops am Tresen zu Ruhm gelangt waren.

Leander gehörte natürlich zur äußerst seriösen Kategorie, und genau deshalb konnte ich ihm nicht in irgendeiner Aufmachung begegnen. Sowohl Katharina als auch mir war klar, dass ich in ihre eng anliegenden Dolce & Gabbana-Fummel nicht hineinpassen würde.

Zum Glück fand sie einen wadenlangen schwarzen Rock, der passte. Dazu Riemchensandalen, die nur etwas zu groß waren, und ein Top, das mein Busen fast sprengte. Die Haare wurden hochgesteckt, mein Gesicht etwas abgepudert, ein Spritzer Parfum, und schon fühlte ich mich erheblich besser.

»So, Pia Mohnhaupt, jetzt gehst du da runter, zeigst deine perfekten Beißerchen und lässt die Witze über unsere Familientherapeutin schön sein. Übrigens, du siehst hinreißend aus. Na ja, kein Wunder, sind ja auch meine Klamotten.« Katharina war zufrieden mit ihrem Werk.

Auf halbem Weg nach unten hörte ich eine mir nur zu gut bekannte durchdringende Stimme sagen: »Also ich persönlich fand Ihre letzte Sendung ergreifend. Wie kann ein Mann nur so viel Feingefühl besitzen!«

Witta die Widerliche, wer sonst. Natürlich hatte sie sich an

Leander herangemacht. War wahrscheinlich der Einzige, der ihrem Verstorbenen das Wasser reichen konnte. Ich tippte Katharina an die Schulter.

»Was macht denn Witta hier? Ist der Abend nicht schon schlimm genug?«

Katharina seufzte. »Ich habe sie nicht eingeladen. Sie hat Herbert zufällig in der Stadt getroffen, und der hatte nichts Besseres zu tun, als sich zu verplappern. Sie hat ihn mehr oder weniger verhört. Auf jeden Fall ist sie beleidigt und ignoriert mich schon den ganzen Abend. Wollen wir mal hoffen, dass das anhält.«

Witta hatte mich bereits auf der Treppe bemerkt, machte aber keine Anstalten, mich zu begrüßen oder dazu zu bitten.

Die Nachricht war eindeutig. Ihr wolltet mich nicht dabei haben, und jetzt stehe ich mit dem begehrtesten Mann der Nation hier und unterhalte mich blendend. Zwar stand noch eine bunt gekleidete Frau mit grauem kurzem Haar daneben, aber die schien sich nicht groß am Gespräch zu beteiligen. Witta trug mal wieder eines ihrer »Schaut-her-ich-kann-einfach-alles-tragen«-Kleidchen.

Zeit für eine Caipirinha.

Ich stakste in Katharinas geliehenen Riemchensandalen zur Bar, bestellte eine Caipirinha, eine zweite, eine dritte und fand mich langsam, aber sicher unwiderstehlich. Ich schlenderte durch den Garten, und förmlich alle Blicke schienen an mir zu hängen, jeder schaute mir nach.

Gemächlich schlenderte ich zurück, und tatsächlich ruhten wieder alle Blicke auf mir.

Ich meinte sogar Getuschel zu hören.

Durch so viel Aufmerksamkeit wurde mein Selbstbewusstsein gestärkt. Übermütig gesellte ich mich zu Witta, Leander Berglandt und der unbekannten Dame, was Witta nicht sonderlich erfreute. Leander grinste.

»Ach, die Frau Doktor ist zurück. Gruppentherapie für heute beendet?« Dieser Mann, dieser Blick!

»Ach, für Sie würde ich auch Einzelsitzungen machen, Herr Berglandt. So eine Analyse sämtlicher Kindertraumata mache ich in null Komma nichts. Und dafür knöpfe ich keinen Cent ab. Bin ja nicht so ein Halsabschneidertherapeut!«

In diesem Moment hob die bunt gekleidete Dame die Augenbrauen und sprach mich an. »Sind Sie nicht Katharinas Freundin Pia, die sich bei mir wegen Bindungsschwierigkeiten zur Beratung anmelden möchte? Cornelius mein Name, Dr. Gabriele Cornelius. Ich habe schon viel gehört von Ihnen.« Gab es eine entwürdigendere Situation?

Ich murmelte etwas von: »Freut mich, Sie kennen zu lernen, möchte nur schnell an die Bar.« Dann machte ich mich aus dem Staub. Hinter mir hörte ich Schritte.

O nein, die würde mich doch nicht voll quatschen wollen! Ich beschleunigte meinen Gang.

»So warten Sie doch, Pia.« Hatte ich mich verhört? Das war Leander Berglandt, der mir folgte. Fühlte er unser beider Bestimmung?

Erwartungsvoll drehte ich mich um. »Pia, Sie haben aus Versehen Ihren Rock in die Unterhose geklemmt. Jeder kann es sehen. Sie laufen damit bereits seit einiger Zeit durch den Garten. Ich dachte, jemand sollte es Ihnen sagen.« In diesem Moment war mir klar, dass ich den Rest meines Lebens bei den Barmherzigen Schwestern verbringen würde und nur ab und zu meine durchgeknallte Freundin Lilli mit ihren Katzen zu Besuch käme.

»Oh, danke«, stammelte ich. »Ich glaube, ich habe alle Möglichkeiten der Blamage heute Abend ausgeschöpft. Es ist besser, ich gehe nach Hause.«

Leander Berglandt lachte. »Schade, das mit der Bindungsunfähigkeit hätte mich interessiert, Dr. Freud.«

Täuschte ich mich, oder war er tatsächlich amüsiert?

»Übrigens, ohne Ihnen zu nahe zu treten, glaube ich, trennen uns nicht so viele Jahre, als dass wir beim Sie bleiben müssten. Ich bin Leander.«

Ach was, wer hätte das gedacht! Ich zwang mich, beim Thema zu bleiben, was mir angesichts meines angetrunkenen Zustandes nicht allzu leicht fiel.

»Ich denke, auf dieser Party weiß fast jeder über mein Privatleben Bescheid, sodass Sie – pardon – du dich aus zweiter Hand informieren kannst. Irgendwo da hinten habe ich einen Verehrer und Beinahe-Freund gesichtet. Und ansonsten wird Witta gerne behilflich sein. Mir ist nur so schlecht. Ich muss schnell nach Hause.«

»Du willst doch nicht etwa in diesem Zustand noch Auto fahren?« Entsetzt schaute er mich an.

»Nein, ich rufe mir ein Taxi«, erwiderte ich matt. Mir wurde immer übler.

»Kommt gar nicht in Frage. Ich fahre dich nach Hause, wer weiß, wen du heute sonst noch beleidigst.«

Warum konnte ich nicht nüchtern sein? Stolz wie Oskar hätte ich neben Leander Berglandt im Saab Cabrio gesessen. Stattdessen konzentrierte ich mich nur darauf, nicht zu sprechen und den Mund in den Kurven schön zuzulassen. Bei jeder seiner Nachfragen – »Geht's noch?« – nickte ich nur und reckte den Daumen in die Höhe. Er begleitete mich bis zur Tür.

»So, bis zur Kloschüssel findest du den Weg sicher auch alleine. Ich hoffe, wir sehen uns wieder, und dann erzählst du mir alles über deine Beziehungsunfähigkeit. Es war ein sehr amüsanter Abend. Gute Nacht.«

Da ging er hin, der Mann aller Männer, Gentleman und Sexsymbol in einer Person.

Das Rütteln ging mir langsam auf die Nerven. Seit einer geschlagenen halben Stunde bollerte irgendjemand an meine Tür. Mir schwante, dass ich das Geklopfe nicht mehr lange ignorieren konnte. Dabei wollte ich nur eines: einen gefälschten Pass, Sonnenbrille, Bargeld und möglichst ohne viel Aufhebens das Land verlassen. Irgendwo in Brasilien lebte eine Großtante väterlicherseits. Bis zu ihr musste ich es schaffen.

»Pia, mach endlich auf! Sonst gehen wir zu deiner Nachbarin und holen den Ersatzschlüssel.« Katharinas Stimme klang nicht besonders geduldig.

Ich kroch zur Tür, streckte eine Hand nach der Türklinke aus und öffnete.

Katharina, gestylt und leider auch parfümiert wie immer, trat mit Lilli im Schlepptau ein.

»Wir möchten alles wissen, jedes Detail.« Ihre Augen blitzten neugierig. »Dr. Cornelius fragte übrigens, ob deine Beziehungsunfähigkeit vielleicht mit deinem Alkoholproblem zusammenhängt.«

Sie und Lilli lachten los.

»O Mann, du warst der Brüller der Party. Aber was war denn mit Leander?«

Ich winkte ab. »Erinnert mich nicht daran! Wie konntet ihr mich so viel trinken lassen! Ihr wisst doch, dass ich nichts vertrage.« Mein Kopf schmerzte nicht so schlimm wie befürchtet.

»Pia, du warst auch schon peinlich, bevor du betrunken warst«, wandte Katharina ein.

Wieder lachten die beiden.

»Danke, herzallerliebst. Was soll schon gewesen sein? Ich konnte nicht mehr fahren, er hat mich nach Hause gebracht und ist dann wieder gegangen.« Mir war immer noch übel.

»Ja, und zwar zurück auf die Party«, klärte Lilli mich auf.

»Super, dann konnte sich Witta noch mal an ihn heranmachen, nachdem ich alles vermasselt hatte.« Jetzt schmerzte mein Kopf stärker.

Katharina sah mich triumphierend an. »Wie ich aus zuverlässiger Quelle weiß, hast du überhaupt nichts vermasselt. Leander fand dich – ich zitiere – ›zwar etwas durchgeknallt, aber sehr erfrischend und charmant‹.«

Schlagartig war ich wieder wach. »Woher weißt du …?«

»Tja, auf Herbert ist einfach Verlass. Außerdem fühlte er sich für deinen Auftritt mitverantwortlich, wo doch einer seiner Freunde Leander mitgebracht hatte.«

»Dann ist ja noch gar nicht alles verloren.« Ich fühlte mich deutlich besser.

»Eben, und wenn er dich in deinem etwas zweifelhaften Zustand immer noch charmant fand, kann es nur besser werden.« Katharina dachte zweckoptimistisch.

Meine Zukunft war gerettet!

Wir ließen uns auf mein Himmelbett fallen, das nicht der einzige kitschige Gegenstand in meiner Wohnung war. Trotzdem war sie gemütlich.

Und um meine freistehende Badewanne mit vergoldeten Füßen, in der ich an kalten Winterabenden lag, beneidete mich wirklich jeder.

Jetzt musste ich nur noch bis abends wieder fit werden. Meine erste offizielle Schwangerschaftsvertretungsparty stand ins Haus, und ich konnte unmöglich so, wie ich aussah, dort aufkreuzen. Am Ende war Leander auch da!

Es handelte sich um die Modenschau einer jungen Designerin, die als deutsche Antwort auf Donna Karan gefeiert wurde. Irgendwie hatte ich immer ein schlechtes Gefühl bei diesen Vergleichen. Und mein Gefühl trügt selten. Immer diese »deutsche Antwort auf …«, und das für irgendwelche gecasteten Boybands mit Postleitzahlennamen, die kurze Zeit später nur noch durch Festnahmen in bekifftem Zustand Schlagzeilen machen …

Wie pflegte mein Vater stets zu sagen: »Wer sich gern ein Vorbild nimmt, beachte, ob die Größe stimmt, denn ist das Vorbild fern und weit, frustriert die Unerreichbarkeit.«

»Was ziehe ich eigentlich heute Abend auf diese Fashionparty an?«

Vielleicht konnten die Mädels mir helfen.

»Was steht denn auf der Einladung?«, hakte Katharina – wie immer sicher auf dem Gesellschaftsparkett – nach.

Ich kramte die Einladung hervor. »Nichts Bestimmtes. Nur mein Namen plus eins, was wohl bedeutet, dass ich noch eine Person mitbringen darf. Aber von wegen Abendgarderobe oder so finde ich nichts. Bestimmt ist das verpönt bei den Profis.«

Katharina sah sich die Einladung genau an. »Hm, dann weiß ich auch nicht. Wahrscheinlich trägt man anstandshalber ein Stück der Designerin, die lädt, oder gar kein Label.«

Lilli wusste Rat. »Ganz in Schwarz kannst du nie was falsch machen, schließlich kommt Lagerfeld damit seit Jahren gut durch. Oder du trägst 80er, als Hommage an deine Jugend.«

»Lilli! Als der 70er-Jahre-Retro-Schlaghosen-Hippie-Rüschenstyle hip war, habe ich gerne mitgemacht. Auch die frisurentechnische Anlehnung an die 60er fand ich okay. Und das Revival der 30er-Jahre fand ich sogar klasse, weil mir der Marlene-Dietrich-Hosenanzug einigermaßen steht. Aber ich habe mir weiß Gott geschworen, nie wieder in ein Jackett mit Schulterpolstern oder einen Fledermausärmelpulli á la Batman zu steigen, geschweige denn mir Ohrwärmer mit rosa Puschelfell anzuziehen oder gar Leggins – am besten unterm Rock – zu tragen. Und wenn jemand es wagt, in meiner Gegenwart das Wort asymmetrisch oder – noch besser – asymmetrischer Haarschnitt zu verwenden, schreie ich. Mir reicht es schon, dass die Mode der 80er meine gesamten Jugendfotos unvorzeigbar gemacht hat, oder glaubt heute noch jemand ernsthaft, dass bunt gesprenkelte Hornbrillen, die bis zum Mundwinkel hängen, sexy sind? Wenn überhaupt, gehe ich da in Schwarz hin.«

Katharina, die herzhaft lachen musste ob meiner Ausführungen, schlug vor, wenigstens braune oder caramelfarbene Schuhe zu tragen, denn so, klärte sie mich auf, sei es das persönliche Credo von Armani, braune Schuhe zu Schwarz zu tragen, und in einem Insiderkreis würde man das sicher mit einem anerkennenden Blick honorieren.

»So wie ich aussehe, wird auch das Armani-Credo nicht helfen können«, ließ ich nach einem vorsichtigen Blick in den Spiegel verlauten.

Mir war immer noch nicht wohl, und bei der Vorstellung, den Abend alleine durchzustehen, wurde es nicht besser.

»Will denn keine von euch mich begleiten?«, fragte ich Katharina und Lilli.

»Wir dachten schon, du fragst nie«, tadelte mich Katharina.

Und so wurde Katharina zu meiner ›plus eins‹ erklärt, und Lilli bekam Vorrecht auf die nächste Einladung.

Pünktlich, wie auf der Einladung gebeten wurde, waren Katharina und ich zur Stelle, nur um feststellen zu müssen, die Ersten zu sein.

Katharina, die als Tochter aus einflussreichem Hause eher Wohltätigkeitsveranstaltungen und Bälle gewohnt war, hatte auch nicht gewusst, dass das Motto »Je später der Abend, desto schöner die Gäste« war, wobei das eigentlich nahe liegend war.

Wir schlenderten durch die minimal puristisch gehaltene Location, die nur durch verschiedene auf Wände geworfene Dias geschmückt war, auf der Suche nach dem Buffet.

Weit und breit nichts zu sehen, nicht einmal Kanapees wurden gereicht. Dafür aber umso mehr alkoholische Getränke.

»Gibt's hier nichts zu essen?«, flüsterte ich Katharina zu, die mit ihrem Outfit wieder übertrieben hatte und wie der lebendig gewordene schwedische Kronschatz über die Veranstaltung oder »Show«, wie man in Modekreisen sagte, wandelte.

»Vielleicht essen die ja wirklich alle Watte!«, gab Katharina zu bedenken.

»Watte?«

»Ja, hast du das noch nie gehört? Angeblich tränken Models Wattebausche mit Orangensaft oder Brühe und essen das, um ihren Magen zu füllen und das Hungergefühl zu unterdrücken.«

Ich war sprachlos und schaute Katharina an, um zu sehen, ob sie mich hereinlegen wollte. Anscheinend stimmte es.

»Pia, sei nicht so naiv! Wie willst du denn über eine Fashionshow schreiben ohne das geringste Hintergrundwissen?«

Das fragte ich mich allerdings auch!

Nach und nach trudelten die Gäste ein. Schmale, ätherische Wesen mit einer lahm gelegten Mimik, was wahrscheinlich daran lag, dass sie vor lauter Hunger einfach zu kraftlos waren, um zu lächeln.

Bei den älteren lag es eher an einer Überdosis Botox, aber an sich hatte ich das Gefühl, dass Lachen nicht gut ankam. Wer hätte gedacht, dass Mode ein so ernstes Thema sein konnte?

Wir versammelten uns auf unseren Plätzen, wobei die Nummern tatsächlich nach Wichtigkeit und Ansehen verteilt waren. In der ersten Reihe saßen der »Jetset« und Modekritiker sowie die Redakteurinnen der wichtigen vier Hochglanzmagazine. In der zweiten Reihe saßen Industriellengattinnen und Politikerfrauen. Ab der dritten kamen wir und einige andere junge Kolleginnen, die nicht für die »Großen Vier« schrieben.

Hier war es sehr einfach, seinen sozialen Rang festzumachen. Reihe drei war okay, gutes Mittelmaß, hatte ich bemerkt. Wahrscheinlich dauerte es fast ein Leben lang, bis man sich zu Reihe eins vorgearbeitet hatte, um dann mit strengem Blick über die neue Sommerkollektion zu gleiten. Mir reichte Reihe drei vollkommen, die Rippen der Models sah man auch bis hierher.

Wie viele Wattebausche sich in den glatten Bäuchen wohl sammelten?

Ob es da Geschmacksunterschiede gab?

Vielleicht hatte man irgendwann eine Lieblingsgeschmacksrichtung und wollte nur noch Wattebausche von dm und wurde ganz wuschig, wenn die alle waren oder man welche von Schlecker nehmen musste.

Ich konnte förmlich die Gespräche der Model-WG hören, bevor eine zum Einkaufen geschickt wurde.

»Für mich ein Evian, eine Packung Marlboro lights und die weißen Wattebausche von dm bitte.«

Die Vorstellung ließ mich kichern, und ich flüsterte sie Katharina, die sich mir pikiert zugewandt hatte, ins Ohr.

Sie schüttelte den Kopf.

»Du bist doch nur neidisch«, flüsterte sie hinter vorgehaltener Hand zurück.

Natürlich war ich das und schwor mir dringend, eine Obstwoche einzulegen.

Von den Kreationen verstand ich nicht viel. Nur an den verschiedenen »Ahs« und »Ohs« konnte ich erkennen, wann ein Stück gelungen war. Zum Glück musste ich nur über die Show und anwesenden Promis schreiben.

Zu Anfang befürchtete ich, den ein oder anderen wichtigen Szenegänger nicht zu erkennen, aber Katharina war ein wandelndes »Who is Who?«, und wenn sie jemanden nicht erkannte, war er eh nicht interessant genug.

Da »update« ein trendiges, junges Magazin war, kam es vor allem auf Szenemenschen an, die sich meistens freundlicherweise so auffällig benahmen, dass auch dem Letzten klar wurde, dass sie unbedingt aufs Foto mussten.

Nachdem das letzte Model den blanken perfekten Busen durch einen Hauch von Stoff hatte durchblitzen lassen und die Designerin, die so überhaupt nicht nach Model aussah, auf den Laufsteg gekommen war, und alle frenetischen Beifall gespendet hatten, ging es zur Aftershowparty, die – man höre und staune – mit Essen aufwartete!

Natürlich mit der kalorienarmen Variante. Sushi, viel Obst und Salat.

Es gab sogar ein Salatdressing für ganz Übermütige.

»Schau mal, Katharina, es gibt doch etwas zu essen«, freute ich mich.

»Na, super, dann sind die Toiletten alle besetzt, und ich muss dringend.«

»Katharina, komm mir jetzt nicht mit der Bulimie-Nummer. Du kannst das nicht verallgemeinern.«

Katharina zog die Augenbrauen hoch und seufzte. »Dein guter Glaube in Ehren, aber wo lebst du eigentlich?«

In einer Welt, in der ich versuchte, mich nicht mit Vorurteilen abzugeben. Ich glaubte den Mädels, dass sie eben einfach einen guten Stoffwechsel oder eine Schilddrüsenüberfunktion hatten und deshalb in der beneidenswerten Lage waren, alles essen zu können. Meine Freundin Anna gehörte auch zu dieser glücklichen Spezies und hatte es satt, dass alle eine Essstörung vermuteten.

Und warum sollte das bei Models anders sein?

Nun gut, einmal hatte ich schon gestutzt, als Naomi in einem Interview verlauten ließ, dass sie normal esse und ab nächster Woche sogar wieder Kohlenhydrate zu sich nehmen würde. Und Felicitas Klee, unsere tolle Felicitas Klee, sagte, sie sei nicht umsonst so rank und schlank, sondern müsse diszipliniert essen und trainieren. Sie würde sich immer wundern, wenn sich Menschen bei einem Abendessen alle Gänge reinschaufelten, während sie brav an ihrem Gemüse kaute, und dann fragten: »Wie schaffen Sie es nur, eine so tolle Figur zu halten?«

Heidi Klum sah wenigstens gesund aus und hatte diese natürliche, humorvolle Art.

Die Aftershowparty war ein voller Erfolg – für mein Selbstwertgefühl! Wie kann man auch freiwillig nach einer durchzechten Nacht auf eine Modelparty gehen? Und nein, Models sehen nicht erst nach stundenlanger Arbeit mit hundert Visagisten und Stylisten nach was aus!

Das ist ein Gerücht, um uns Normalsterblichen Mut zu machen. Diese großen schlanken Mädels mit unglaublichen Haaren, Haut und Zähnen waren auch so einfach umwerfend. Natürlich gab es Ausnahmen, aber wer behauptet, man würde ein Model im normalen Leben nicht erkennen, lügt!

Katharina stupste mich in die Seite. »Schau mal, da kommt die Fashionpolizei!«

Wer? Katharina wusste inzwischen, dass ich völlig unbedarft war, und klärte mich auf.

»Das sind Laurent und Oliver, die Fashionpolizei. Sie bestimmen, was hop oder top ist, und wählen jedes Jahr die Menschen des Jahres, die am besten oder schlechtesten gekleidet sind. Diese Liste wird immer in den großen vier Magazinen veröffentlicht, und die Beurteilungen sind gnadenlos. Sämtliche Boulevardsendungen nehmen die Liste als Vorlage, und wenn du erst mal bei hop stehst, bekommst du garantiert keine Designerklamotten umsonst, um Werbung zu machen. Da fangen gleich alle an zu zittern und unterhalten sich besonders nett mit ihnen.«

Aha! Dass Laurent und Oliver selber nach so gar nichts aussahen, schien niemanden zu stören. Was sollte ich nur über diese Veranstaltung schreiben? »Botox ist das neue Schwarz?«

Mich beschlich das Gefühl, besser nicht zu versuchen, witzig zu sein, sondern einfach brav aufzuzählen, wer sein gorgeous face gezeigt und wer mit wem geplaudert hatte. Ich schlich mich nach draußen und rief Jana an. Sie hatte mir gesagt, dass ich sie jederzeit anrufen dürfte.

Zum Glück war sie noch wach. Ich berichtete ihr von meinem Problem, und sie lachte.

»Pia, das hast du ziemlich schnell erkannt. Fashion ist ein Thema für sich. Am besten fährst du wirklich, wenn du sachlich berichtest, was zu sehen war und wer sich die Ehre gab. Witzige Zeilen kannst du dir für Filmpremieren oder Cluberöffnungen aufbewahren.«

So sollte es sein. Todmüde machten wir uns in den frühen Morgenstunden vom Acker, und ich tippte brav meine Zeilen, bevor ich endlich in meinen wohlverdienten Schlaf sank, nur um von Leander Berglandt zu träumen, der auf einem Laufsteg vor mir hin und her stolzierte, umgeben von drei barbusigen Models.

Das restliche Wochenende verbrachte ich damit, mich auf Vordermann zu bringen und mein Konzept für die Biografie durchzugehen.

Vor allem aber malte ich mir Leanders Gesicht aus, wenn ich mich unverhofft als seine Ghostwriterin entpuppen würde.

Ich konnte kaum erwarten, dass es Montag wurde.

zwei

»Love is in the air, everywhere I look around, love is in the air …« Die Boxen voll aufgedreht, laut mitsingend, flitzte ich in meinem alten Cabrio dem Glück entgegen.

Konnte eine Woche besser beginnen?

Von wegen Montagmorgen-Blues. Ich war jung, sah hinreißend aus, hatte ein Vermögen für mein Outfit ausgegeben und konnte sogar mit den Backgroundsängerinnen mithalten.

In einigen Stunden würde ich, dieses Mal nüchtern, dem Mann meines Lebens gegenüberstehen.

»Love is in the air in every sight and every sound …«

Schaut nur her, ihr Fußgänger. Ich weiß, meine Musik ist viel zu laut und ich fahre auch zu schnell, aber was wollt ihr jetzt machen – mich einsperren?

Max stand schon am Eingang des Studios. Streber! Der macht doch nur wieder einen auf super-professionell. Wahrscheinlich hatte er die Nacht vor dem Studio gecampt.

»Na, aufgeregt?«, fragte Max und setzte sein unverschämtes Grübchengrinsen auf.

Ich sparte mir die Antwort und ging stattdessen zum Empfang, um uns anzukündigen.

»Frau Hornberg wird Sie gleich abholen.«

Warum sehen die Empfangsdamen bei Privatsendern eigentlich immer wie B-Movie-Hollywoodstars aus? Glauben die wirklich, da kommt ein Produzent vorbei, der sie groß rausbringt? Diese hier war zumindest ganz bezaubernd, mit Zahnspange und bauchfreiem Top.

Es dauerte einige Minuten, bis eine auffallend gut aussehende, streng wirkende Dame, Typ gehobenes Management, auf uns zukam. Perfekt gezogene Lippen, knitterfreie Bluse, auch noch in Weiß. Ich dagegen hatte schon vor zwei Jahren beschlossen, kein Weiß mehr zu tragen. Die Zeit, die ich damit zubrachte, Flecken zu entfernen, rechnete sich einfach nicht.

»Wenn Sie mir bitte folgen, Herr Berglandt erwartet Sie.«

Und diese Fesseln erst! Die konnte ihr Röckchen wirklich gut tragen.

Wir hielten an einer Tür. Frau Hornberg ging vor.

»Leander, dein Besuch ist hier.« Eine angenehme Stimme hatte sie auch noch.

Wir traten ein. Da saß er, der etwas in die Jahre gekommene Gott, mit Lesebrille über einem Manuskript.

»Ach Pia, schön, dich wieder zu sehen. Dieses Mal nüchtern. Und wer ist der junge Mann, den du da mitgebracht hast?«

Das durfte doch nicht wahr sein! Keine Spur von Überraschung auf seinem Gesicht.

»Äh, das ist Max Vangunten. Er wird für die Auswahl der frühen Bilder, das Coverfoto und einige Porträtfotos zuständig sein.«

»Wunderbar! Ich habe bereits eine Menge Ideen.«

Täuschte ich mich, oder freute er sich tatsächlich mehr darüber, Max zu sehen? Ich versuchte, mich nicht durcheinander bringen zu lassen.

»Wir würden heute gerne den Zeitplan durchgehen. Die ungefähre Gesprächsanzahl festlegen«, brachte ich hervor.

»Pia, ich würde einfach vorschlagen, dass wir beide das am Freitagabend bei einem kleinen Abendessen besprechen. Du kommst am besten zu mir nach Hause. Ich koche natürlich selber, dann bekommst du gleich einen Eindruck, wie ich lebe.« Seine Augen funkelten schelmisch.

»Und was die Fotos anbelangt ...« Leander richtete seinen Blick auf den sichtlich verärgerten Max. »Ich möchte gerne, dass die Kamera mich eine Zeit lang begleitet. Ganz natürlich und spontan soll das wirken. Wie eine Momentaufnahme, dynamisch und nicht wie eine Studiopose. Ich möchte, dass das ein besonderes Foto wird. Das bekommen wir doch hin.« Kumpelhaft klopfte Leander Max auf die verkrampften Schultern.

»Pia, meine Assistentin wird dir meine Adresse gleich mitgeben und Sie, junger Mann, kommen am besten am Montag um neun wieder hierher. So, ich muss leider weg, hab noch ein anderes Meeting. Ihr entschuldigt mich. Danke fürs Kommen.«

Ein kurzer Händedruck, und schon waren wir hinauskomplimentiert.

Beim Hinausgehen hatte ich es gerade noch geschafft, ihm meinen Fragebogen mit den legendären Marcel Proust- und Max Frisch-Fragen in die Hand zu drücken. Ich konnte es nicht fassen. Wieso war er überhaupt nicht überrascht gewesen? Woher wusste er, wer ich war und dass ich an seiner Biografie arbeiten würde? Und wieso hatte er mich zu sich nach Hause eingeladen?

Gut, es war üblich, auch ein Gespräch zu Hause zu machen, aber das wirkte alles so vorbereitet! Mir kam ein Verdacht.

Witta! Sie hatte auf der Party mit Leander gesprochen, und es würde mich nicht verwundern, wenn sie ihm nur allzu gerne Auskunft über mich und meine Arbeit gegeben hätte.

Max war verärgert.

»Von wegen professionell. Du kannst mir nicht erzählen, dass ihr euch heute zum ersten Mal gesehen habt. ›Na, wieder nüchtern?‹ Wie war das, du hast schon vielen Versuchungen widerstanden? Wem denn? Heidi Kabel? Und wenn der Arsch noch einmal ›junger Mann‹ sagt, dann bringe ich sein schütteres Haar ganz deutlich auf den Fotos raus. Wenn das zu einem spätpubertären Startreffen verkommt, steige ich aus.«

Ein zickender Fotograf. Das hatte noch gefehlt!

»Was hast du eigentlich für ein Problem?«, fauchte ich zurück.

»Du sollst nur die Fotos machen, das ist dein Job, und meiner ist, den Text zu liefern. Und wie ich das anstelle, kann dir eigentlich ziemlich egal sein. Ich müsste es dir nicht sagen, aber ich war am Wochenende bei Freunden auf einer Party, wo er zufällig auch eingeladen war. Du darfst dich freuen, ich bin besoffen mit meinem Rock in der Unterhose über das Fest spaziert und wurde von einer Psychotherapeutin vor Leander als beziehungsunfähig und alkoholgefährdet bezeichnet.«

Sein Gesicht hellte sich deutlich auf, etwas zu deutlich.

»Was hast du gemacht?« Er brüllte vor Lachen. »Na klar lädt der dich nach Hause ein, schließlich hat der deinen Hintern schon zu Gesicht bekommen. Darf ich auch mal sehen?«

Ich musste mitlachen. Er war schon sehr sympathisch. Die hellgrünen Augen und Grübchen waren auch nicht so schlecht.

»Der denkt wahrscheinlich, eine Flasche Wein und du zeigst mehr als deinen Hintern. Leichte Beute und gleichzeitig eine gute Arbeitsmotivation. Würde ich an seiner Stelle auch machen.«

Ich spielte die Entsetzte.

»Also, Herr Vangunten, ausgerechnet von Ihnen hätte ich das nun wirklich nicht gedacht.«

Er spielte mit und sprach zu mir, wie zu einem kleinen Kind. »Dann muss dich Onkel Max mal aufklären. So läuft das in der schalen Welt des Showbiz eben. Deine Schreibe in Ehren, aber was meinst du wohl, warum dich dein Chef auf Herrn Berglandt angesetzt hat? Du bist hübsch, bist gut gebaut, du hast ihn eben.«

»Wen habe ich?«, fragte ich.

»Na, den Glockenbonus!«, antwortete er.

»Bitte was? Den Glockenbonus?«

»Och Pia, jetzt tu nicht so, als ob du das gerade zum ersten Mal hörst.«

Das gab's doch gar nicht. Glockenbonus! Ha! So lief das also. Stader gab mir und nicht dem Schröder die netten Männer – nicht etwa wegen meiner guten Arbeit, sondern wegen des Glockenbonus'! Die sollten sich wundern! Prince Charming Max plauderte ungerührt weiter.

»Herrn Berglandt würde ich einen Strich durch die Rechnung machen, Pia. Der denkt sicher, du kannst es kaum erwarten, mit ihm ein kleines Tête-à-tête zu haben.«

Ich überlegte. Vielleicht war da etwas Wahres dran. Zumindest war er sich seiner Sache sehr sicher gewesen. Meine Mutter predigte immer, man solle es Männern nicht zu leicht machen. Daran hatte ich mich bisher mehr als nötig gehalten. Und dieses Exemplar war Frauen auf dem Tablett gewohnt.

»Sag mal, Max, was hast du denn Freitagabend vor? Ich meine, eigentlich könntest du Leander doch ganz spontan und natürlich beim Kochen fotografieren. Ich bin mir sicher, uns erwartet ein ausgezeichnetes Essen.«

Er zögerte.

»Freitagabend ist schlecht, da bin ich bereits verabredet.«

Hätte ich mir auch denken können. Aber so schnell gab ich nicht auf.

»Du kannst mich doch jetzt nicht hängen lassen. Mich erst auf die Idee bringen und dann abspringen!«

Er wankte. »Vielleicht kann ich das Date früher legen und nachkommen.«

»Gebongt!«

Mir sollte es recht sein. So einfach werde ich es dir nicht machen, Leander Berglandt.

Auf dem Weg ins Büro rief ich Katharina an und berichtete ihr von dem Vorfall. Auch sie hatte gleich Witta im Verdacht, geplaudert zu haben. Dieser Schlange war alles zuzutrauen. Vor kurzem hatte sie Lillis Exfreund Pasqual getroffen, der Lilli seinerzeit mit ihrer Schwester betrogen hatte. Witta hatte ihm von Lillis Esotrip und von ihren verzweifelten Bemühungen erzählt, einen Mann zu finden. Gemeinsam hatten sie sich darüber lustig gemacht, dass Lilli neuerdings donnerstags ein Meersalzbad gegen Neider nahm und einen Kristall gegen schlechte Vibes auf ihrem Computer stehen hatte. Nach allem, was Pasqual Lilli angetan hatte, besaß er auch noch die Frechheit, sie anzurufen und sich darüber zu amüsieren. Dieser Anruf hatte nicht dazu beigetragen, Lillis angeknackstes Vertrauen in die Männerwelt wiederherzustellen. Wir hatten Witta daraufhin zur Rede gestellt, aber irgendwie hatte sie es wieder geschafft, sich aus der Affäre zu ziehen.

Aber nicht dieses Mal!

»Einen wunderschönen guten Tag, dies ist die Mailbox von Witta. Wahrscheinlich genieße ich gerade das süße Leben, werde aber gerne zurückrufen.«

Vor lauter Gehauche konnte man den Text kaum verstehen. Wie oft sie den wohl aufgenommen hat?, schoss es mir durch den Kopf.

»Witta«, ich versuchte möglichst beherrscht zu klingen, »ich komme gerade von einen Termin mit Leander Berglandt. Warum hast du ihm gesagt, dass ich seine Biografie verfassen werde?«

Natürlich war es ein Bluff. Aber mein Instinkt sagte mir, dass ich Recht hatte.

Plötzlich nahm sie den Hörer ab.

»Pia, Liebes, was ist denn passiert?« Klar, Witta, die Unschuld vom Lande. Schauspielreif. Wieso war die eigentlich um diese Uhrzeit zu Hause?

Gut, als Bankangestellte hatte man wahrscheinlich eine geregelte Mittagspause, und so weit entfernt lag ihr Schöner-Wohnen-Apartment nicht.

»Witta, wieso hast du mit Leander über mich gesprochen?«

»Na, wir haben uns zufällig auch über dich unterhalten. Ich konnte gar nicht glauben, dass er nicht wusste, dass du ihn interviewen wirst. Außerdem wollte er wissen, wieso du angeblich beziehungsunfähig bist. Natürlich habe ich mich sehr diskret zurückgehalten und nur Andeutungen gemacht.«

Mir schwante Übles.

»Witta, was für Andeutungen?«

»Na ja, nur diese Geschichte mit Klaus und diesem Typen, dem du erzählt hast, du würdest nach Indien auswandern. Aber glaube mir, er fand das sehr amüsant.« Hatte diese Natter überhaupt keinen Anstand?

»Witta, das geht niemanden was an. Vor allem nicht Leander Berglandt, auch wenn er dich mit seinem Savoir-Vivre-Blick anschaut.«

Stille. Das schien sie nicht erwartet zu haben.

»Pia, ich wusste nicht, dass du Interesse an ihm hast. Leander sagte, er habe grünes Licht von dir, und ich könne ihm ruhig über deine Beziehungen erzählen.«

Mist! Das hatte ich, angeheitert wie ich war, tatsächlich gesagt.

Konnte der Mann denn keine Ironie erkennen, wenn sie ihm ins Gesicht sprang?

In diesem Fall konnte Witta wirklich nichts dafür, so sehr ich es mir auch wünschte. Mir blieb nichts übrig, als mich bei ihr zu entschuldigen, was sie sichtlich genoss.

Natürlich gab sie mir noch gute Ratschläge mit auf den Weg und konnte sich auch nicht verkneifen, mir zu sagen, wie sie, Witta, das alles machen würde.

Dabei hatte ich nur noch einen Gedanken.

Zwar hatte ich Leander heute nicht überraschen können, aber dafür würde er sich an den kommenden Freitag noch lange erinnern können.

Langsam begann mir das Ganze Spaß zu machen.

»Lilli, was machst du denn hier?«

Beinahe wäre ich über sie gestolpert. Es war Freitagmorgen, Lilli saß auf den Treppenstufen vor meiner Tür, wirkte aber sehr fröhlich.

Mir kam ein Intelligenztest in den Sinn, den ich bei einem Bewerbungsgespräch hatte machen müssen. Tomate, Gurke, Schraubenzieher, Karotte. Welches Wort passt nicht in die Kette?

Freitagmorgen, acht Uhr, Treppenstufen, Lilli, fröhlich. Welches Wort passt nicht in die Kette?

»Spuck's aus, was ist passiert? Nimmst du jetzt Prozac?«

»Pia, es ist passiert. Ich habe ihn tatsächlich getroffen, den Mann meines Lebens!«, flüsterte sie.

»Täusche ich mich, oder hattest du gestern dein Mutter-Kind-Projekt beim Sender? Ich dachte, du passt auf die kleine Wundermarie auf.«

Dieses glückliche Lächeln, und sie wirkte so entspannt. Sollte sie tatsächlich jemanden getroffen haben?

»Pia, es war Liebe auf den ersten Blick. Das heißt, erst war es schlimm, aber dann umso schöner!«

Sie erzählte mir ausführlich, was sich zugetragen hatte.

Wochenlang hatte sie den Charity-Tag zugunsten von Kindern in Not vorbereitet. Endlich ein Projekt, das sie ganz vereinnahmte. Keine flachen News, welcher Star sich mal wieder publicitywirksam den Busen wiegen lässt, keine Hitwunschsendung, sondern eine sinnvolle Arbeit, die ihr Spaß machte. Sie hatte Projekte auf ihre Seriosität hin geprüft und Kamerateams in die Regionen gesandt.

Der Kindertag hatte sie nicht zuletzt deshalb so beschäftigt, weil sie einen Tag lang auf ein kleines Gesangswunder aufpassen durfte. Das Wunderkind hieß Marie und sah mit seinen langen blonden Haaren und den babyblauen Augen genauso aus, wie Lilli sich ihre Tochter vorstellte.

Nur das Laura-Ashley-Kleidchen fehlte.

Die Mutter der kleinen Marie war verhindert, und da Marie mit ihren fünf Jahren ganz Profi war und in der gleichen Stadt wohnte, hatte ihre Mutter nach einem Treffen eingewilligt, Lilli die Aufsichtspflicht für besagten Termin zu übertragen.

Lilli hatte seither von nichts anderem mehr gesprochen.

Marie hier, Marie da.

Sie hatte uns sogar gezwungen, eine Weihnachtsplatte des kleinen Engels anzuhören, mitten im Sommer. Und wenn mich nicht alles täuschte, hatte Lilli bei »Süßer die Glocken nie klingen« feuchte Augen bekommen.

Es war nicht gut bestellt um Lilli.

Sie war gerade zweiunddreißig geworden. Kurz nach ihrem Geburtstag hatte sie eine Liste gefunden, die sie mit sechzehn geschrieben hatte, darauf die verschiedensten Dinge, die sie vor ihrem Dreißigsten erlebt haben wollte.

Das Ergebnis war niederschmetternd.

Sie war nicht in der Mongolei zelten gewesen, und den Pilotenschein hatte sie auch nicht gemacht. Kein einziger Wunsch, den sie als junges Mädchen gehegt hatte, war Realität geworden.

Sie war weder Tierärztin geworden, noch lebte sie mit einem gut aussehenden Künstler zusammen. Und drei Kinder namens Sophie, Laura und Romeo hatte sie auch nicht bekommen. Ihr sehnlichster Wunsch, ein Weingut mit Pferden und Katzen in der Toskana, war in weite Ferne gerückt.

Deshalb hatte sie einen Entschluss gefasst: Sie würde sich zumindest den Traum von den Kindern erfüllen. Es gab heutzutage viele allein erziehende Mütter.

Auch wenn sie im Herzen altmodisch war und sich immer eine komplette Familie vorgestellt hatte, wollte sie wenigstens nicht ihre Chance auf Kinder vertun. Und Marie sollte ihr helfen, herauszufinden, ob sie als Mutter taugen könnte.

Marie sah in Wirklichkeit noch anbetungswürdiger aus als auf ihren CD-Covern. Sie schien keines dieser hoch gezüchteten Wunderkinder mit Eiskunstlaufmutti im Hintergrund zu sein. Vielmehr war es ihr geradezu ein natürliches Bedürfnis zu singen.

Vertrauensselig war sie auch; zumindest war sie anstandslos mit Lilli mitgegangen.

»Na, Marie, wir haben noch genau drei Stunden, bis du in die Maske musst. Was möchtest du denn bis dahin machen?«, hatte Lilli sie erwartungsvoll gefragt, und Marie hatte ein »Weiß nich!« durch ihre Zahnlücke gelispelt. Mit ihren kleinen Händchen hatte sie im Mund herumgespielt und lustig vor sich hin geplappert.

»Duuu, der Thomaph aus der Kinderchorgruppe hat Maphern gehabt, und der liegt jetzt im Bett mit roten Flecken.«

Lilli hatte versucht, sie mit Zoo und Eis essen zu locken. Vergeblich. Marie war nur von einem Spielzeugladen zu überzeugen, und das einzig zu dem Zweck, ihr ein Maskottchen für den Auftritt zu kaufen.

Lilli merkte, dass sie bereits nach kurzer Zeit in die Konsumschiene abgedriftet war, und dabei hatte sie sich doch vorgenommen, Marie pädagogisch wertvoll zu unterhalten.

Es hätte nur noch gefehlt, Marie vor die Glotze zu setzen, wobei diese Kinder heutzutage sicher schon im Internet surften und sich in Kinder-Chatrooms als Pippi564 und Pumuckl471 trafen.

Stolz war Lilli mit Marie an der Hand durch die Stadt spaziert. Alle hatten sie für die Mutter gehalten. Lilli konnte der Versuchung nicht widerstehen, bei Laura Ashley ein neues Kleid für Marie zu kaufen.

Nachdem Marie sich als Maskottchen eine Steiffgiraffe ausgesucht hatte, war sie von Lilli direkt zum nächsten Fotoautomaten geschleppt worden.

»Marie«, hatte sie gesagt, »jetzt machen wir noch ein paar Fotos von unserem gemeinsamen Tag. Die kannst du dann immer anschauen und dem Thomas aus dem Kinderchor zeigen, wenn er wieder gesund ist.«

Marie war begeistert.

Flugs war sie auf Lillis Schoß geklettert und hatte, ganz Profi, in die Kamera gelacht. Leider hatte Marie zu stark hin und her gewackelt, und schon war es geschehen.

Sie war gefallen – direkt mit dem Kopf auf den Geldeinwurfschlitz. Marie blutete an der Stirn und schrie, was das trainierte Stimmchen hergab.

Und Lilli war die blanke Panik den Rücken hoch gewandert.

Was, wenn Marie bleibende Schäden hatte, ihre Mutter sie verklagte, der Sender sie rausschmiss wegen Verletzung der Aufsichtspflicht?

»Mariechen«, hatte sie gesagt, »beruhige dich, komm, das ist sicher gar keine schlimme Wunde, das muss sicher nicht genäht werden.«

Beim Wort »genäht« war Marie nicht mehr zu halten gewesen. Lilli wurde noch jetzt käsebleich bei der Erinnerung daran.

Mit Marie auf dem Arm war sie in die nächste Praxis gerannt.

Währenddessen hatte sie sich die schwersten Vorwürfe gemacht: Du selbstverliebte, egoistische Kuh! Was, wenn das Kind eine Narbe behält? Das mit dem Kinderkriegen kannst du dir schön abschminken, werde erst mal reif!

In der Praxis war ihr eine mütterliche Arzthelferin entgegengekommen und hatte Lilli erst mal aufgefordert, sich zu beruhigen.

Lilli hatte, so gut es ging, Marie abgelenkt, bis der Kinderarzt sich um sie kümmern konnte.

Dr. Sebastian Sommerfeld stellte sich nicht nur als kompetenter Kinderarzt heraus, sondern auch als ein sehr attraktiver Mann.

Marie musste zum Glück nicht genäht werden. Ein Pflaster für die Giraffe und Maries Stirn waren völlig ausreichend.

Sebastian Sommerfeld hatte sich an Lilli gewandt. »Sind Sie die Mutter von Marie?«

Lilli erklärte ihm, wer sie war, wer Marie war, und dass sie in einer Stunde einen Auftritt haben würde.

Marie, inzwischen wieder munter, hatte die ganze Zeit vor sich hin geplappert. Sie erzählte von ihrer Weihnachts-CD und zwang nicht nur den Doktor, sondern auch Lilli, mit ihr erst »Stille Nacht, Heilige Nacht« und anschließend »Es ist ein

Ros' entsprungen« zu singen. Bei »Ihr Kinderlein kommet« hatte der Gott in Weiß dann doch abgebrochen.

Marie schien sich in den Kinderarzt verliebt zu haben und wollte sich gar nicht mehr von ihrem großen Retter trennen. Sie bestand darauf, von ihm zu ihrem Auftritt begleitet zu werden, was Lilli sehr gelegen kam. Zufällig hatte Dr. Sommerfeld gerade Praxisschluss und ließ sich von Marie erweichen.

Marie, ganz Profi, meisterte ihren Auftritt mit Pflaster, immer mit einem Auge auf Dr. Sommerfeld schielend. Auch Lilli hatte das ein oder andere Mal auf den netten Arzt geschaut.

Jetzt, wo sie nicht mehr unter Schock stand und alles viel besser verlaufen war als gedacht, war sie in der Lage, ihn als das wahrzunehmen, was er war.

Ein Geschoss!!

Groß gewachsen, sportlicher Typ, fröhliche Augen und sehr charmant.

»Weißt du, Pia, in dem Moment dachte ich, das kann ich mir gleich abschminken. So irre, wie ich mich aufgeführt habe. Vergeigt! Doch dann hat er mich gefragt, wo ich hin muss.

Erst dachte ich, er ist als Arzt wahrscheinlich dazu verpflichtet, sich um mich zu kümmern, weil ich mich so bekloppt benommen habe. Er hat dann angeboten, mich nach Hause zu fahren. Wir haben uns unterhalten, ganz unverkrampft und mühelos. Ich habe ihm vom Sender erzählt, er mir von seinem Job und wie sehr er Kinder liebt. Mir kam es gar nicht komisch vor, ihn hereinzubitten, und als ich genügend Wein intus hatte, hab ich ihm sogar mein Mutter-Kind-Projekt gestanden. Den verheerenden Ausgang hat er ja selbst miterlebt. Du, der hat nur gegrinst und gemeint, da gäbe es schlimmere Fälle, und solange ich mich nicht vor Krankenhäusern herumtreiben würde, um Säuglinge zu klauen, sei das noch in Ordnung.

Dann hat er leise gesagt, dass das doch nicht alles sein könnte, worum meine Gedanken kreisen würden, und ich, angeheitert wie ich war, hab geantwortet: ›Stimmt, eigentlich möchte ich mal wieder geküsst werden, und zwar zur Abwechslung nicht von einer selbstverliebten Medienkoksnase, sondern von jemandem, der etwas für mich empfindet.‹

Einen Moment lang dachte ich, das war's, aber er hat mich nur prüfend angeschaut und wirklich geküsst!«

Lilli war total außer sich.

Ich konnte es nicht glauben, da soll noch mal jemand sagen, das Universum besäße keinen Humor. Ausgerechnet Lilli einen Kinderarzt zu schicken. Das war gut!

»Na und dann?«, bohrte ich weiter.

»Er blieb die Nacht über, und es war so schön. Am nächsten Morgen bin ich durch lautes Fluchen im Bad geweckt worden und Sebastian erschien mit rotem Kopf im Schlafzimmer und hat nur gerufen: ›Lilli, wieso um alles in der Welt stellst du Salz auf deinen Klokasten? Ich bin an die Packung gestoßen und hab alles verschüttet.‹

Kannst du dir das vorstellen? Ausgerechnet mein gutes Feng-Shui-Salz!« Sie musste kichern. »Ich hab dann den dreibeinigen Frosch schnell versteckt. Und jetzt kommt das Unglaublichste. Er sagte: ›Du Lilli, ich muss jetzt in die Praxis. Aber ich würde dich heute Abend gerne sehen. Hast du Zeit für mich?‹«

Nun war ich an der Reihe, verdutzt zu sein.

Kein »Ich ruf dich mal an« oder »Du wusstest ja eh, dass das nur für eine Nacht ist«. Oder, auch eine beliebte Variante: »Ich habe ganz vergessen, dir zu sagen, dass ich eine Freundin habe. Schon seit drei Jahren. Und wir sind echt glücklich.«

Dieser Sebastian spielte keine Spielchen, hatte wohl noch nie von der Drei-Tage-lang-nicht-anrufen-Regel gehört und verachtete Lilli auch nicht dafür, dass sie am ersten Abend nachgegeben hatte. Er war weder verheiratet noch lebte er bei seiner Mutter, und schwul war er offensichtlich auch nicht.

Lilli konnte ihr Glück gar nicht fassen.

Die Katzen-Paranoia-Vision geriet plötzlich in weite Ferne, die Toskana-Weingut-Gedanken mit kleinen, spielenden, verschmutzten Kindern rückten näher.

Uns blieb nur übrig, es als das zu sehen, was es war: ein Wunder.

Lilli stand auf, hakte sich unter, und wir machten das Einzige, was man in so einem Moment machen kann: Champagner kaufen und zu Katharina fahren. Unterwegs rief ich Vera im Verlag an. Sie verstand und versprach, sich etwas Passendes einfallen zu lassen. Frauenarzt oder so, da fragt keiner genauer nach.

Bei den von Steinbecks war um diese Zeit nur das Personal wach.

Katharina, von Beruf Tochter und Erbin, konnte es sich leisten, das Leben einer Marie Antoinette zu führen. Zum Zeitvertreib führte sie gelegentlich eine kleine, aber exquisite Galerie, denn Kunstverstand hatte sie, und trotz der unregelmäßigen Öffnungszeiten war Katharinas Geschäft längst kein Geheimtipp mehr.

Wir ließen Katharina wecken, und als sie im seidenen Negligee im Frühstückssalon auftauchte, sah sie alles andere als amüsiert aus.

»Kinder, ich hoffe, ihr habt einen Grund. Einen sehr guten Grund!«

Als Antwort streckten wir ihr Champagner entgegen, ein sicheres Mittel, um Frau von Steinbeck milde zu stimmen, und Lilli begann zu erzählen.

Freifrau Katharina war zwar hart gesotten, aber bei Lillis freudestrahlender Erzählung bekam selbst sie feuchte Augen.

Sie stand auf, umarmte Lilli und schüttelte den Kopf.

»Das gibt's doch gar nicht! Jetzt bekommt unsere kleine Romantikerin doch tatsächlich das, was sie sich zusammengesponnen hat. Ach Lilli, ich freue mich so für dich!«

Wir stießen gerade an, als Herbert, auf dem Weg zur Arbeit, vorbeikam. Neugierig wie immer musste er natürlich sofort erfahren, was Anlass der Feier sei.

»Und was macht der Traummann beruflich?« Typisch Herbert, immer geschäftlich denken.

Als Lilli die vier magischen Buchstaben aussprach, stand Herberts Mund vor Ehrfurcht offen.

»Ein Arzt? Lilli, er ist Arzt? Weißt du denn, wie lange ich mir schon wünsche, dass jemand aus der Familie oder dem Freundeskreis endlich mal Arzt wird oder sich einen angelt? In meiner Branche trifft man doch auf keine Mediziner. Lilli, wir müssen unbedingt zu dritt essen gehen. Was ist denn sein Spezialgebiet?«

Herbert war nicht mehr zu bremsen.

Man möchte meinen, dass ihn die Tatsache, dass Sebastian Sommerfeld Kinderarzt war, enttäuschen würde, doch wer kann sich schon in die Gedanken eines Hypochonders versetzen?

»Das macht überhaupt nichts. Im Gegenteil, als Kinderarzt hat er die gleiche Ausbildung wie ein Allgemeinmediziner, kann aber die typischen Kinderkrankheiten, die ja gerade beim Erwachsenen so tückisch sind, besser diagnostizieren. Wie heißt er noch gleich, Lilli? Ich werde sofort im deutschen Ärzteblatt nachschauen, ob er schon publiziert hat. Und sag mir Bescheid, wann ihr mal Zeit habt, essen zu gehen, ja? Ich muss los, aber Lilli, ich kann nur sagen, eine gute Wahl, wirklich eine gute Wahl!«

So viele glückliche Menschen an einem gewöhnlichen Freitagmorgen.

Für einen kurzen Moment hatte ich sogar mein bevorstehendes Abendessen mit Leander vergessen.

Nicht so Katharina.

»So, und nachdem Lilli im wahrsten Sinne des Wortes verarztet ist, konzentrieren wir uns wieder auf das neue Traumpaar der deutschen Promiszene. Du triffst dich doch heute mit Leander?«

Schnell gab ich ein Update zum Fall Leander Berglandt, berichtete von Witta der Widerlichen und davon, wie Leander mich etwas voreilig zu sich nach Hause geladen hatte.

Mein Plan, Max mitzunehmen, stieß auf helle Begeisterung.

Katharina war der Ansicht, man könne es einem Mann nicht schwer genug machen, und Lilli war heute mit allem einverstanden.

»Wie sieht denn dieser Max eigentlich aus?«, wollte Katharina wissen. »Wäre der was für mich?«

Ich beschrieb ihn als das, was er war: ein äußerst attraktiver und charmanter Mann, der meiner Ansicht nach jedoch nur für Flirts und Affären geschaffen war.

»Ich sag dir, der hat einen Schlag bei den Frauen, der muss nie um Nachschub fürchten. Ich glaube, er hat noch nie im Leben gelitten oder einer Frau nachgeweint. Der hat den Blick, der lügt. Aber er mag Katzen.«

Das gefiel Katharina sofort: ein Katzenliebhaber. Wenn das kein gutes Zeichen war! Männer, die Katzen lieben, kommen auch mit selbstständigen, starken Frauen besser zurecht.

»Bring ihn doch mal bei nächster Gelegenheit mit, diesen Max, und wenn er gut ist, kann er auch mal seine Fotos bei mir ausstellen.«

Innerlich musste ich grinsen. Katharina und Max. Sie, die Dame von Welt, und er, der Lausbube mit Charme.

Der Tag verlief, wie die meisten Freitage so verlaufen, gemütlich und mit Vorfreude auf ein entspanntes Wochenende, was nicht zuletzt an meinem angetrunkenen Zustand lag.

Gerade als ich wieder im Internet bei Google über Leander Berglandt recherchierte, rief Max an.

Er wollte wissen, ob unser Plan noch stand.

Ihm blieb nicht verborgen, dass ich sehr heiter aufgelegt war.

»Pia, du bist doch nicht etwa schon wieder beschwipst?«

Verlegen erklärte ich ihm, wieso ich getrunken hatte.

»Lilli! War das nicht deine hysterische Freundin mit der Katzenphobie? Aha! Und nach einer Nacht mit einem Arzt, der ihr gesagt hat, dass er sie heute wieder sehen möchte, trinkt ihr euch ins Koma?« Er schien nicht zu verstehen.

»Ja, denn dieser Mann gibt Hoffnung, dass es doch noch normale Männer gibt.« Vielleicht verstand er jetzt, wovon ich sprach.

»Wieso, ich bin auch ein toller Mann. Ich habe auch schon viele Frauen glücklich gemacht. Das kannst du mir glauben.« Er lachte in den Hörer.

Das konnte ich mir bildlich vorstellen. Mir fiel Katharinas Einladung ein.

»Sag mal, Max, hast du Lust, eine Freundin von mir kennen zu lernen, die eine sehr gute Galerie führt? Ich habe ihr von deinen Fotos erzählt, und sie hat starkes Interesse bekundet. Wenn du magst, kannst du nächste Woche zum Barbecue mitkommen und sie kennen lernen.«

Jetzt kam der schwierigste Part. Ich musste unauffällig herausfinden, ob er überhaupt Single war.

»Und falls du eine Begleitung hast, kannst du sie gerne mitbringen.«

Na, wenn das nicht geschickt war. Stille.

Na gut, dann eben noch ein Versuch!

»Hast du denn zurzeit eine Begleitung, die du mitbringen möchtest?«

Das war gerade noch im Rahmen.

»Pia, was soll das denn werden, eine Verkupplungsaktion? Hältst du mich für ganz bescheuert? Die eine neurotische Freundin ist versorgt, da muss auch noch die nächste von der Straße.«

Mist, der war ja echt gewieft. Dem konnte man nichts vormachen.

Ich stritt natürlich empört ab, aber mir wurde klar, dass ich Max Vangunten unterschätzt hatte. Ich legte die Karten offen auf den Tisch, und nachdem ich ihm versichert hatte, dass Katharina eine wahre Schönheit sei und nicht auf der Suche nach einer festen Beziehung, sagte er froh gelaunt zu.

Eilig beendete ich das Gespräch. Es gab noch einiges an Vorbereitung für mein drittes Treffen mit Leander.

Leander – mein Herz schlug schneller.

Auch wenn ich mich betont gelassen gegeben hatte, war ich innerlich mehr als aufgeregt.

Heute Abend würde ich sein Haus sehen – er würde für mich kochen.

Und später? Ach nein, später durfte es heute Abend noch nicht geben.

Hoffentlich würde er nicht sauer oder gekränkt sein, wenn Max auftauchte.

Auf der anderen Seite konnte ich das alles über die berufliche Schiene laufen lassen.

Er musste es mir nur abkaufen.

Es war auf jeden Fall richtig, nicht als leichte Beute zu erscheinen, und deshalb war der Plan mit Max völlig in Ordnung, überzeugte ich mich noch einmal selbst.

Wenn man bedachte, wie viele Angebote so ein populärer

Mensch bekam. Da musste man sich eben besonders schwierig präsentieren.

Das Handy klingelte. Meine Mutter! Mütter haben diesen siebten Sinn, wenn die Tochter kurz davor steht, eine Dummheit zu machen.

Zu meiner Überraschung fand sie meinen Plan gut – wahrscheinlich fand sie alles gut, was mich davon abhielt, voreheliche Dummheiten zu praktizieren, und sprach mir Mut zu.

»Kind, denk immer daran, heutzutage ist es das Wichtigste, dass du auf eigenen Füßen stehen kannst. Natürlich ist ein kluger, gut aussehender Mann eine nette Dreingabe, aber glaube mir, es ist auch nicht alles. Und zieh was Flottes an.«

Gott bewahre, ich würde bestimmt nichts »Flottes« anziehen.

Allein dieses Wort. Als meine Mutter das letzte Mal über meinen Haarschnitt bestimmen durfte und ich danach wie Mireille Mathieu aussah, hatte ich das Wort gehört. »Flott!« Und »flott« sah ich auch aus, als meine verhasste Cousine Cornelia mich aus Rache zur Brautjungfer auserkoren hatte. In Orange, einer Farbe, die mir noch nie stand, und einem Schnitt, der meine Hüften schön zur Geltung gebracht hatte. Auf dieser Hochzeit war ich vor Angeboten so was von sicher gewesen! Einen besseren »Keuschheitsgürtel« als dieses Kleid gab es nicht wieder. Tante Eda und meine Mutter waren sich jedoch einig gewesen: Was für ein flottes Kleid!

In einem Aufzug, den weder Tante Eda noch meine Mutter als »flott« betiteln würden, höchstens vielleicht als kriminell, klingelte ich an Leanders Haustür.

Das aus roten Backsteinen erbaute Haus lag direkt am See und hatte, soweit ich sehen konnte, einen eigenen Bootsanlegeplatz und einen wunderschönen, auf verwildert gepflegten Garten.

Lautes Hundegebell dröhnte mir hinter der Tür entgegen.

Ein leger gekleideter und bestens gelaunter Leander Berglandt öffnete die Tür.

Mist, ich war viel zu aufgebrezelt, aber wer konnte schon ahnen, dass Leander in seiner Freizeit auf Naturbursche machte! Der Hund entpuppte sich als Labrador, der mich soweit ganz gut leiden mochte.

Das Haus, ein blendend aussehender Leander, ein schöner Hund. Ein Bild, so perfekt, wie es nicht einmal eine dieser Rosamunde Pilcher-Verfilmungen im ZDF hinbekommen hätte.

Es fehlte nur die Stimme aus dem Off, die sagte: »Leben Sie, wir kümmern uns um den Rest. Der Fels in der Brandung.«

»Hallo, Pia, schön, dass du da bist.« Ein Küsschen links, ein Küsschen rechts.

»Ich hoffe, du hast richtig Hunger mitgebracht und gehörst nicht zu diesen Frauen, die nur Salat ohne Dressing und Cola light zu sich nehmen. Obwohl, wenn ich dich so anschaue ...« Ein prüfender Blick auf meine Rundungen, den ich, wenn er dabei nicht verschmitzt gegrinst hätte, als Affront aufgefasst hätte.

»Wo Menschen kochen, lass dich ruhig nieder.« War ich nicht belesen und originell zugleich, einfach so ein Goethe-Zitat abzuwandeln! Ich folgte ihm in eine große Wohnküche. In der Mitte stand ein großer stabiler Tisch, die Einrichtung war ansonsten im Landhausstil gehalten, blau und weiß.

Auf dem Tisch standen ein selbst gepflückter Wiesenstrauß und ein liebevoll garnierter Vorspeisenteller.

Im Ofen brutzelte ein gefülltes Hühnchen vor sich hin. Im Hintergrund lief Jazz, von der offenen Terrassentür wehte ein sanfter Wind herüber, ein richtig schöner Sommerabend.

Leander bot mir etwas zu trinken an.

Aha, die Show konnte beginnen. Jetzt würde er mir gleich einen besonders guten Tropfen anbieten, den man einfach nicht ausschlagen konnte.

Und tatsächlich: »Ich habe etwas ganz Besonderes da, Pia! So was bekommst du heute nur noch selten. Ich weiß nicht, ob es deinen Geschmack trifft, aber du musst unbedingt ein Glas probieren.«

Er öffnete den Kühlschrank und drehte sich mit einer Karaffe in der Hand wieder um.

»Schau mal, habe ich gerade vom Bauern um die Ecke geholt. Frisch gepresster Apfelsaft, aus unbehandelten Äpfeln. Ein Aroma ist das. Probier mal.« Er füllte mir ein Glas ein.

Apfelsaft?

War ich bereits so verroht, hinter allem etwas Schlechtes zu vermuten?

Vor mir stand ein unschuldiger Leander Berglandt, der mir frisch gepressten Apfelsaft anbot, sich große Mühe mit dem Essen gemacht hatte und nicht im Geringsten die Absicht hatte, mich abzufüllen und ins Bett zu zerren.

»Ich dachte, Apfelsaft bietet sich an. Wir müssen ja arbeiten und einen klaren Kopf behalten.«

Jetzt fühlte ich mich wirklich schlecht!

Was würde er denken, wenn Max plötzlich unangemeldet auftauchte?

Ich musste es Leander sagen, aber wie?

Wir setzten uns und begannen mit der Vorspeise. Es schmeckte vorzüglich, auch wenn meine Gedanken nur darum kreisten, wie ich ihm plausibel erklären sollte, warum Max gleich klingeln würde.

Leander erzählte von seiner Familie. Woher sie stammte, wie seine Großeltern und Eltern gelebt hatten, wie seine Kindheit verlaufen war.

»Ach Pia! Bevor ich es vergesse! Hier hast du deinen Fragebogen wieder. Erst wusste ich nichts damit anzufangen, aber als ich ihn ausgefüllt habe, ist es mir klar geworden. Eine gute Art, jemanden kennen zu lernen, und das nicht in langwierigen Gesprächen, sondern im Konzentrat. Am Ende hat es richtig Spaß gemacht. Vielleicht kann man den Fragebogen sogar im Buch abdrucken.«

Dieser charismatische Mann konnte so lebhaft und interessant erzählen, dass ich mich fragte, warum er seine Biografie nicht selber schrieb. Zeitmangel war die Erklärung, und als er mir seinen Terminplan für eine gewöhnliche Woche zeigte, verstand ich.

»Natürlich ist Zeitmangel auch ein Problem, wenn man eine Beziehung führen will. Alle meine Beziehungen sind letztlich an meinem Beruf gescheitert.« Täuschte ich mich oder schaute er mich tatsächlich zu lange an?

Ich erwiderte schnell: »Kann ich mir gut vorstellen! Du brauchst jemanden an deiner Seite, der selbstständig ist und sein eigenes Leben führt.«

War ich nicht die Reinkarnation Freuds?

»Du bist doch sehr selbstständig, Pia, oder nicht?«

Oh, Mann! Er flirtete tatsächlich mit mir.

»Kann man wohl sagen. Und Freiräume brauche ich, wie du weißt, wie andere die Luft zum Atmen.« Wo sollte das nur hinführen?

Leander musste lachen. »Ja, deine Freundin Witta hat mir zu diesem Thema einiges von dir erzählt. Müsstest du nicht eigentlich gerade irgendwo in Indien meditieren?«

Sehr witzig! Zuerst ließ ich ihn wissen, dass Witta eine Bekannte sei und keine Freundin.

Dann klärte ich ihn auf, dass bisher eben alle Männer zu Kletten geworden waren, auch die, die anfangs stark schienen.

Und am Ende war ich immer mit einem Echo zusammen gewesen.

Leander schlug vor, ich sollte es als Dompteuse versuchen, meine Zähmungskünste schienen ja geradezu legendär.

Wir unterhielten uns prächtig, es war nicht von der Hand zu weisen! Es lag ein Prickeln in der Luft. Wir hatten den gleichen Humor, waren für sinnliche Dinge empfänglich, und plötzlich sprachen wir leiser und langsamer und blickten uns immer einen Moment zu lange an.

Dieser Mann übte einen Bann auf mich aus. Ich vergaß alles um mich.

Leider, denn gerade als Leander mir von seiner ersten Jugendliebe erzählte, klingelte es Sturm an der Tür.

Max!

»Äh, Leander, das ist Max, der Fotograf. Ich habe ihm gesagt, er soll vorbeikommen, um schon mal deine private Umgebung zu checken, und vielleicht sieht er das ein oder andere gute Motiv.« Hoffentlich kaufte er mir das ab.

Leander zog die Augenbrauen hoch.

»Und wieso sagst du mir das erst jetzt?«

»Weil ich es komplett vergessen habe. Ich war so abgelenkt von dem guten Essen und der angenehmen Unterhaltung.« Hoffentlich wirkte das.

»Na, dann will ich ihm mal öffnen« Leander begab sich zur Tür.

Max stürmte herein. »Bin ich zu spät?« Er spähte nicht gerade unauffällig auf den Tisch, wahrscheinlich um zu zählen, wie viele Flaschen ich schon intus hatte.

»Nein, wir waren gerade erst bei der Vorspeise. Leider habe ich nur für zwei gekocht. Wollen Sie zum Essen bleiben?« Leander blieb betont höflich.

Max war die Sache sichtlich peinlich.

»Wenn es keine Umstände macht. Aber ich kann auch einfach nur etwas trinken. Was trinkt ihr denn?«

Als Leander ihm auch Apfelsaft anbot, konnte ich mir vorstellen, wie ich eben ausgesehen haben musste.

Krampfhaft versuchte ich, die Situation zu retten, und stellte Leander weiter Fragen zu seiner Kindheit. Nach und nach lockerte sich die Stimmung. Leander war aber vielleicht zu sehr Profi, als sich etwas anmerken zu lassen. Er führte Max herum und ließ ihn einige Polaroids verknipsen.

Der Abend ging zur Neige.

Wir waren gerade im Begriff aufzubrechen, als Leander mich für ein Gespräch unter vier Augen auf die Terrasse bat.

»Pia, das ist jetzt nicht gerade höflich, dich vor diesem Fotografen um ein vertrauliches Gespräch zu bitten, aber du hast uns ja in diese Situation gebracht. Ich wollte dir nur sagen, dass ich jeden anderen ohne Termin hochkant hinausgeworfen hätte. Ich steh nicht drauf, dass in meinem Haus einfach ohne Vorankündigung fotografiert wird.«

Jetzt hatte ich wirklich verspielt. Mir blieb nur noch eine Entschuldigung. »Tut mir wirklich Leid, Leander. Ich weiß, das ist unverzeihlich, aber ich hatte wirklich vergessen, es dir zu sagen.« Das war eine ebenso offensichtliche wie klägliche Ausrede.

»Also ich hatte eher den Eindruck, dass Max als dein Beschützer aufgetreten ist, so wie der hier hereingestürmt kam. Traust du mir nicht?« Wie ernst er schauen konnte, und selbst dabei sah er noch umwerfend aus!

Ich entschied mich, mit der Wahrheit herauszurücken. »Ehrlich gesagt, war ich erstaunt, wie schnell du mich bei unserem Meeting abgewürgt hast, und dieses Essen schien mir so geplant.« O nein, ich ritt mich immer mehr rein!

»Natürlich war das geplant. Du hast doch meinen Terminplan gesehen! Ich kann solche Essen nur planen, und ob du es glaubst oder nicht, dieser kurzfristige Freitagabendtermin war der einzige, der in nächster Zeit noch frei war. Und nach Hause habe ich dich eingeladen, damit ich mal aus den Studios und Besprechungsräumen herauskomme.«

Mir wurde immer übler. Wie hatte ich mich nur so wichtig nehmen können?

Wie peinlich!

»Leander, ich weiß auch nicht, was da in mich gefahren ist. Normal reagiere ich nicht so emotional. Ich sollte am besten das Projekt an meinen Kollegen abgeben.«

Vielleicht konnte ich noch mit Anstand aus der Sache herauskommen.

»Pia, ich habe überhaupt nichts dagegen, wenn du emotional reagierst. Das macht letztlich gute Autoren aus. Und wenn du auf mich emotional reagierst, habe ich schon gar nichts dagegen. Hör einfach auf, Spielchen zu spielen.«

Da stand er, der aufregendste Mann der Showbranche, blickte mich immer noch ernst, aber schon viel freundlicher an. Wenn ich das alles richtig deutete, mochte er mich noch. Der Mann war geduldig. Verlegen räusperte ich mich.

»Dann geh ich mal besser nach Hause. Wenn ich gewusst hätte, wie schön es hier ist und wie unrecht ich dir getan habe, hätte ich alles daran gesetzt, ungestört zu bleiben.«

Ohne Vorwarnung legte er seine Hände an meine Hüfte, zog mich an sich und küsste mich.

Nun hatte ich wirklich weiche Knie. Dieser Mann sah nicht nur gut aus, sondern konnte auch noch unverschämt gut küssen.

Und wenn er so gut küssen konnte, dann ... den Rest wollte ich mir erst gar nicht ausmalen.

Verwirrt stammelte ich: »Ich muss jetzt aber wirklich los.

Max wartet schon«, und ging, ohne mich umzuschauen, ins Haus. Ich habe gelesen, man soll sich nie umdrehen, wenn man geht, da das ein Zeichen von großer Unsicherheit oder unstillbarer Neugierde ist.

Beides kleidet einen nicht besonders, und man konnte nie wissen, vielleicht las er auch »Psychologie heute«.

Im Auto musste ich die ganze Zeit an den Kuss denken. Abgesehen davon, dass ich mein Glück immer noch nicht fassen konnte und geradezu glühte, freute mich die Tatsache, dass er ein guter Küsser war, besonders.

In der Vergangenheit hatte ich schon einige seltsame Verrenkungen miterleben müssen.

Angefangen beim Speichelüberfluter bis hin zum Gaumenkitzler war mir seit der Pubertät rein gar nichts erspart geblieben.

Im Gedächtnis war mir auch der Kuss geblieben, bei dem ich einfach eine Zunge in den Mund gelegt bekommen hatte, ohne eine weitere Bewegung zu spüren. Der Herr war wohl der Meinung gewesen, zwei aktive Zungen seien zu viel des Guten, und hatte mir gnädig die Arbeit überlassen.

Nicht so Leander. Das war genau richtig gewesen. Nicht rau, aber mit genügend Druck, nicht zu lange, sondern gerade so, dass man einen kribbelnden Abdruck auf den Lippen spürte.

Ich konnte es kaum erwarten, den Mädels haarklein Bericht zu erstatten. Leider war es schon spät und ich konnte schlecht anrufen, mit Max auf dem Beifahrersitz, vor dem ich mich gebrüstet hatte, jeder Versuchung zu widerstehen.

Apropos Max. Der sah nicht allzu fröhlich aus.

Er schaute mich an, und zum ersten Mal lag kein Funkeln in seinem Blick. »Ich glaube, wir haben da echt Scheiße gebaut.

Das war eine ganz peinliche Nummer und ich mitten drin. Ich möchte nicht wissen, was er jetzt denkt. Mir war das so unangenehm, dass ich schon überlegt hatte, den Köter ein wenig auszuführen.«

Ich konnte es gut verstehen.

Wäre nicht der Kuss gewesen, säßen jetzt zwei Häufchen Elend nebeneinander. Aber sagen konnte ich ihm das natürlich nicht.

Euphorisch und aufgekratzt wie ich war, sprach ich den ganzen Nachhauseweg nonstop. Da an Schlaf nicht zu denken war, willigte ich gerne in sein Angebot ein, mit nach oben zu kommen.

»Ha, dann können wir endlich mal was Anständiges trinken, wie sich das für Erwachsene gehört.« Mir war jedes Mittel recht, ihn aufzuheitern; ich war ja nicht ganz unschuldig an der Situation.

Max' Wohnung war überhaupt nicht so stylish und hypermodern, wie ich sie mir vorgestellt hatte. Eher schlicht und das krasse Gegenteil von meiner verkitschten Wohnung, aber durchaus gemütlich und vor allem sehr persönlich eingerichtet.

Man hatte nicht wie so oft das Gefühl, Kilometer gefahren und doch wieder in der eigenen Wohnung gelandet zu sein, weil einem Billy Regal, Sventje Bett, Lasse Schrank und wie sie alle hießen entgegenlachten. Und erst die abendfüllenden Gespräche wie: »Ach, die Bettwäsche hab ich auch, nur in grün.« Oder: »Sag mal, wie lange hast du gebraucht, um den Schrank aufzubauen?«

Natürlich hatte immer jemand eine Horrorgeschichte zum Thema Ikea parat. Meistens von einem Bekannten, dem tatsächlich fünf wichtige Elemente zum Aufbau der Küche gefehlt hatten! Man stelle sich das mal vor! Partys dieser Art wurden auch nicht gegen Ende gut. Vielleicht lag es daran, dass man sich der eigenen Individualität beraubt fühlte, weil man sah, dass andere zumindest einrichtungstechnisch das gleiche Leben führten wie man selbst.

Max ging zum Plattenschrank – er besaß tatsächlich Platten anstatt CDs –, legte Goldfrapp auf und holte aus der Küche eine Flasche Whiskey und zwei Gläser.

»Ich brauche jetzt was Richtiges und nicht so ein Kinderfaschingsgesöff. Ich hoffe, du magst Whiskey.«

Eigentlich mochte ich Whiskey überhaupt nicht, aber was noch viel schlimmer war, ich vertrug Whiskey überhaupt nicht.

Aber was machte das schon. Heute Abend war alles egal. Mein Traum, Leander Berglandt zu küssen, war in Erfüllung gegangen, mein Schicksal quasi besiegelt.

Da konnte man ja nicht kleinlich sein.

Also her mit der Pulle.

War das widerlich – und wie das brannte!

Max ging es von Schluck zu Schluck besser. Mir ja sowieso.

Da ich kein Feigling sein wollte, trank ich tapfer mit.

Die Welt schien bunt und bunter, und plötzlich lief sogar eine Katze herum.

Witzig.

»Komm, Kittykatze! Wie heißt die denn?«, wollte ich wissen.

»Pussy.« Max war schon jenseits von Gut und Böse und fand gar nichts mehr peinlich.

»Nee, wie schlecht. Ich schenke dir mal eine zweite, die kannst du dann ›Cat‹ taufen.« Gelächter.

Ja, die Stimmung stieg, das Niveau sank.

Ich kann nicht mehr genau sagen, wann die sehr heitere Stimmung in eine Todesstarre wechselte.

Ich meine, mich erinnern zu können, dass Max sagte: »Du

kannst in meinem Bett schlafen, dann gehe ich mit Pussy in ihr Körbchen«, und dass ich ihm großzügig anbot, auch im Bett zu schlafen, bevor ich in einen komatösen Zustand fiel.

Zu meiner Verwirrung träumte ich abwechselnd von Leander und der Katze, wobei Pussy irgendwann auf Rollschuhen durch die Wohnung fuhr.

Ich weiß nicht mehr, wann ich aufwachte, ich weiß nur, dass es ein inzwischen bekanntes Gefühl war.

Aus den Augenwinkeln schielte ich zu Max herüber.

Er lag bewegungslos, vollkommen bekleidet da, und Pussy hatte sich zu uns aufs Bett gesellt.

Langsam, ganz langsam stand ich auf und ging leise, ohne ihn zu wecken, nach Hause.

Dort holte ich einige Stunden Schlaf nach, nahm ein Aspirin und war wieder halbwegs Mensch.

Natürlich griff ich als Erstes zum Telefon, um Katharina und Lilli die frohe Botschaft zu verkünden.

Ich wollte es spannend machen – man wird ja nicht alle Tage überraschend von Leander Berglandt geküsst – und bestellte die beiden in den »Kleinen Puck«, unser Lieblingscafé, wo man Tee von frischer Pfefferminze in riesigen Tassen serviert bekam und den besten selbst gebackenen Pflaumenkuchen der Stadt.

»Du hast dich am Telefon so betont kurz gehalten. Was soll denn die Geheimniskrämerei? Das ist doch meine Masche.« Katharina war beleidigt oder einfach so neugierig, dass sie ihr Erbe herausgerückt hätte, nur um schneller zu erfahren, was sich zugetragen hatte.

Katharina liebte es, an zwischenmenschlichen Beziehungen teilzuhaben.

Da ich sie nicht länger auf die Folter spannen wollte, erzählte ich von meinem zuerst sehr netten Abend, der sich kurz in eine Katastrophe wandelte, um dann in seinem Höhepunkt zu enden: dem ersten Kuss von Leander Berglandt.

Lilli und Katharina kreischten gleichzeitig los.

»Und wie küsst er? Ich möchte alles wissen, und wenn ich ›alles‹ sage, meine ich alles.« Katharina war in ihrem Element.

Also berichtete ich, wie er mich angefasst hatte, was er gesagt hatte, wie sein Blick gewesen war, sein Mund.

Lilli und Katharina hingen an meinen Lippen und seufzten begeistert mit.

»Sag, Pia, hast du auch gleich gemerkt, dass das dein Mann fürs Leben ist?«, wollte Lilli wissen. Sie war unerträglich romantisch, seit sie mit ihrem Kinderarzt zusammen war.

»Ehrlich gesagt habe ich nur gespürt, dass es sich verdammt gut anfühlt und ich mehr will.« Insgeheim hegte ich andere Gedanken, und natürlich hoffte ich, dass Leander der mir Zugedachte war, aber das behielt ich lieber für mich, denn Katharina war mit Lillis Liebeswahn gestraft genug, und ich wollte und konnte es ihr nicht antun, innerhalb von einer Woche gleich die zweite Freundin an geistiger Verwirrung dahinsiechen zu sehen. Zumal Lilli es selber gar nicht zu bemerken schien.

»Also bei mir und Sebastian ist es wie Yin und Yang, wie Töpfchen und Deckelchen, wie …«

»… dumm und dümmer«, unterbrach Katharina ihren Wortschwall, wofür ich ihr dankbar war.

Es war an der Zeit für ein paar klärende Worte. »Lilli, sowohl Katharina als auch ich sind glücklich, dass du Sebastian getroffen hast. Er ist ein großartiger Kerl und passt hervorragend zu dir. Aber musst du dein Rosarotgehabe nonstop durchziehen? Auch wenn du dich in der Schwer-Verliebt-Phase befindest?«

Zu meiner Überraschung war Lilli gar nicht beleidigt, sondern sehr einsichtig und versprach sich, zurückzuhalten.

Wir kamen zum eigentlichen Gesprächsthema zurück. Leander!

Wie großartig er reagierte, wie gut, dass er kein Schnösel war, wie souverän und auch so sexy.

Als Katharina wissen wollte, wie Max das Ganze verkraftet habe, und ich meine ungeplante Übernachtung gestand, war das Geschrei noch lauter.

»Wie, du hast mit ihm in einem Bett geschlafen, nachdem du gerade von Leander geküsst wurdest! Schämst du dich denn gar nicht?«

»Es ist doch nichts passiert«, wehrte ich ab.

»Das meinst vielleicht du. Aber seit der Marquise von O wissen wir ja wohl alle, dass man nie wissen kann.« Katharina war empört.

Ich beschloss, besser erst gar nichts von meinem seltsamen Traum zu sagen, in dem abwechselnd Leander und die Katze vorgekommen waren.

»Wann seht ihr euch wieder?«, wollte Lilli wissen.

»Montag. Dann schauen wir mal, wie Leander sich verhält. Ich glaube kaum, dass er sich vorher meldet.« Wieder hoffte ich insgeheim, er stünde heute Abend oder morgen vor meiner Tür.

Wo ich wohnte, wusste er ja.

Plötzlich sagte Katharina: »Ach übrigens, vor lauter Aufregung hätte ich es fast vergessen. Ratet mal, wer mich vorhin angerufen hat? Unser Herzstück Witta. Stellt euch vor, sie macht eine Stehparty, und ihr glaubt mir nie, wen sie eingeladen hat. Meinen Bruder, einige seiner Freunde und – jetzt haltet euch fest – Leander Berglandt. Und das Beste ist: Wenn man Witta Glauben schenken darf, hat er bereits zugesagt. Ist das noch zu fassen?«

Triumph lag in ihrem Gesicht. Sie hatte ihren Auftritt gehabt.

Und Witta, wie mir schien, auch. Wie pflegte meine Mutter zu sagen? Am schlimmsten sind die Dreisten. Und am allerschlimmsten Witta, die es sich zur Lebensaufgabe gemacht hatte, mir, wo es ging, dazwischenzufunken.

Ich versuchte, mir nicht anmerken zu lassen, dass mich die Sache mit Witta an einem wunden Punkt getroffen hatte.

Aber es gehörte weiß Gott was dazu, nach einem kurzen Small Talk auf einer Party Leander nachzutelefonieren und ihn einfach einzuladen.

Wie die an seiner gestrengen Assistentin vorbeigekommen war, würde mich schon interessieren.

Noch viel mehr wollte ich wissen, wieso, falls es stimmte, Leander zugesagt und es mir gegenüber mit keinem Wort erwähnt hatte.

Witta konnte, wenn man sie nicht näher kannte, einen Charme an den Tag legen, der selbst eine Prinzessin Di zum Mauerblümchen degradiert hätte, aber Leander musste doch mit der Erfahrung aus seinem Business solche Menschen gegen den Wind riechen!

Fand er Witta etwa attraktiv?

Warum küsste er dann mich?

Witta war, was man einen Männertyp nannte. Modelmaße, exotisches Gesicht. Ihre Mutter stammte aus der Karibik und hatte Witta langes dunkles, glänzendes Haar vererbt.

Bevor ich Witta kannte, hatte ich mich bei Shampoowerbung damit getröstet, dass die Haare der Models nur mit Glanzcreme und Strahlern zur Geltung kamen. Haare konnten in natura gar nicht so aussehen.

Was soll ich sagen, Witta hatte genau diese Haarpracht.

Katharina, Lilli und ich wunderten uns ständig, warum Witta nach dem Tod ihres »heiligen« Ehemannes nie einen Nachfolger präsentiert hatte, denn an Bewunderern fehlte es ihr nicht.

Lilli schien zu spüren, wie es in mir brodelte.

»Ach, dafür gibt es sicher eine einfache Erklärung. Und mich würde es auch nicht wundern, wenn sie das nur erfunden hat, um dich zu ärgern. Sie hat schon immer ein Problem mit dir gehabt, die doofe Ziege.«

Dankbar schaute ich Lilli an. Solidarität bedeutete viel in solchen Momenten. Lilli sah heute so anders aus als sonst.

Und plötzlich bemerkte ich, dass sie lauter rote Punkte im Gesicht und im Dekolleté hatte.

»Um Himmels willen Lilli, du hast da lauter rote Punkte!«, kreischte ich.

Lilli senkte verunsichert die Stimme: »Pst. Ich weiß, ich habe versucht, sie abzudecken, so gut es ging. Ich glaube, das ist eine Allergie. Ich lasse das am besten Sebastian anschauen.« Nervös kramte sie in ihrer Tasche nach einem Handspiegel und überprüfte die Pusteln.

»Ich meine fast, die sind stärker geworden«, ließ sie verlauten.

Katharina musterte Lilli eingehend. »Kind, du hast keine Allergie, das sind eindeutig Masern. Glaube mir, wenn man mit einem Hypochonder als Bruder groß geworden ist, kennt man sich mit so was aus. Du hast die sicher auch schon auf dem Bauch. Zieh mal dein Top hoch.« Lilli gehorchte, und tatsächlich tummelten sich auf ihrem Bauch die gleichen roten Sprenkel, die sie auch im Gesicht hatte.

Lilli geriet außer sich. »Aber das kann gar nicht sein. Ich hatte schon als Kind die Masern und müsste dagegen immun sein. Außerdem, wo bin ich denn mit Masern in Berührung gekommen?«

Kaum ausgesprochen, fiel ihr es wie Schuppen von den Augen.

»Natürlich, Marie! Die hat mir noch von ihrem Freund Thomas aus dem Kinderchor erzählt, der die Masern hat. Und ich dachte noch, wie niedlich, das Kind kann Masern nicht aussprechen. Seid mir nicht böse, aber ich geh gleich nach Hause und ruf Sebastian an.«

Wir brachten Lilli ins Bett und gingen auch nach Hause.

Mein Anrufbeantworter blinkte hektisch. Acht Anrufe in der kurzen Zeit, die ich außer Haus gewesen war. Es war doch nichts passiert!

Anrufer 1 war meine Mutter. Stimmt, ich hatte vergessen, sie anzurufen. Sie wollte wissen, wie mein Abend verlaufen war.

Der zweite Anrufer hatte aufgelegt. Sicher ein Kontrollanruf von meiner Mutter, um zu schauen, ob ich auch wirklich nicht zu Hause war.

Beim dritten Anruf bekam ich weiche Knie.

Es war Leander.

»Hallo Pia. Du bist nicht da, hätte ich mir auch denken können. Wahrscheinlich ist dir der Alkohol ausgegangen und du bist zur Tanke gefahren.« Er lachte. »Ich möchte dich so gerne wieder sehen, ruf mich an, wenn es dir auch so geht. Und komm ja nicht auf die Idee, diesen Max statt deiner anrufen zu lassen. Ach, und übrigens hat mich deine Freundin, äh, Bekannte Witta angerufen. Wir sind beide auf ihre Party eingeladen. Aber du weißt ja schon Bescheid und für den Fall, dass du dahin möchtest, habe ich auch zugesagt. Ich möchte auf keinen Fall die Gelegenheit verpassen, dich zu sehen. Bis später!«

So war das abgelaufen. Die Natter hatte Leander angerufen und vorgetäuscht, ich würde auch kommen.

Woher wusste die, dass er sich tatsächlich für mich interessierte?

Und der arme Kerl denkt sich, wenn ich da unbedingt hin will, geht er eben mit. Ich fühlte mich erleichtert, glücklich, doch gleichzeitig überkam mich Wut auf Witta.

Vor allem, nachdem ich die restlichen fünf Anrufe abgehört hatte.

Alle Nachrichten stammten, wer hätte es gedacht, von Witta.

Anruf 1:

»Hallo Pia, bei dir war gerade belegt, und jetzt bist du nicht da, hm, komisch. Ruf mich bitte umgehend zurück.«

Belegt, so, so, ja, da war ihr Leander wohl leider zuvorgekommen. Dumm aber auch.

Anruf 2:

»Pia, ich bin es noch mal, Witta. Du hast ja sicher schon von Katharina gehört, dass ich nächsten Samstag eine kleine Stehparty bei mir gebe. Du bist natürlich herzlich eingeladen und kannst auch gerne eine Begleitung mitbringen. Ruf mich an. Adieu.«

Adieu, typisch Witta. Das hatte sie sich bei Katharina abgeguckt, mit dem kleinen Unterschied, dass Katharina Adieu sagen konnte und sie damit ein Hauch von »Savoir Vivre«, Tradition und höhere Tochter umwehte, während bei Witta »Adieu« so klang, wie wenn bestimmte Menschen »Merci« sagen, dabei aber nicht die französische Aussprache beherrschen.

Anruf 3 schon etwas ungeduldiger:

»Also wirklich Pia, wo treibst du dich denn nur herum, und warum schaltest du immer dein Handy aus? Ich gehe jetzt einfach mal davon aus, dass du am Samstag kommst. Ich würde mich freuen, wenn du Leander Berglandt mitbringst. Aber mach dir keinen Stress, ich weiß, du hast ja immer genug um die Ohren. Ich kann das alles arrangieren.«

War sie nicht entzückend? ›Ich kann das alles arrangieren.‹ Das hatte sie doch schon längst!

Anruf 4:

»Pia, ich werde jetzt Leander mal anrufen.«

Für wie blöd hielt sie mich eigentlich? Leander war vor ihr auf dem Anrufbeantworter gewesen, was bedeutete, dass sie ihn lange vor mir angerufen haben musste.

Woher hatte sie eigentlich seine Privatnummer? Sicher nicht von Leanders Assistentin.

Anruf 5:

»Pia, Witta hier noch mal. Habe soeben mit Leander gesprochen, es ist alles arrangiert. Er kommt gerne und würde sich sehr freuen, wenn du ihn begleitest. Also dann Samstag in zwei Wochen, 20 Uhr bei mir, ich freu mich.«

O ja, ich freue mich auch, Witta. Vor allem jetzt, wo ich weiß, dass du ein Spielchen spielst.

Über eines war ich mir noch nicht im Klaren. Welches Ziel verfolgte sie eigentlich? Wollte sie sich einfach mit Leander schmücken und ihren Bankangestellten prominente Freunde vorstellen, befand sie ihn als würdigen Nachfolger für ihren Verstorbenen, oder versuchte sie einfach, aus Jux dazwischenzufunken?

Man kam sicher auf einige dumme Gedanken, wenn man den ganzen Tag lang Geldscheine nach Farben sortieren musste.

Wie auch immer, ich beschloss, Wittas Intrige nicht auffliegen zu lassen.

Gewarnt war ich und besser, man ließ sie im Glauben, dass man nichts ahnte, um sich ihre weiteren Schritte anzuschauen.

Und Leander ließ ich zappeln. Willst du gelten, mach dich selten.

Komisch, Max war als Einziger nicht auf dem AB gewesen, dabei hatte ich mit seinem Anruf am ehesten gerechnet. Vielleicht lag er immer noch im Koma.

Das Telefon klingelte – Katharina. Sie war gelangweilt. Es war eine Sonntagnachmittag-Langeweile, die sie seit ihrer Kindheit kannte.

Sonntags schien das Leben still zu stehen, und sie fand selten Freunde, die bereit waren, sich etwas zu amüsieren, da fast alle außer ihr einem geregelten Beruf nachgingen und sich vom anstehenden Montagmorgen tyrannisieren ließen. Für ihre Galerie hatte sie zum Glück eine Angestellte, die sich um das Alltagsgeschäft kümmerte, sodass Katharina nur die interessanten Projekte blieben.

Sie überredete mich, mit ihrer Familie zu Abend zu essen, und holte mich sogar ab.

Als wir mit ihrem Jaguar den Weg zum Familiensitz der von Steinbecks entlangfuhren, bemerkte Katharina, wie stolz sie auf ihre Herkunft war.

Ihre Familie gehörte zu einer der einflussreichsten im Lande, und schon ihre Großeltern waren mit den Prominenten aus Politik, Wirtschaft und Sport per du gewesen.

Das Anwesen war mit vielen Anekdoten verbunden, überall hingen wertvolle Bilder und erinnerungswürdige Fotografien.

Man fühlte sich trotz der großen Räume vom ersten Moment an wohl, denn die lichtdurchfluteten Räume waren stilvoll antik und teilweise modern eingerichtet.

Vor allem lag es aber an der Familie selber, die ihrem Heim eine fröhliche und herzliche Atmosphäre verlieh. Jeder war willkommen, der Leben und Abwechslung mitbrachte, denn die von Steinbecks hatten ein Faible für Geschichten und Begebenheiten, je ungewöhnlicher, desto besser.

Diskretion war ein Fremdwort. Und wenn man sich erst zum engen Kreis der Familie zählen durfte, hatte man ab dato kein Privatleben mehr. Allzu gerne diskutierten die von Steinbecks über das Liebesleben anderer und gaben ungefragt Ratschläge.

Wir kamen gerade rechtzeitig zum Essen, ihre Eltern und Herbert hatten bereits an der im Garten gedeckten Tafel Platz genommen.

Katharinas Mutter sah wie immer tadellos aus, und die Lebensfreude blitzte ihr aus den Augen.

Ihr Vater, Constantin von Steinbeck, ein humorvoller und gemütlicher Mann, aß bereits die Vorspeise. Er war Genießer und konnte sich schlecht zurückhalten, wenn Mathilda, die Haushälterin, mit ihren Kochkünsten auftrumpfte – sehr zum Leidwesen von Katharinas Mutter, die sich um die Blut- und Fettwerte ihres Mannes sorgte.

»Na Püppi, wo kommt ihr denn her?« Ihr Vater nannte sie trotz ihrer 33 Jahre nach wie vor bei ihrem Kosenamen.

Katharina berichtete von meiner Begegnung mit Leander, was die Familie naturgemäß schrecklich aufregend fand.

Eine gute halbe Stunde wurde ich ausgefragt, bis Katharina gnädigerweise zum nächsten Thema wechselte: Lillis Masern.

Wie abzusehen, wollte Herbert, der zwischen Katharina und mir saß, sofort die Plätze tauschen, wegen der möglichen Ansteckungsgefahr, und war gar nicht mehr zu beruhigen, obwohl seine Mutter ihm versicherte, er habe die Masern als Kind schon gehabt.

»Ja, das dachte Lilli auch, und jetzt hat sie rote Pusteln und hoch Fieber. Mit Masern ist bei Erwachsenen nicht zu spaßen.« Herbert war nicht nur Hypochonder, sondern hegte auch einen Hang zur Übertreibung. »Aber eigentlich könnte ich das nutzen und Kontakt mit ihrem neuem Freund Dr. Sebastian Sommerfeld aufnehmen. Habe mich übrigens erkundigt. Er hat in Tübingen studiert. Eine ausgezeichnete medizinische Fakultät haben die.«

Katharinas Vater zog, halb verärgert, halb amüsiert, die Augenbrauen hoch. »Von mir hat er das nicht, unser eingebildeter Kranke.«

»Natürlich hat er das von eurer Seite«, konterte Katharinas Mutter. »Deine Familie ist doch seit Jahrhunderten inzestuös unterwegs gewesen. Hättest du mich nicht gewinnen können, wäre nichts geworden mit dem frischen Blut in der Sippe. Stattdessen wärst du an einer Adelstante hängen geblieben, und Herbert wäre nicht nur Hypochonder, sondern auch stolzer Träger einer Habsburger Lippe.«

Ich liebte den Schlagabtausch von Katharinas Eltern.

Vor allem, dass sie sich auch nach ihrer langen Ehe innig liebten und es nicht müde wurden, sich gegenseitig zu necken.

Nach dem Tee zogen wir uns in Katharinas »Gemächer« zurück.

Sie war sich ihres privilegierten Lebensstiles durchaus bewusst und dankbar dafür.

Ihr Lebensplan war bereits vorgezeichnet.

Sie wusste, dass sie sich mit einer standesgemäßen Partie vermählen und zwei, drei Kinder in die Welt setzen würde, damit hätte sie ihre Schuldigkeit getan. Mit der Unterstützung eines Kindermädchens und einer Haushaltshilfe sollte sich ihr zukünftiges Leben nicht allzu schwer gestalten.

Katharina ging ihren Terminkalender durch. Nicht dass sie besonders viele Termine hatte, aber ihre gesellschaftlichen Verpflichtungen waren ausreichend.

Sie setzte sich auf ihr Bett. »Du, Pia, in letzter Zeit fühle ich mich müde, und seit einigen Tagen ist mir übel. Wahrscheinlich habe ich mir diese Magen-Darm-Grippe eingefangen, die gerade grassiert. Oder ich bekomme meine Tage.«

Katharina blätterte den Kalender nach ihrem Zeichen »Marianne zu Besuch«, das ihre Periode tarnte, durch. Es fehlte schon seit geraumer Zeit.

Sie blätterte zurück und erschauderte. »Pia! Ich bin überfällig, und zwar um zehn Tage.«

Sie wurde blass.

»Und das merkst du erst jetzt?« Ich war erstaunt.

»Das war die Ablenkung und Aufregung, erst mit dir, und dann mit Lilli!«

Noch mal zählte sie die Tage durch und kam immer wieder zum gleichen Ergebnis.

Sie war überfällig!

Sie, die immer Verhütung predigte und verächtlich über alle Frauen höhnte, die im 21. Jahrhundert unfreiwillig schwanger wurden. »O Gott, bitte lass es eine Hormonstörung oder Stress sein«, flehte sie.

Ich wusste, dass sie nicht schwanger sein konnte, da sie die Pille nahm, und Katharina war niemand, der eine Einnahme vergaß.

»Pia! Mir fällt gerade ein, dass ich im fraglichen Zeitraum Antibiotika geschluckt habe. So ein Anfängerfehler! Das darf doch nicht wahr sein!«

Ich versuchte sie zu beschwichtigen, auch wenn ich langsam nervös wurde

Doch Katharina war nicht zu beruhigen.

»Weißt du, was das Allerschlimmste, Unaussprechlichste ist? Der in Frage kommende Liebhaber ist Feldheim.«

Es handelte sich ausgerechnet um ihren Reitlehrer!

Katharina war selber klar, dass man ein Klischee nicht besser bedienen konnte. Sie hatte das sehr amüsant gefunden, und im Spaß hatten sich der Reitlehrer und sie »Di« und »John« genannt, in Anlehnung an Prinzessin Dianas Affäre mit ihrem damaligen Reitlehrer und angeblichen Vater von Harry.

Jetzt schämte sie sich für ihren Hochmut.

Ihr Reitlehrer war nicht nur gesellschaftsunfähig, sondern zu allem Übel auch verheiratet.

»Na, klasse, aber auch gar keinen Fettnapf ausgelassen, Gräfin«, schalt Katharina sich.

Ich brachte Gegenbeispiele. »Bei Lilli sind die Tage mal drei

Wochen lang ausgeblieben, und sie musste eine Ausschabung vornehmen lassen, damit ihre Periode wieder einsetzte.«

Katharina war plötzlich gar nicht mehr gelangweilt.

Leider konnte sie den Bediensteten nicht auftragen, Schwangerschaftstests zu besorgen, denn es wurde nur zu gerne getratscht.

Also blieb uns nichts übrig, als höchstpersönlich zur Notapotheke zu fahren und uns der Schmach zu unterziehen, an einem Sonntagabend sechs verschiedene Schwangerschaftstests zu kaufen.

Wir hatten Tests gekauft, die man gleich durchführen konnte, und andere, für die man Morgenurin benötigte.

Bei den von Steinbecks stahlen wir uns in den Weinkeller, holten einen guten Tropfen, zögerten kurz; wer wusste, ob sie überhaupt noch trinken durfte.

Aber Katharina brauchte in dieser Stunde Traubentrost, und da sie in den letzten zwei Wochen getrunken hatte, konnte es auf dieses eine Glas auch nicht ankommen.

Wir legten ruhige Musik auf, und Katharina ging der entwürdigenden Tätigkeit nach, in drei Gläser zu urinieren und diese nebeneinander auf den Tisch zu stellen.

Sie nahm einen kräftigen Schluck Wein und fingerte die unterschiedlichen Teststäbchen in die Gläser.

Die Proben färbten sich ein.

»Ganz ruhig, das sind nur die Teststreifen, wichtig ist das große Feld«, beruhigte Katharina sich selber.

Zu meinem großen Entsetzen zeigten sich nach nur wenigen Sekunden auf dem ersten Test Verfärbungen, der Zweite zögerte, und der dritte zeigte verwaschene Stellen auf.

Nach fünf Minuten stand das Ergebnis fest.

Zwei zu eins.

Katharina atmete schneller, nahm noch einen tiefen Schluck.

»Pia, sag, dass das hier gerade nicht mir passiert!«

Ich versuchte sie auf die drei noch ausstehenden Morgentests zu vertrösten, die genauer zu sein schienen.

Mir war klar, dass für Katharina eine Abtreibung nicht in Frage kommen würde.

Auch wenn Katharina eine weltoffene Erziehung genossen hatte, standen doch in ihrer Einstellung religiöse Werte im Vordergrund. Sie würde es nicht vertreten können, mit 33 Jahren und einem mehr als gesicherten finanziellen Hintergrund an eine Abtreibung zu denken.

Was sie vielmehr beschäftigte, war, dass sie den Kindsvater unmöglich vorzeigen konnte.

Er war verheiratet, und das sollte auch so bleiben, denn abgesehen von ihrer Liebe zum Reiten und ihren fleischlichen Vergnügungen hatten sie rein gar nichts gemeinsam.

Unter Niveau, einfach unter Niveau.

Katharina seufzte. »Wie konnte ich nur so unvorsichtig sein, wo ich sonst alles unter Kontrolle habe und eine Cocktailparty zwischen Maniküre und Friseur organisiere?«

Katharina, der Inbegriff der Contenance, ungewollt schwanger! Das passte nicht.

Allein die Vorstellung, ihrer Familie einzugestehen, dass sie ein Verhältnis mit dem Reitlehrer hatte und auch noch ihre guten Gene verschleudert hatte, war ihr ein Gräuel.

Und welchen Tratsch sie sich und der ganzen Familie zumuten würde!

Vielleicht sollte sie einige Zeit verreisen.

Ich versuchte mit Katharina Alternativen durchzuspielen.

In ihrer Verzweiflung kam sie auf zwei mögliche Ideen.

Die erste war simpel, altbewährt und in ihren Kreisen sicher nicht ungewöhnlich. Sie musste schnell einen Ersatz-Alibi-Ehemann finden und ihm das Kind unterschieben.

Herbert hatte zum Glück Verbindungen, und ihr fielen auf Anhieb zwei Verehrer ein, die nichts sehnlicher wünschten, als sie zu ehelichen.

Der eine war unansehnlich, der andere ganz nett. Aber reichte ihr »ganz nett« aus?

Gut, sie würden sich sicher ein Anwesen nehmen, in dem man sich nicht oft begegnen müsste, aber die Vorstellung, mit einem »ganz netten Mann« ihren gesellschaftlichen Verpflichtungen nachzugehen, ließ Katharina erschaudern.

Zumal sie das Bild ihrer Eltern vor Augen hatte, die sich auch nach langen Jahren nicht langweilig geworden waren.

Die meisten Frauen in ihrer Situation hätten sich in ihr Schicksal gefügt.

Doch Katharina war nicht wie die meisten Frauen, und so schnell fügte sich eine von Steinbeck in rein gar nichts.

Es musste doch noch einen anderen Weg geben!

Plötzlich kam ihr die Erleuchtung.

»Pia, ich habe eine Lösung. Aber die teile ich dir erst mit, falls ich tatsächlich schwanger sein sollte. Und jetzt würde ich gerne alleine sein, wenn du verstehst. Ich muss nachdenken.«

Ich ging nach Hause. Katharina wusste immer genau, was sie wollte.

Endlich hatte ich Zeit, den von Leander ausgefüllten Fragebogen zu lesen. Schon den ganzen Tag brannte ich vor Neugierde.

Na, dann wollten wir doch mal sehen.

»Was ist Ihr Motto?« – »laissez faire«

Ha! Der Mann war tolerant und kein kleinkarierter Spießer. Ein Mann, der nicht mit erhobenem Zeigefinger moralisierend und heuchlerisch auf andere zeigte, sondern jeden so nahm, wie er war. Er würde garantiert nicht zur Klette mutieren.

»Wo möchten Sie leben?« – »Wo das Leben mich hinspült.«

Dieser Freigeist! Anstatt die üblichen Antworten »am Meer« oder »im Süden« zu geben, zeigte er auf, was wirklich wichtig war. Das Leben anzunehmen und zu akzeptieren, wie es kam, anstatt festgefahrene Vorstellungen zu haben.

»Welche Gabe würden Sie gerne besitzen?« – »Mich unsichtbar zu machen.«

Ich musste seufzen. So ein prominentes Leben kostete sicher einiges an Nerven. Sein Wunsch nach Unsichtbarkeit war nur zu verständlich. Leander wurde aber auch überall erkannt. Wenn wir erst ein richtiges Paar wären, würde ich ihm vorschlagen, die Hälfte des Jahres in den Staaten zu verbringen, wo er hoffentlich unerkannt leben konnte.

»Wovor haben Sie Angst?« – »Nicht mehr meinen Beruf, den ich über alles liebe, ausüben zu können«

Das konnte ich nur zu gut verstehen. Schließlich hatte Leander sich wie kein anderer hoch geschuftet, auch wenn es nach Leichtigkeit aussah. Und sein Erfolg hielt sich schon seit Jahren!

»Welche Eigenschaften schätzen Sie an einer Frau?« –

»Intelligenz, Humor und Flexibilität.«

Hach! Er konnte nur mich meinen! Ich hatte alles, oder? Intelligent? Na ja, zumindest dumm war ich nicht. Humorvoll war ich auf alle Fälle. Und wenn jemand der Inbegriff der Flexibilität war, dann ja wohl ich. Oder gab es außer mir etwa noch jemanden, der in den 80ern kein Problem hatte, sich an die Duschszene von Bobby Ewing in Dallas zu gewöhnen?

»Welche Eigenschaften schätzen Sie an einem Mann?« –

»Solidarität, Durchsetzungsvermögen, Hartnäckigkeit.«

Hm, dazu fiel mir nicht viel ein. Ich überlegte, ob mir spontan einfiel, mit wem Leander befreundet war, was sich schwierig gestaltete, da alle ihn gut leiden mochten. Beim nächsten Gespräch würde ich ihn danach fragen.

»Wie möchten Sie sterben?« – »Überraschend.«

So war er. Er liebte das Leben und wollte es bis zum letzten Augenblick auskosten. Kein: »Ich möchte in Demut sterben«, oder: »Ich möchte vorbereitet sterben«, wie viele sonst antworteten. Nein, er gab nicht auf, kämpfte an, genoss das Leben so lange wie möglich.

»Was sind Ihre Lieblingsnamen?« – »Bei Männern Kasper, bei Frauen Pia.«

Ich musste zweimal hinschauen. Gut leserlich hatte er in seiner schwungvollen Handschrift drei Buchstaben geschrieben. Pia! Mein Name! Mein Herz klopfte wie wild. Ungläubig las ich seine Antwort wieder und wieder durch. Pia! Das konnte kein Zufall sein. Er wusste, dass der Fragebogen von mir war, aber hatte er nicht noch gesagt, man könnte den Bogen ja im Buch abdrucken? Damit riskierte er, dass die ganze Republik seinen Lieblingsnamen, nämlich meinen, lesen würde. Mir wurde warm und glückselig zumute. Ich ging zu Bett, konnte aber vor lauter Aufregung kaum schlafen.

»Mädels, ich muss euch etwas sagen.« Katharina schaute uns erwartungsvoll an. Sie hatte uns für ihre Verhältnisse völlig übereilt zu sich nach Hause eingeladen und darauf bestanden, dass ich meinen Yogakurs ausfallen ließ, den ich eh nur noch sporadisch besuchte.

Katharina liebte Geheimnisse und vor allem Geheimnistuerei.

Mir schwante schon, worum es sich handeln musste, denn sie hielt sich immer an Formen und überstürzte nie eine Einladung.

»Was gibt es denn jetzt, spann uns nicht so auf die Folter.« Lilli wurde ungeduldig.

Katharina stand auf, vergewisserte sich, dass die Tür geschlossen war, und senkte vertraulich ihre Stimme.

»Ich mache es kurz, ich werde Mutter.«

Triumphierend sah sie uns an. Ihre Worte hatten die Wirkung nicht verfehlt.

Sie war tatsächlich schwanger!

Da sowohl Lilli als auch ich sprachlos waren, fuhr sie einfach fort.

»Jetzt schaut nicht so geschockt! Das kommt in den besten Familien vor. Wer der Vater ist, könnt ihr euch ja denken, und dass ich wenig Wert darauf lege, ihn zu outen, ist euch ja auch klar. Also hatte ich heute eine unruhige Nacht, bin aber zu der einzigen plausiblen Lösung gekommen. Zuerst dachte ich daran, mir einen Strohvater zu besorgen und mich ehelichen zu lassen. Da ich entgegen meiner Planung schwanger bin und wenigstens mein Ziel einhalten möchte, erst mit 35 zu heiraten, habe ich mich für eine andere Lösung entschieden.«

Sie legte eine Kunstpause ein.

»Ich werde einfach ab dem vierten Monat eine Wohltätigkeitsreise nach Russland antreten und erst wieder zurückkommen, wenn ich entbunden habe. Dann werde ich das Kind mitbringen und sagen, ich hätte es in einem Waisenhaus adoptiert. Niemand wird wagen, etwas zu sagen, da es eine gute Tat ist. Ich werde keine Rufschädigung meiner Familie riskieren und kann immer noch ohne Druck die richtige Partie finden. Ist das nicht genial?«

»Bitte?«, kreischten Lilli und ich gleichzeitig, sie mit Pusteln im Gesicht und sichtlich fiebernd.

Katharina amüsierte sich köstlich.

Während Lilli schlichtweg entsetzt war, wie Katharina auch nur auf die Idee kommen konnte, ihr eigenes Kind als adoptiertes auszugeben, war ich hin und her gerissen zwischen Faszination und ungläubigem Staunen darüber, wie Katharina ihr Leben so anders meisterte als die meisten Menschen.

Lilli begann auf Katharina einzureden. »Und was erzählst du dem Kind, wenn es nach seinen richtigen Eltern fragt? Wirst du es belügen und sagen, das waren arme russische Bauern, die ihr achtes Kind nicht mehr durchbringen konnten? Oder was passiert, wenn dir das Kind zum Verwechseln ähnlich sieht? Willst du dann auf Zufall plädieren?«

Lilli geriet in Rage. Für sie waren Kinder heilig, und sie konnte nicht nachvollziehen, wie jemand seinen Ruf über das Glück eines Kindes stellen konnte. »Katharina, ich habe deine Eltern bisher als sehr offene und verständnisvolle Menschen erlebt. Du bist 33 Jahre alt, und wir schreiben das 21. Jahrhundert. Du wirst mir doch nicht erzählen wollen, dass du nicht genug Selbstbewusstsein hast, das hier ehrlich zu spielen? Sonst interessiert dich doch auch nicht, was andere über dich denken.«

Arme Lilli, da zerrte man sie mit Masern aus dem Bett, und dann handelte es sich nicht mal um ein freudiges Ereignis.

Na ja, freudig war es eigentlich schon, aber unter diesen Umständen ...

»Hattest du eigentlich schon Masern, Katharina?«, fiel Lilli entsetzt ein. Aber Katharina war gegen ziemlich alles geimpft worden als Kind.

Katharina wandte sich an mich. »Und was denkst du?«

Ich räusperte mich, um etwas Zeit zu gewinnen, denn ehrlich gesagt wusste ich noch nicht, was ich von ihrem Zustand, geschweige denn ihrem Plan halten sollte.

»Ich bin mir nicht sicher. Einerseits bin ich beeindruckt, wie innovativ Frau von Steinbeck mal wieder ein Problem lösen möchte, andererseits bin ich geschockt, dass du schwanger bist und keine Angst hast, dein Kind in irgendeinem russischen Krankenhaus zur Welt zu bringen. Ich kann mir dich so schwer als Schwangere und Mama vorstellen.« Und das stimmte.

Allein die Vorstellung, wie Katharina in Umstandskleidern

aussah oder einen Kinderwagen vor sich her schob oder gar Windeln wechselte ... Katharina beim Füttern in einem Armani-Fummel, während sie schaute, ob das Fläschchen die richtige Temperatur hatte ... Katharina als stillende Mutter war komplett abwegig. Schließlich hatte sie bisher stets entsetzt die Nase gerümpft, wenn eine Mutter in der Öffentlichkeit die Brust gab.

»Einfach kein Benehmen«, pflegte sie dann zu sagen.

»Wie ist das überhaupt passiert?«, wollte Lilli wissen.

Katharina war es sichtlich unangenehm, zugeben zu müssen, dass sie sich trotz Einnahme von Antibiotika nicht zusätzlich geschützt hatte.

Ansonsten war sie fröhlich, und fast bekam ich den Eindruck, dass sie sich freute, endlich Aufregung in ihrem Leben zu haben.

Wir überlegten hin und her, versuchten alle Alternativen noch mal aufzuzeigen, doch Katharina hatte sich schnell mit ihrer neuen Situation arrangiert und war von ihrem absurden Plan nicht abzubringen.

Uns blieb vorerst nichts anderes, als Stillschweigen zu versprechen und kopfschüttelnd das Feld zu räumen.

drei

Wieder zu Hause sah ich gleich die drei Anrufe blinken. Was war ich nur gefragt in letzter Zeit!

Und auch noch von den richtigen Menschen, wie ich feststellte, denn abgesehen vom Routineanruf meiner Mutter hatte ich Leanders und Max' Stimmen auf dem Band. Leander klang, als ob er sich stark nach mir sehnte.

Ich rief beide zurück. Zuerst Max, der mit mir Geschäftliches besprechen und deshalb noch vorbeischauen wollte. Ich sagte zu.

Nachdem ich mir für Leander verschiedene Versionen hinsichtlich meiner Begrüßung überlegt hatte und weder »Na, Totgeglaubte leben länger« noch »Hello stranger« besonders innovativ fand, entschied ich mich für ein schlichtes »Hallo, wie geht's dir?«

Nervös wählte ich seine Nummer.

Er hob ab: »Leander Berglandt«.

Jetzt war ich dran. »Hallo, ich bin's, Pia, wie geht's dir?«

»Wie es mir geht? Gut, wenn du aufhörst, deine Spielchen zu spielen.«

Das saß!

»Was meinst du mit Spielchen?«, wagte ich einen kläglichen Versuch.

»Pia, wir haben uns geküsst und es ist nicht so, als ob ich das jeden Tag mache. Und wenn ich mich nicht täusche, hat es dich nicht kalt gelassen. Deshalb verstehe ich nicht, was diese lächerliche Aktion soll, mich nicht zurückzurufen? Und komm mir ja nicht mit viel Arbeit oder so ’nem Quatsch.«

Was sollte ich darauf nur antworten? »Ich wollte cool sein, weil du ein Star bist und ich spätpubertär?« – »Meine Freundin Katharina hat sich von ihrem Reitlehrer schwängern lassen?« – »Eine Familienangelegenheit?«

Ich entschied mich für den direkten Vorstoß.

»Ehrlich gesagt, war ich komplett verunsichert und wusste nicht, ob das ein Ausrutscher war oder ob du wirklich Interesse hast.«

Wieso fühlte ich mich ihm gegenüber so unsouverän?

»Na, was glaubst du denn? Denkst du, ich würde sonst anrufen und sogar für die Party bei dieser Witta zusagen?« Er klang schon versöhnlicher.

Ich versprach, mich mit ihm zu treffen, und schwor mir insgeheim, keine dummen Tricks mehr auszuprobieren. Man durfte nie jemanden unterschätzen, und ich legte es gewiss nicht darauf an, noch einmal gedemütigt zu werden.

Kaum hatte ich aufgelegt, klingelte es auch schon an der Tür.

Max! Ihm war der Auftritt bei Leander nachhaltig anzumerken, und so wunderte es mich auch nicht besonders, als er mich fragte, ob er besser die Zusammenarbeit mit Leander aufgeben sollte; schließlich müsste doch wenigstens ein gutes Arbeitsklima herrschen, und da sei er sich nicht mehr sicher.

Ich beschwichtigte ihn und versprach, den peinlichen Auftritt bei Leander zu klären und auf meine Kappe zu nehmen.

Ein erleichterter Max und ich stießen kurze Zeit später in meiner Wohnküche auf die Zukunft an. Wir unterhielten uns angeregt.

Wer hätte gedacht, dass ausgerechnet Frauenheld Max meine Lieblingsserie »Sex and the City« samt meiner Heldin Carrie Bradshaw kannte und liebte?

»... und die Folge, in der Carrie mit den Mädels in die Hamptons fährt und sie auf Mr. Big trifft, der seine neue 20-jährige Flamme im Arm hat. War das fies! Und Samantha ihre gefeuerte Assistentin mit dem Typ verkuppelt, der Charlotte wissentlich Tripper angehängt hat. Samantha ist eh die Beste. Als sie sich ernsthaft verliebt hat und der Typ mit vier Zentimetern, erigiert wohlgemerkt, ausgestattet ist und sie ein Stück Hot Dog abbricht und demonstrativ fragt: ›How would you like making love to this every night?‹ Und als Miranda ihr Baby bekommt und die ganze Zeit Blähungen hat.«

Wir kamen aus dem Lachen gar nicht mehr heraus, vor allem, als Max aus dem Nähkästchen plauderte und von seinen bizarren Frauenerlebnissen erzählte. Es gab schon eine Menge neurotischer Frauen da draußen. Wie beruhigend!

Die kommenden Wochen rasten nur so dahin, und die Ereignisse überschlugen sich. Man fragt sich, warum es Phasen gibt, in denen man sich ernsthaft über Chanel-Nagellacknummern unterhält und so großartige Tests wie »Sexbombe, Karriere- oder Kindfrau« ausfüllt, und dann Zeiten anbrechen, in denen man stündlich Updates über sein Privatleben geben könnte.

Zeiten, in denen man gar nicht dazu kommt, zu begreifen, dass die eine Freundin schwanger ist und kurz davor steht, wahnsinnig zu werden, die andere nach jahrelanger vergeblicher Suche die große Liebe gefunden hat und man selber mit dem begehrtesten Mann der Republik publik wird.

Leander und ich waren uns tatsächlich näher gekommen, und wenn auch Stader und Max an meinem Geschmack zweifelten, war an der Tatsache an sich nichts zu rütteln.

Leander Berglandt und Pia Mohnhaupt waren ein Paar.

Eigentlich war alles sehr rasch passiert und stellte sich viel einfacher dar, als ich erwartet hatte. Der Mann zickte nicht, hatte keine Allüren und war einfach umwerfend.

Und alles hatte sich so natürlich entwickelt.

Dem ersten Rendezvous folgten weitere, dem ersten Kuss weitere Küsse.

Für kurze Zeit überkam mich ein Panikgefühl. Was, wenn ich nur eine kleine Maus für ihn war? Würde ich diesen Druck aushalten?

Leander wusste mit mir umzugehen, und schon bald war ich beruhigt und, wie ich dachte, endlich mal in einer erwachsenen Beziehung.

Meine Mutter avancierte zum Star meiner Heimatstadt und wurde nicht müde, meiner Tante Eda aufs Brot zu schmieren, dass ihr Schwiegersohn niemand Geringeres als Leander Berglandt werden würde.

Tante Eda war zwar neidisch, aber immerhin fiel für sie auch ein Stück Ruhm ab, sodass sie meiner Mutter beipflichtete, wo sie nur konnte.

Natürlich erwarteten die beiden einen baldigen Aufwartungsbesuch. Als ich Leander vorsichtig darauf ansprach, reagierte er eher verhalten.

»Familienkisten sind nicht mein Ding. Das eilt doch nicht. Wir haben wahrlich genug Zeit und Gelegenheiten, deine Eltern und deine Tante kennen zu lernen. Aber ich könnte ihnen vorab ein Autogramm schicken, mit einer netten Widmung. Was hältst du davon?«

Ich war mir nicht sicher. Ein Besuch wäre ihnen sicher lieber gewesen. Leander unterschrieb eine seiner Autogrammkarten für meine Mutter mit dem Wortlaut: »Ich danke Ihnen für Ihre wunderbare Tochter. Es heißt nicht umsonst, der Apfel fällt nicht weit von Stamm.«

Und für Tante Eda ließ er sich einfallen: »Wenn die guten Gene in der Familie liegen, freue ich mich darauf, sie kennen zu lernen.«

Meine Mutter und Tante Eda freuten sich ein Loch in den Bauch. Allerdings hatte ich ein bisschen geschwindelt und gesagt, Leander würde sie schrecklich gerne besuchen, sei momentan aber leider so sehr eingespannt, dass er sich unmöglich frei machen könne. Natürlich hatten sie dafür Verständnis und hängten stattdessen die Autogrammkarten auf.

Obwohl ich auf rosa Wolken schwebte, verlor ich meinen eigentlichen Job nicht aus den Augen, nämlich eine Biografie über Leander zu schreiben. Wenn auch Stader Zweifel hatte verlauten lassen, ob ich überhaupt vernünftig arbeiten könne, so verliebt wie ich mich aufführte, überzeugte ich ihn schnell vom Gegenteil.

»Stader, überleg doch mal! Je näher ich ihn kenne, umso besser wird das Buch! Schließlich schreibe ich keinen objektiven Artikel, sondern seine Biografie, die ihn natürlich sympathisch rüberbringen soll. Von daher ist unsere Geschichte ein wahrer Glücksfall.«

Natürlich brummelte er, dass ich aufpassen solle, der Berglandt sei ein schlimmer Finger. Das sagte Stader über jedes männliche Wesen, das auch nur ansatzweise in meine Nähe kam. Er hegte eben väterliche Gefühle für mich.

Dafür konnte ich mit Leander hervorragend zusammenarbeiten. Er war so kooperativ und konzentriert bei der Sache, dass wir schnell vorankamen, was aber nicht zuletzt an meinem nicht ganz uneigennützigen Interesse lag.

Meine Idee, die Biografie nicht chronologisch, sondern nach Themen zu unterteilen, fand er grandios. Ich übrigens auch, denn so konnte man gezielt nachlesen, was einen wirklich interessierte, und musste sich nicht durch den Verlust der Milchzähne bis hin zur Schultüte durchquälen, sondern konnte gleich zu den wirklich spannenden Aspekten gelangen.

Seine Karriere, seine Familie, seine Freunde, seine Frauen und – last but not least – seine Freizeitbeschäftigung.

Momentan schrieb ich – wer hätte es geahnt – am Thema »Frauen«, und ich muss sagen, es gab nichts Praktischeres, als den neuen Freund legitim und zu beruflichen Zwecken ausfragen zu dürfen.

Seine Jugendlieben hatte ich schnell abgehakt; mehr interessierten mich die Frauen der letzten Jahre, die alle, wie sich herausstellte, Model von Beruf gewesen waren!

Die blanke Panik packte mich, und natürlich war es Grund für eine völlig überstürzte Krisensitzung mit den Mädels.

»Stellt euch vor: Die letzten vier festen Freundinnen von Leander waren alle Models! Und wenn ich Model sage, meine ich Model und nicht solche Katalogtanten, die eher nach Mitarbeiterinnen aussehen und im Zuge von Sparmaßnahmen gebeten werden, doch mal schnell in die fliederfarbene Bluse zu schlüpfen! Ich spreche von der Sorte Mailand-Paris-New York-Models. Die wirklich großen, dünnen ohne Cellulite, die regelmäßig Lear-Jet fliegen. Und über Affären, falls es welche gab, haben wir noch gar nicht gesprochen!«

Ich wirkte offenbar genauso entsetzt, wie ich mich fühlte, denn Lilli und Katharina nahmen sofort meine Hand und bestellten mir einen Drink.

»Pia, Liebes. Atme erst einmal durch und beruhige dich. Es ist vielleicht nicht die Nachricht, die man gerne hört, aber du bist eben nicht mit Günther von nebenan, sondern mit einem bekannten, zudem auch noch gut aussehenden Mann zusammen. Was hast du denn erwartet?« Katharina brachte es mal wieder auf den Punkt. Lilli suchte nach tröstenden Worten.

»Die wirklich gute Nachricht ist doch, dass er nicht mehr mit ihnen zusammen ist, das heißt, obwohl sie Models waren, konnten sie ihm nicht bieten, was er brauchte. Und da kommst du ins Spiel. Vielleicht hat er bei dir gefunden, was er bei den Models vermisst hat?«

»Was denn? Krampfadern?« Mein Schockzustand war noch nicht durchbrochen.

»Sag mal, Pia, du blätterst doch seit Jahren jedes Boulevardblatt durch. Das kann doch keine so große Überraschung sein!«, wandte Katharina ein.

Sie hatte Recht. Aber die Situation hatte sich komplett gewandelt. Der Unterschied, über das Privatleben einer Person zu lesen oder plötzlich ein Teil dieser Realität zu sein, war gewaltig.

Und das versuchte ich Lilli und Katharina klar zu machen.

»Stellt euch vor, ich werde sehr bald mit ihm an die Stelle gelangen, wo ein Push-up-BH nicht mehr gefragt ist und nichts als die Wahrheit, die nackte Wahrheit zählt. Und zumindest im Geiste werde ich das Bett mit vier Models teilen! Wie in aller Welt soll ich mich je entspannen?«

Die Mädels sprachen mir Mut zu und benutzten Worte wie »deine Persönlichkeit«, »dein Witz«, »dein Charme«, aber ich wusste genau, an meiner Stelle wären sie auch nicht gelassen geblieben. Die einzige Möglichkeit, die Zweifel zu zerstreuen, war, Leander genau das zu fragen. Warum ich und nicht Model Nummer fünf?

Ich nahm all meinen Mumm zusammen und fuhr bei Leander vorbei.

Er war überrascht und sehr erfreut, mich zu sehen.

Ich zögerte nicht lange und fiel mit der Tür ins Haus.

»Was findest du eigentlich an mir?«

Er lachte. »Wie bitte?«

Ich wiederholte meine Frage, und er begriff langsam, dass es mir ernst war.

»Was du an mir findest, und warum du ausgerechnet mit mir zusammen sein willst, wo du doch alle Models dieser Welt haben könntest?«

Es entstand eine kurze Pause, dann sagte er bedacht: »Weil ich dich haben möchte und nicht ein weiteres Model. Ich sammle keine Models und bin auch nicht darauf fixiert. Es hat sich eben in den letzten Jahren zufällig ergeben, dass meine Freundinnen gemodelt haben. Ich würde lügen, wenn ich behauptete, kein Faible für schöne Frauen zu haben, aber bei dir bin ich meinem Grundsatz doch komplett treu geblieben.«

Leander zog mich an sich und gab mir einen Kuss. »So, und jetzt möchte ich davon nichts mehr hören. Ich glaube, die Arbeit an diesem Kapitel bringt dich durcheinander. Vielleicht sollten wir nicht allzu sehr ins Detail gehen, wenn es dich verunsichert?«

In diesem Moment siegten mein Stolz und meine professionelle Würde. »Das kommt überhaupt nicht in Frage. Privates und Geschäftliches wird streng getrennt. Ich werde über die Frauen in deinem Leben schreiben und mir einfach vorstellen, es geht um jemand anderen. Hast du noch Fotos?«

Im gleichen Moment bereute ich diese Frage, denn Leander war hocherfreut ob meiner Professionalität und holte sofort Fotos der Exfreundinnen, natürlich alles Setkarten!

Betont ruhig nahm ich sie entgegen und verabschiedete mich, obwohl er mich eingeladen hatte, zu bleiben.

Zuerst wollte ich in Ruhe sehen, mit welchen Kalibern ich es aufzunehmen hatte, bevor ich die Hüllen fallen lassen würde.

Nachdem ich stundenlang die Fotos angestarrt hatte, beschloss ich, mich vorerst nicht verrückt zu machen, und tippte mit zusammengebissenen Zähnen die erste Passage des Kapitels »Leanders Frauen«.

Als ich damit fertig war, rief ich Katharina an. Sie würde mir ehrlich sagen, ob es etwas taugte oder ob man meine Eifersucht heraushörte.

»Schieß los«, forderte sie mich ungeduldig auf.

Mein unstetes Leben führt mich oft auf Reisen, und die Flughäfen dieses Landes sind mir inzwischen vertrauter als mein eigenes Schlafzimmer. Die Hälfte meines Medienlebens bin ich unterwegs, ziehe von Hotel zu Hotel, von Aufzeichnung zu Aufzeichnung. Da verwundert es nicht, dass ich fast alle meine Partnerinnen im Flieger oder in Hotels getroffen habe. Celeste war Französin, und ich lernte sie in der privaten Lounge am Flughafen kennen. Sie fiel mir sofort auf, was nicht schwer ist bei einer Größe von 1,86 m und leuchtendem, hellblondem Haar. Sie wartete auf einen Anschlussflug nach Paris, wie sie mir erzählte. Sie sprach rudimentäres Deutsch mit einem absolut umwerfenden Akzent. Ich spürte sofort diese Anziehung zwischen uns und registrierte unruhig, wie wenig Zeit uns noch blieb. Schließlich hörte ich, wie ihr Flug aufgerufen wurde. Alles in mir schrie: »Lass sie nicht so gehen!« Ich merkte, dass es ihr sichtlich schwer fiel, sich zu verabschieden. Doch weder sie noch ich getrauten uns, nach der Karte des anderen zu fragen. Sie stand auf, und ihre elegante Erscheinung zog die Aufmerksamkeit aller Anwesenden auf sich. In diesem Moment nahm ich all meinen Mut zusammen, lief ihr hinterher, fasste sie an der Schulter und rief: »Gehen Sie nicht!«

Sie war so verblüfft wie erfreut und lachte erleichtert.

»Ich dachte schon, Sie würden nie fragen«, antwortete sie auf Französisch. Sie stornierte den Flug nach Paris und kam mit mir. Celeste war einfach hinreißend. Sie hatte Klasse, brachte mir die

französische Kultur näher und war aufregend. Anfangs war alles geradezu märchenhaft. Sie lernte immer besser Deutsch, flog zu verschiedenen Modeljobs nach Mailand oder Paris, manchmal auch New York, das aber zum Glück seltener. Doch nach einiger Zeit wirkte Celeste nicht mehr so glücklich wie zu Anfang. Sie vermisste Frankreich, Paris, ihre Freunde und vor allem ihre Familie. Sie flog immer öfter nach Hause. Natürlich versuchte ich, sie, wann immer möglich, zu begleiten, was bei einem beruflich engagierten Menschen wie mir sehr schwierig war.

»Und, wie findest du es?«, fragte ich Katharina.

»Mann, das muss nicht einfach sein. Ich finde, man merkt dir überhaupt keine Eifersucht an. Das ist wirklich professionell, Pia!«

»Wenn man bedenkt, dass sich meine Finger beim Schreiben krampfen und ich am liebsten über der Toilette hängen würde, wenn ich Formulierungen wie ›aufregende Frau‹ zu Papier bringe, dann ist es wirklich professionell. Mann, bin ich froh, wenn das Kapitel fertig ist! Und Celeste ist noch die einfachste. Mit ihr war er am kürzesten zusammen. Mit Modelfreundin Nummer drei war er sogar verlobt.«

»Sag mal, Pia, musst du eigentlich auch bei den Bettgeschichten ins Detail gehen?«

»Na ja. Sagen wir mal so. Sex sells, aber da er ja ein seriöses Image hat, werde ich davon wohl verschont bleiben. Ich denke, Andeutungen wie ›Wir verbrachten wunderschöne Nächte‹ müssen ausreichen.«

Zumindest, wenn es nach mir ginge! Ich hängte mir die Setkarten an den Kühlschrank, um jedes Mal, wenn ich nachts extra aufstand, um Schokolade zu naschen, die vier abschreckenden Grazien zu sehen.

Lilli war genesen und immer noch im Märchenland mit ihrem Kinderarzt. Herbert auch, denn er verehrte Dr. Sebastian Sommerfeld sehr und wurde nicht müde, ihn telefonisch zu konsultieren, wenn er ein Kratzen im Hals verspürte oder meinte, Temperatur zu haben. Zum Glück war Sebastian eine gutmütige Socke und hörte mit einer Engelsgeduld den ausschweifenden Krankheitsberichten Herberts zu.

Dieser wiederum ließ sich nicht lumpen und führte die beiden Frischverliebten regelmäßig luxuriös aus.

Katharina war und blieb schwanger. Sie lebte etwas zurückgezogener, verzichtete auf Alkohol und gab ihr Laster, das Rauchen, auf. Ansonsten ging es ihr prächtig, was sie auf die Hormone zurückführte, und sie war immer noch nicht von ihrem Russlandfeldzug abzubringen.

Wie wir alle hatte Katharina eine Schwäche für Boulevardmagazine und fuhr regelmäßig zum Kiosk, um sich »Gala«, »Bunte« und was sonst noch aufzutreiben war, zu kaufen.

»Champagner lesen« war einst der Werbefeldzug der Gala gewesen, und wir hatten uns dieses Motto zu Eigen gemacht, trafen uns einmal in der Woche, um bei Prickelwasser und Kanapees fröhlich die neuesten Klatschgeschichten durchzuhecheln.

Unsere Lieblingsrubrik war in der »Bunten« die Modekritik »wunderbar« und »sonderbar«, und das Pendant in der »Gala«, auch als »Modeknigge« bekannt.

Gestylte Hollywood-Diven im Vergleich zur B-Liga des internationalen und deutschen Showbiz. Unter »wunderbar« waren als Stammgäste Nicole Kidman, Jennifer Aniston, Gwyneth Paltrow und andere amerikanische Größen anzutreffen, bei »sonderbar« erwischte es jede Woche eine neue Dame, was oft daran lag, dass die Kandidatinnen bei »sonderbar« nicht lange genug prominent waren, um es noch ein zweites Mal zur Stilkontrolle zu schaffen.

Da ich mit manchen »Künstlern« bereits beruflich das Vergnügen gehabt hatte, war ich besonders interessiert und informiert, was mir den Spitznamen »Klatschmohnhaupt« einbrachte, der sich im Laufe der Zeit in Klatschmohn wandelte. Und als ob es sich hier um eine Self-fulfilling Prophecy handelte, durfte ausgerechnet ich für einige Monate diese Partys besuchen.

Mein Spitzname war natürlich streng geheim und nur unserem kleinen Zirkel bekannt. Katharina konnte es sich jedoch nicht verkneifen, mir immer wieder Klatschmohnsträuße und Dinge mit Klatschmohnaufdruck zu schenken. Natürlich amüsierte sie sich köstlich, wenn Freunde und Bekannte nachfragten, was es denn mit dem Motiv auf sich habe. Inzwischen stand ich in dem Ruf, Klatschmohn zu lieben und zu sammeln. So nahm ich mit gezwungenem Lächeln immer mehr Klatschmohngeschenke entgegen, und alle Leute waren froh, dass es so einfach war, mir was zu schenken.

In letzter Zeit hatten wir diese mehr für Winterabende geeignete Tätigkeit vernachlässigt, was Katharina nicht davon abhielt, ihre wöchentlichen Besorgungen zu machen, um sich auf dem Laufenden zu halten. Es kam schon vor, dass Katharina selber auf einer der Partyseiten auftauchte, stets dem Anlass entsprechend gekleidet.

Es war Donnerstagmorgen, als mein Telefon klingelte. Katharina war dran.

Seit sie schwanger war und es niemand außer Lilli und mir wissen durfte, war ich besorgt, wenn sie sich meldete. Vor allem, wenn sie aufgeregt in den Hörer hechelte, wie jetzt. »Das gibt's doch gar nicht! Rate mal, was passiert ist.«

Horrorvisionen gingen mir durch den Kopf. War Katharina gestürzt, hatte sie dem Reitlehrer alles gestanden oder sich eine neue abstrusere Idee einfallen lassen?

»Pia, du bist in der Gala und in der Bunten zusammen mit Leander!« Sie kreischte entzückt auf. »Haha, jetzt bist du auch so 'ne Promifreundin und irgendwann verkaufst du Ultraschallfotos und dein Schwangerentagebuch an die Bildzeitung.«

Ich geriet in helle Aufregung. Nicht, weil ich darauf scharf war, in der Gala zu erscheinen, auch wenn wir uns das spaßeshalber immer vorgestellt hatten mit den aberwitzigsten Untertiteln wie: ›Pia Mohnhaupt, Marmeladengeleeimperiumserbin beim angeregten Plausch mit Prinz Debilius bei der Eröffnung der neuen Festspielhalle.‹

Nein, ich wollte nur eines wissen: Wie sah ich aus?

Katharina, neuerdings sensibler und telepathisch begabt, klärte mich auf. »Du siehst hinreißend aus. Die Strähnchen haben sich wirklich gelohnt. Ihr wirkt so glücklich. Aber ...«, Katharina stockte. »Was ist denn das? Unverschämtheit! Da steht nur: Leander Berglandt mit Begleitung. Sonst nichts. Weder dein Name, noch dass du seine neue Freundin bist. Das gibt's doch gar nicht!«

Katharina war empört.

»Bitte beruhige dich, denk an deinen Zustand. Das ist doch nicht schlimm. Gut, diese Fotografin hatte sich meinen Namen notiert und gefragt, ob ich Leanders neue Freundin bin, und komisch ist es schon, sich als namenloses Anhängsel präsentiert zu sehen, aber was wirklich zählt, ist ja wohl nur, dass ich mit Leander glücklich bin. Warte mal, Katharina, da ist ein zweiter Anruf in der Leitung.«

Natürlich meine Mutter.

»Ja, Mama, ich weiß, Katharina hat es mir schon erzählt. Doch, Mama, natürlich bin ich seine neue Freundin und nicht nur eine Begleitung, aber nun reg dich nicht auf, dafür kann Leander doch wirklich nichts. Mama, ich habe Katharina noch in der Leitung, ich muss Schluss machen.«

»Katharina, ich fahr jetzt zum nächsten Kiosk und melde mich später noch mal.«

Am Kiosk kaufte ich alles, was auch nur ansatzweise nach Klatschpresse aussah. Nervös blätterte ich auf die Partyseiten und tatsächlich, da sah man uns, Leander und mich.

Wirklich nicht übel. Ganz und gar nicht sogar. Er hatte sein charmantes Mann-von-Welt-Lächeln aufgesetzt, und ich wirkte für mein erstes Pressefoto ziemlich souverän.

Zwar war ich nur als seine Begleitung aufgeführt, was somit – angefangen von Schwester, Cousine bis hin zu Callgirl – so ziemlich alles sein konnte, aber jeder, der ein bisschen Menschenkenntnis besaß, konnte sehen, dass es sich hier um nur eines handeln konnte: nämlich ein glückliches, frisch verliebtes Paar!

Ha! Und in der Bunten stand doch tatsächlich: Leander Berglandt turtelte den ganzen Abend mit einer geheimnisvollen Begleitung.

... Wenn das Witta sah! Dann hatte sie endlich wirklich mal einen Grund, eifersüchtig zu sein. Ob ich sie anrufen sollte? Nur einen klitzekleinen Anruf, so unter Freunden, schließlich musste ich auch noch für ihre Party zusagen.

Bevor ich meine kleine Gemeinheit in die Tat umsetzen konnte, klingelte mein Handy. Es war Stader. Las er etwa auch die Gala?

»Pia, was soll der Mist! Du bist in der Gala und Bunten mit dem Schleimer Berglandt groß und deutlich abgebildet und zwar als Begleitung! Warum steht da nicht dein Name oder wenigstens deine Funktion? Du hättest doch erwähnen können, dass du für den Weidelechnerverlag arbeitest.«

Ich unterbrach seinen Redeschwall.

»Wenn du mich auch mal zu Wort kommen lässt, erkläre ich dir das. Ich habe der Tante meinen Namen gegeben. Meine

Funktion habe ich als neue Freundin von Leander Berglandt angegeben und nicht als seine Ghostwriterin.«

Stader war fassungslos. »Dann verstehe ich das erst recht nicht! Warum stürzen die sich nicht darauf und machen eine Schlagzeile daraus? Da hat der Berglandt seine Finger im Spiel! Der Typ ist nicht sauber! Hör auf mich! Aus irgendeinem Grund hat er die Journalistin gebeten, nicht zu erwähnen, dass ihr zusammen seid, oder noch schlimmer, er hat es abgestritten. Warum sonst sollte sie freiwillig auf eine solche Schlagzeile verzichten?«

Ich verstand es ja auch nicht, aber sicher gab es eine plausible Erklärung dafür. Ein weiterer Anrufer klopfte in der Leitung an, und ich beendete das Gespräch mit Stader.

Leander!

Hatten die alle nichts zu tun? Kein Wunder, dass die Blätter so auflagenstark waren. Mir sollte keiner mehr erzählen, dass sie nur rein zufällig beim Friseur einen Blick hineinwarfen oder beim Arzt im Wartezimmer nichts anderes ausgelegen hatte.

»Hast du schon einen Blick in die Gala oder Bunte geworfen?«, fragte Leander.

Ich bejahte.

»Du hast dich sicher gewundert, dass dein Name nicht aufgeführt ist. Ich habe mit der Journalistin, die eine alte Freundin von mir ist, gesprochen und sie gebeten, nur Begleitung zu drucken.«

Hörte ich richtig? Vom eigenen Freund verleumdet? Empört bat ich Leander um eine Erklärung.

»Süße! Überleg doch mal. Wie kommt das denn rüber, wenn da steht, dass du meine Freundin bist und demnächst unsere gemeinsame Biografie erscheint? Wer nimmt das Buch denn dann noch ernst? Ich habe das für dich gemacht.«

Das klang plausibel. Andererseits kannten mich inzwischen genug Leute aus dem Showbiz, um mich wiederzuerkennen.

»Sag, Leander. Stehst du nicht zu unserer Beziehung?«

Leander klang aufrichtig geschockt. »Wie kommst du bloß darauf! Ich versuche dich zu schützen, und du denkst, ich verleumde dich. Das nenne ich Vertrauen! Pia, sobald das Buch erschienen ist, werde ich ein Exklusivinterview geben und alle Welt wissen lassen, dass ich mit dir glücklich zusammen bin und dich liebe.«

Ich war platt.

»Hast du eben gesagt, dass du mich liebst?« Mir wurde schlecht vor Aufregung.

Stille! Dann ein deutlich ruhigerer, beinah zärtlicher Leander: »Ja. Ich liebe dich. Glaube mir, das hätte ich dir gerne persönlich gesagt und nicht ins Ohr geschrien.«

Ich war verwirrt und glücklich zugleich. Wir mussten beide lachen.

Leander liebte mich! Und ich ihn!

Kaum hatte ich aufgelegt, klingelte erneut mein Telefon. Sollte ich bald eine Geheimnummer beantragen?

Es war Witta.

»Witta, nein, was für eine Überraschung!«

Natürlich wusste sie Bescheid, und zwar von Katharina. Manchmal gab es nichts Besseres als eine schwangere, gelangweilte, reiche Freundin, die es liebte, für Aufregung zu sorgen.

Und das schien sie wirklich getan zu haben, obwohl Witta sich betont normal gab. Aber ich kannte Katharina und konnte mir nur zu gut vorstellen, wie sie Witta die frohe Botschaft auf dem Silbertablett präsentiert hatte.

Natürlich kam Witta nicht gleich zum Punkt, sondern fragte erst einmal nach meinem Befinden und ob ich denn zu ihrer

Festivität – die Kuh nannte ihre Stehparty mit Schnittchen doch tatsächlich Festivität – kommen würde.

Wahrscheinlich hatte sie das wieder bei Katharina aufgeschnappt.

Tja, Witta, wer sich gern ein Vorbild nimmt, beachte, ob die Größe stimmt ...

»Schön, dass du kommst, Pia. Mit Begleitung?« Aha, langsam kamen wir der Sache näher.

»Leander wird versuchen es einzurichten, mir zuliebe. Er ist extrem busy, aber da ich auf gar keinen Fall deine Fete versäumen möchte, versucht er zu kommen.« Ja, ich konnte auch eine bitch sein. Haha, »Fete«, das Wort hatte ich zuletzt als 16-jährige verwendet, als es darum ging, irgendwelche Knutschpartys in miefigen Kellern zu organisieren.

Pause. Ein Räuspern von Witta. »Das freut mich sehr. Katharina sagte, ihr seid zusammen? Ich dachte ja nur an Freundschaft, als ich zufällig ein Foto von euch beiden sah. Darauf, dass mehr zwischen euch ist, würde man im Leben nicht kommen, wenn man es nicht wüsste. Zumal unter dem Bild nur etwas von einer Begleitung stand.«

War sie nicht reizend?

»Das musst du verstehen, Witta. Ich war so nervös. Schließlich bin ich einen so großen Bahnhof nicht gewohnt, und mir war das schrecklich peinlich. Aber Leander bestand darauf, dass ich mich mit ihm fotografieren lasse. Zum Glück sah er ein, dass ich wenigstens meinen Namen geheim halten wollte, vorerst zumindest. Ach, Witta, wir sind so glücklich. Ich kann es immer noch nicht fassen.«

Natürlich hatte ich das nicht nötig. Ich hätte über den Dingen stehen müssen, aber irgendetwas an Witta brachte mich regelmäßig dazu, mich auf ein ganz niedriges Niveau herabzulassen, ein Niveau wie in der 10. Klasse, als Margarete von Zundel mir meinen Freund Tom ausspannte, mit dem ich immerhin zwei Monate damals zusammen war, eine Dauer, die heute umgerechnet einer goldenen Hochzeit gleichkäme.

Damals hatte ich eine Abneigung gegen alles Adelige entwickelt.

Diese Abneigung hatte sich hartnäckig gehalten, bis ich Katharina kennen lernte; vielleicht sind ja nur die »von Zundels« richtig degeneriert gewesen oder verarmter Landadel.

Witta machte eine kleine Kunstpause, um mich dann säuerlich zu beglückwünschen. Sie wisse ja, wie das ist, wenn man richtig glücklich miteinander sei und überhaupt, sie und ihr Verstorbener wären ja so ein Traumpaar gewesen. Menschen hätten sie auf offener Straße angesprochen, nur um zu sagen, wie glücklich sie aussähen. Aber man wisse eben nie, wie lange sich das Glück festhalten ließ, und deshalb sei es so wichtig, den Moment zu genießen. Ihre Abschlussplattitüde gipfelte in dem Satz: »Lass dir einen guten Rat mit auf den Weg geben, ich sage nur: Carpe Diem.«

Und ich dachte nur, wen interessiert es?

Lilli und Katharina interessierte es brennend. Lilli quiekte geradezu vor Vergnügen; sie würde Witta nie verzeihen, wie lächerlich sie Lilli bei ihrem Exfreund gemacht hatte.

Wir waren bei Lilli, um unsere Outfits für Wittas Pupsparty, so hatte Katharina die Veranstaltung getauft, abzustimmen.

Normalerweise machten wir das nicht, aber da Witta mit ihrem Sinn für Anstand und Taktgefühl zwei Verflossene von Lilli, eine Affäre von Katharina und einen lästigen penetranten Verehrer von mir auf die Gästeliste gesetzt hatte, musste unser Auftritt genauestens geplant sein.

Absagen stand nicht zur Debatte; dazu war die Neugier denn doch zu groß.

Lilli würde mit Sebastian kommen, ich mit Leander und Katharina mit ihrem Embryo, wie sie halb scherzend, halb panisch bemerkte.

Wir waren uns einig. Katharina brauchte eine passende Begleitung, und zwar nicht, weil sie einen Alibifreund nötig hatte, sondern weil wir wussten, dass Witta damit am besten zu ärgern war. Herbert, als Bruder, kam nicht in Frage, zumal der wieder mit irgendeiner Schnecke kommen würde, die ganz versessen auf sein Geld und seinen Titel war. Gewöhnlich hielten diese »Verbindungen« genauso lange, wie Herbert es lustig fand, zu beeindrucken. Katharina hasste diese Art an Herbert, aber er behauptete immer, die Richtige sei so schwer zu finden.

Wir waren alle der Meinung, die einzig Richtige für Herbert wäre im Moment ein Mann, und zwar niemand anderes als Lillis Sebastian.

An ihn zumindest hatte sich Herbert sehr schnell gebunden, und inzwischen gingen die beiden neuen Freunde gemeinsam laufen, nicht zuletzt zur Stärkung des Immunsystems.

Katharina hatte Sebastian schon gebeten, Herbert mit einer Kollegin zu verkuppeln, und der gutmütige Kerl war tatsächlich für Herbert auf der Suche.

»Ich weiß, wer die perfekte Begleitung für Katharina ist.« Wieso war ich darauf nicht früher gekommen! »Ich dachte an Max.«

Helle Begeisterung!

Ich rief Max an und bat ihn, bei Lilli vorbeizukommen.

Wir waren komplett überdreht, was zum einen vom Pläneschmieden, zum anderen von Lillis Cocktails herrührte.

Sie hatte uns Cosmopolitans gemischt, für Katharina die Virgin-Version, die angeblich kaum anders schmeckte und auch in der Placebowirkung nicht abzuweichen schien.

Als Max auftauchte, streckten Katharina und Lilli, die Max

bisher nur aus meinen Erzählungen kannten, gleichzeitig begeistert den Daumen hoch, als er ihnen kurz den Rücken zuwandte.

Ich stellte Max vor. Bei Lilli kommentierte er grinsend:

»Ach, die Dame, die Angst hat, mit drei Katzen zu enden.«

Lilli war das sichtlich peinlich. Sofort verteidigte sie sich: »Ich hatte eine Krise, jetzt bin ich aber in einer sehr glücklichen Beziehung.«

Max lachte. »Ich glaube kaum, dass jemand mit einem so aparten Aussehen und Auftreten um seine Zukunft bangen müsste.« Das Eis war gebrochen.

Bevor wir ihn einweihten, sorgte Lilli für reichlich Cosmopolitan-Nachschub. Wir verstanden uns prächtig, und es freute mich riesig, dass Max uns durchgeknallten Weibern so freundlich gesonnen war.

Natürlich war die geplante Aktion albern, aber seriös konnte man später immer noch werden.

Zuerst erzählten wir ihm von Witta und ihrem liebenswerten Wesen, dann von seiner Rolle.

Zu meinem großen Erstaunen fand er das gar nicht doof, sondern schien sogar Freude daran zu finden. Wenn das mal nicht zuletzt an Katharina lag, denn mit einer solchen Frau würde wahrscheinlich jeder Mann gerne auf einer Party erscheinen.

»Okay, Max Vangunten. Woher kennen wir uns, was sind deine Macken, deine Vorlieben, was ist unsere Geschichte?« Katharina war beruhigt. Ein gut aussehender, kultivierter Mann, der auch noch mit Kunst zu tun hatte. Das hatte Klasse, das passte zu ihr. Jetzt mussten wir uns nur noch eine glaubwürdige Kennenlerngeschichte ausdenken.

»Brainstorming, Leute, Brainstorming. Die Kennenlernnummer an der Tiefkühltruhe im Supermarkt scheidet aus, ich gehe nicht selber einkaufen. Autopanne? Gemeinsame Freunde? Annonce? Ich hab's. Max stellt bald in meiner Galerie aus. So haben wir uns getroffen!« Wir stimmten zu.

»Wie wär's, wenn ihr euch auf dieser Tupperparty getroffen hättet?« Ich war schon wieder beschwipst und dachte an eine bestimmte Geschichte.

»Erinnere mich bloß nicht daran«, fauchte Katharina. Der Cosmopolitan war wohl tatsächlich virgin, denn plötzlich wirkte sie wieder nüchtern.

Zu spät. Natürlich wollte Max wissen, worauf ich anspielte, und Katharina erlaubte mir auszupacken.

Ich holte Atem.

»Unsere liebe, elegante, verwöhnte Freundin, Katharina von Steinbeck, hat eine Bekannte namens Mimi, die bis vor kurzem ganz normal war. Also so wie du und ich. Einen Job, mal Single, mal gebunden, lebenslustig und für ihre extrem unterhaltsamen, ausufernden Partys bekannt.

Mimi hat sich vor zwei Monaten mit einem Investmentbanker verlobt. Der Gute hat ein sehr konservatives Rollenbild. Die beiden wollen nächstes Jahr heiraten, und Mimi scheint sich in ihrer neuen Rolle als tapfere kleine Hausfrau richtig wohl zu fühlen. Sie geht ihren neuen Pflichten gewissenhaft nach und lud Katharina zu einer Tupperwareparty ein.

Was an sich schlimm genug ist.

Noch schlimmer war, dass unsere Frau von Steinbeck gar nicht wusste, was eine Tupperwareparty ist, an einen neuen Trend aus London dachte und sich deshalb nicht getraute nachzufragen, was sie erwarten würde.

Du kennst Katharina noch nicht, aber glaube mir, Katharina kommt immer erst später auf Partys, getreu dem Motto, je später der Abend, desto schöner ... Du weißt ja.

Und so wie sie heute gekleidet ist, magst du denken, die

ist aber aufgebrezelt für einen gewöhnlichen Donnerstagabend. Dann solltest du sie mal erleben, wenn sie auf eine Party geht.

Ich sag nur: Ivana Trump meets Tupperware!

Katharina, gestylt und natürlich viel zu spät, kommt auf diese Tupperwareparty und muss feststellen, dass eine Reihe schwangerer Frauen, junge Mütter und deren Mütter im grellen Licht um einen Tisch sitzen und ein schüchterner, ungeschickter Mann der Reihe nach verschiedene Frischhaltedosen, genannt auch Tupperware, in die Höhe hält, was bei den anwesenden Damen pures Entzücken auslöst. Katharina erntet maßregelnde Blicke, sie solle sich schnellstens setzen, aber man darf wohl sagen, dass sie mit ihrem starken Abend-Make-up im grellen Licht und ihrer Parfumwolke so gut in die Runde passte, wie Caroline von Monaco auf einen Kartoffelacker. Aus lauter Verzweiflung und Pein hat sie dann eine Wurstdose gekauft.«

Wir lachten Tränen. Katharina rief: »Also, falls ich jetzt anfange, Tupperwarepartys zu schmeißen, nur weil ich schwanger ...« Erschrocken hielt sie sich die Hand vor den Mund und schaute zu Max, der natürlich in seiner direkten Art gleich nachfragte:

»Du bist schwanger? Aber noch am Anfang, oder? Wer ist denn der Vater? Warum geht der denn nicht mit zur Party?«

»Max! Du musst schwören, das nicht gehört zu haben, verstehst du? Das weiß keiner und darf auch keiner wissen«, klärte Katharina ihn auf und ließ ihn mindestens sieben Mal schwören, dass er nie und zu keiner Zeit jemandem davon erzählen würde.

Kopfschüttelnd versprach er es.

»Also, ich muss schon sagen, an Fantasie mangelt es dir nicht«, bemerkte er dann. »Wie kommt man auf die Idee, aus

Russland das eigene Kind mitzubringen? Das ist so absurd.« Er musste lachen und Katharina war erleichtert. Jetzt musste sie wenigstens ihrer Begleitung nichts vorspielen.

Der Abend endete damit, dass wir alle Brüderschaft tranken.

Leander hatte sich das Wochenende freigeschaufelt und mich aufs Land eingeladen.

Wir fuhren in ein altes, zu einem Wellnesscenter umfunktioniertes Jagdschloss. Natürlich sehr exklusiv und wahrscheinlich kostete ein Wochenende dort so viel wie mein gesamtes Studium, aber Leander ließ sich davon nicht abbringen und versicherte mir, dass er einen Sonderpreis bekäme.

Die Welt war ungerecht. Seit ich mit Leander zusammen war, musste ich feststellen, dass Prominenten rund um die Uhr der Hintern gepudert wird. Die bekamen alle einen Sonderpreis oder Geschenke oder mussten gar nichts zahlen.

Selbst Leanders Zahnarztbesuche waren kostenlos, denn ein jeder war geehrt, Leander als seinen Patienten, Kunden oder was auch immer bezeichnen zu dürfen, und so kam es, dass Menschen, die alles hatten, auch noch mehr dazu bekamen. Pervers!

Statt dass die mal meiner Mama und Tante Eda ein Sonderangebot machten! Die beiden träumten schon lange von einem Verwöhnwochenende im Spa.

Trotz allem freute ich mich auf die gemeinsame Zeit, die wir endlich allein verbringen würden, um uns näher kennen zu lernen. Zwar kannte ich seine Biografie inzwischen auswendig, aber den Menschen dahinter nur flüchtig.

Die Reise aufs Land dauerte eine gute Stunde. Wir hörten ›Air‹, unterhielten uns angenehm und mit jedem Kilometer Grün ließen wir die laute Stadt samt Verpflichtungen hinter uns.

Das Wellnesscenter war unbeschreiblich luxuriös, aber nicht protzig ausgestattet.

Ayurveda, Massagen, Farbbestrahlungen, Packungen, Bäder – alles, was das ausgelaugte Herz begehrte.

Frische Luft und kleine Laubwälder!

Der Ausblick von unserem Zimmer ... ach! Was sag ich da! Es war eine Suite oder noch besser ein Königreich, einfach atemberaubend.

Und die gedämpfte Stille, diese angenehmen Düfte und freundlichen Menschen!

Kein Wunder, dass die Gattinnen diverser Industrieller so gepflegt und entspannt aussahen.

Ich entschied mich für eine Aromatheraphiemassage, Leander für eine Runde Schlaf, und so schwebte ich im weißen Bademantel über die marmorierten Gänge zu meiner Kosmetikerin.

Nur hießen die hier natürlich nicht Kosmetikerin, sondern Hauttherapeuten oder Pflegeberaterin.

Mir war noch nie klar, was diese Pseudobezeichnungen bezwecken sollten. Lothar Matthäus ist und war Fliesenleger und nicht neudeutsch Raumausstatter. Gut, dass sich Metzger oder Schlachter nicht besonders schmeichelnd anhört, das kann man ja noch nachvollziehen, aber dass eine Putzfrau sich in ihrer Ehre so gekränkt fühlt, dass sie nur noch Gebäudepflegerin genannt werden will, war mir schleierhaft.

Im Gegenteil, all diese neuen Berufsbezeichnungen erweckten doch den Eindruck, als wären die Jobs nicht gut genug und müssten deswegen mit einem klangvollen Namen ein besseres Image bekommen.

Das sollte mir heute egal sein. Von mir aus konnten sie sich nennen, wie sie wollten, Hauptsache war, sie würden mich verwöhnen und richtig durchkneten.

Endlich war ich bei meiner Kabine angelangt. Sylvie wartete

schon mit einem professionellen Lächeln auf mich und sah so was von gepflegt aus, dass man sich getrost in ihre Hände begeben konnte.

»Sind Sie Frau Mohnhaupt?« Sylvie schaute in ihren Pal. Die hatten hier tatsächlich Pals und nicht alte abgegriffene Terminkalender mit ausradierten Seiten. Ja, hat alles seinen Preis. Diese Nägel, perfekt manikürt – französisch natürlich.

Ich nickte.

»Wollen Sie sich schon mal freimachen und es sich auf der Behandlungsliege bequem machen, Frau Mohnhaupt? Ich bin gleich bei Ihnen.«

Na, dann nichts wie runter mit den Klamotten und rauf auf die Liege.

Allein diese Liege war zum Einschlafen bequem, im Hintergrund Zen-Klänge mit Wellenrauschen und es roch angenehm nach Zimt. Stimmungsaufhellend, wie mir die bezaubernde Sylvie erklärte.

Die Augen geschlossen auf dem Weg in die Welt der Entspannung, hörte ich eine gedämpfte Unterhaltung zwischen zwei Frauen. Sie schienen sehr aufgeregt zu sein.

»Bist du dir ganz sicher?«, hörte ich die eine fragen.

»Ja, ich hab ihn selber gesehen. Er war es ganz bestimmt. Der sieht in Wirklichkeit noch besser aus als im Fernsehen. Außerdem hat er unter seinem echten Namen eingecheckt, allerdings mit Begleitung.«

Es war nicht schwer zu erahnen, um wen sich das Gespräch drehte, und wer mal wieder den Part der Begleitung abgab, auch nicht.

Die beiden kicherten.

»Lass mich ihn massieren, dann braucht er keine Begleitung mehr. Ich kann es gar nicht glauben, Leander Berglandt! Aber verheiratet ist der auf jeden Fall noch nicht, das wüsste ich.«

Ja, das wüsste ich auch, dachte ich bei mir.

»Ich muss wieder, Sylvie, ich hab eine Kundin«, flüsterte die begnadete Masseurin.

Sylvie kehrte mit glänzenden Augen und Backfischröte zurück. Sie begann, mein Gesicht zu reinigen, und teilte mir vertraulich mit, dass kein Geringerer als Leander Berglandt himself in der kleinen feinen Oase weilte.

Ich gab mich äußerst interessiert, und so fuhr Sylvie, die inzwischen meine Haut peelte, fort.

Es gebe ja immer wieder Celebrities hier.

Sie sagte tatsächlich »Celebrities«!

Aber meistens eben Damen oder Stars, die schon verheiratet sind.

Der Leander sei nun aber der Traum einer jeden Frau, zumal er auch noch nicht in festen Händen sei.

Ich wagte einzuwenden, dass er ja in einer Beziehung stecken könnte, was für Sylvie und, wie mir schien, den Rest der Welt nicht zählte.

Erst wenn der Deckel drauf ist, so wörtlich Sylvie, müsse man Abstand wahren.

Mir schwante, dass solche Szenen ab jetzt zu meinem Alltag gehören würden, denn Sylvie sprach nur aus, was jede zweite Frau dachte.

So war das, wenn man sich mit Leander Berglandt einließ, und jetzt musste ich lernen, damit umzugehen und nicht vollkommen paranoid zu werden, was mir angesichts der überaus attraktiven Sylvie mit den Zauberhänden sichtlich schwer fiel.

Nicht auszumalen, wenn ihre Zauberhändchen Leanders Beine massieren würden und ganz unabsichtlich in die Lendengegend abrutschten.

Mir blieb nur übrig, Leander zu vertrauen. Denn eines hatte

ich garantiert nicht vor: zu einer hysterischen Zicke zu mutieren. Schließlich hatte man immer noch die Wahl zu gehen, auch wenn meine Mama und Tante Eda mir das wohl niemals verzeihen würden.

Mal davon abgesehen, dass ich es gar nicht vorhatte, denn ich war seit langem nicht mehr so verknallt gewesen.

Ich schob alle quälenden Gedanken beiseite und gab mich der Massage hin.

Sylvie hatte mich in einen Zwischenschlafzustand versetzt, als eine vertraute Stimme sagte: »Ich möchte nur kurz nach ihr sehen und hallo sagen.«

Leander. Kaum hatte ich das registriert, stand er auch schon in der Kabine.

»Pia, ich bin's. Das sieht gemütlich aus, wie du da liegst. Darf ich mich dazu legen?« Leander ließ sein »Ich-bin-verdammt-attraktiv-und-kann-mir-alles-erlauben«-Lachen los.

Zu dumm, dass ich gerade auf dem Bauch lag und Sylvies wahrscheinlich panischen Gesichtsausdruck nicht zu sehen bekam.

Dafür hörte ich sie stammeln.

»Äh, Herr Berglandt. Was für eine Überraschung! Ich wusste ja gar nicht, dass Sie und Frau Mohnhaupt ...«

Die Arme tat mir Leid. Wahrscheinlich ging sie in Gedanken gerade noch mal durch, was sie mir eben brühwarm anvertraut hatte. Konnte sie ja wirklich nicht wissen, und wenn ich ehrlich bin, ich hätte auch nicht anders gehandelt.

Leander schaute auf ihr Ansteckschild. Flüsternd antwortete er: »Wissen Sie, Sylvie, ich wusste es auch nicht. Aber diese Frau Mohnhaupt folgt mir überall hin. Und da habe ich mich eben erbarmt. Sie ist ja auch ein bezauberndes Geschöpf, wie Sie selbst sehen können. Wenn Sie nichts dagegen haben, nehme ich sie gleich wieder mit. Hab mich an sie gewöhnt, wenn

Sie wissen, was ich meine.« Verschwörerisch zwinkerte er der verstörten Sylvie zu.

Er gab mir einen Kuss und sagte in mein Ohr, dass er draußen auf mich warten würde.

Sylvie versuchte zu retten, was zu retten war.

»Also, Frau Mohnhaupt, ich muss mich entschuldigen, ich hatte ja keine Ahnung. Bitte nehmen Sie mir das nicht übel. Ich nehme an, Sie haben es schon schwer genug mit einem solchen Mann, und ich hau auch noch in die Kerbe. Aber wenn Sie meine Meinung überhaupt noch interessiert, ich glaube, Sie haben nichts zu befürchten. Leander Berglandt ist ja geradezu vernarrt in Sie.«

Es tat gut, das aus einem anderen Mund zu hören, denn Sylvie machte mir nicht den Eindruck, als ob ihr nur daran läge, mich versöhnlich zu stimmen.

Ich versicherte ihr, überhaupt nicht böse zu sein, zumal ich sie ja auch gleich hätte aufklären können.

Erleichtert wie sie war, fügte sie hinzu: »Und wenn ich Ihnen noch einen Rat mit auf den Weg geben darf ... Meine Mutter sagte immer, je länger die Leine, desto treuer der Hund.«

Sie hatte Recht und jeder kann jeden zu jeder Zeit betrügen, egal ob populär oder nicht, denn wo ein Wille, da ein Weg. Also ging ich einfach davon aus, dass Fremdgehen mit einer Charakterschwäche zusammenhing, die Leander nicht hatte!

Davon war ich erst recht überzeugt, als ich durchgewalkt auf den Flur trat, wo er schon ungeduldig auf mich wartete und mich strahlend empfing.

»Da bist du ja! Hast du Lust raus zu gehen?«

Und ob ich das hatte. Zwar lebte ich schon lange glücklich in der Stadt, aber im Grunde meines Herzens war ich immer Landkind geblieben.

Es tat gut, endlich wieder durch einen Wald zu spazieren, den weichen, federnden Boden zu spüren, die feuchte Luft, irgendwo das Hämmern eines Spechtes.

Und neben mir der Mann meines Herzens.

Wir tollten ausgelassen herum und lachten um die Wette. Ich erzählte ihm von meinem Massageerlebnis, und Leander konnte gar nicht mehr aufhören zu lachen und dumme Sprüche zu reißen.

»Da werde ich mich doch gleich mal zur Ganzkörpermassage anmelden, und wenn die besagte Dame meine Beine knetet, sage ich: ›Sie machen das so gut, da würde ich doch glatt meine Freundin für verlassen. Sind Sie noch zu haben?‹«

Sehr witzig, aber es war schön zu erleben, dass Leander eine verspielte Seite hatte, denn im Alltag, wer konnte es ihm verdenken, war er oft angespannt und bedacht, sich unter Kontrolle zu haben.

Nach dem Spaziergang, einem leckeren Menü und viel Wein gingen wir auf unser Zimmer.

Ich war nervös, denn Leander und ich waren uns zwar schon näher gekommen, aber eben noch nicht ganz.

Und alles deutete darauf hin, dass heute die Stunde der Wahrheit schlagen würde.

Wir schlossen die Zimmertür hinter uns. Alles war still, keine Geräusche, nur sein Atem. Er schaute mich an, zog sein Shirt über den Kopf, ich zog gleich, er kam näher, begann mich zu küssen, wir atmeten schneller und es dauerte nicht lange, da gab es nur noch seinen warmen Körper und seine Hände, die genau wussten, was zu tun war.

Zurück in der Stadt, gab es nur noch ein Thema, wie könnte es auch anders sein: Wittas Party.

Durch das Wochenende mit Leander waren meine letzten Unsicherheiten verschwunden, und was mich anging, konnte kommen, was und wer wollte. Ich war gewappnet.

Katharina und Max verstanden sich prächtig und hatten sich sogar schon Kosenamen ausgedacht, mit denen sie sich auf der Party foppen wollten.

Max hatte Katharina seine Fotos gezeigt. Sie war hellauf begeistert und wurde nicht müde mir zu sagen, wie begabt Max sei.

Die beiden verbrachten auffallend viel Zeit gemeinsam, was Katharina sichtlich wohl tat. Sie sah blühender aus denn je, machte zwar keine Anstalten, sich um ihre Russlandexpedition zu kümmern – was uns recht war –, verschlang aber alles, was sie an Schwangerschafts- und Erziehungsliteratur bekommen konnte. Lilli meinte sogar bemerkt zu haben, dass Katharina neuerdings feuchte Augen bei Babys in Kinderwagen bekam.

Lilli war nach wie vor überglücklich mit ihrem Kinderarzt, Herbert im Übrigen auch.

Es freute mich von ganzem Herzen, Lilli glücklich zu sehen, nach so vielen Schwachmaten, die sie ausgenutzt und betrogen hatten; endlich ein Kerl, der ihr mit Respekt begegnete.

Und was mich und Leander anging – es hätte nicht besser laufen können.

Anfangs hatte ich die Befürchtung gehegt, Leander könnte mich aus seinem vollen Leben heraushalten und nie Zeit für mich haben.

Das Gegenteil trat ein. Er wollte mich so oft wie möglich sehen und bestand darauf, mich auf jede Einladung mitzunehmen.

Wenn ich auch anfangs eingeschüchtert war ob der »wichtigen« Menschen mit ihren Formen und Ritualen, so gewöhnte ich mich doch schnell daran und war froh, die Gelegenheit zu haben, Zeit mit Leander zu verbringen, der mich mit einem Augenzwinkern in die Knie zwingen konnte.

Meine Mutter hatte mir wieder eine ihrer Lebensweisheiten mit auf den Weg gegeben: »Kind, nicht einschüchtern lassen. Die kochen alle nur mit Wasser.«

Natürlich waren mir diese Einladungen durch meine Kolumnearbeit nicht mehr ganz fremd, aber es war ein großer Unterschied, ob man über diese Art Menschen berichtete oder ob man ihnen persönlich vorgestellt wurde, weil der eigene Freund sie zum Freundeskreis zählte. Witzigerweise stellte mich Leander immer scherzend als seine Biografin vor, sodass es ein geflügeltes Wort wurde.

Auch wenn ich ansonsten nicht leicht zu beeindrucken war, so musste ich zugeben, dass es mir gefiel, in außergewöhnlichem Ambiente mit den feinsten Dingen verwöhnt zu werden. Nur manchmal fand ich es anstrengend, immer gut drauf zu sein und über salonfähige Themen zu plaudern. Leander hatte mir eingebläut, nie über Geld, Krankheit oder schlechtes Aussehen zu sprechen.

Ich durfte mich nicht beklagen, wollte ich doch diese Glitzerwelt erleben. Man durfte nur nicht vergessen, wie surreal sie war.

Natürlich konnte ich auf einer Kinopremiere nicht erwarten, über den Weltfrieden zu diskutieren. Das war einfach nicht Leanders Job. Sein Job hieß, die Menschen zu unterhalten und zu zerstreuen. Meiner hieß, sein aufregendes Leben auf Papier zu bringen.

Und das gelang mir bestens. Das leidige und schwierigste Kapitel Frauen hatte ich so schnell wie möglich hinter mich gebracht. So schnell, dass ich beim Schreiben kaum reflektieren konnte, welche Romanzen ich in Leanders Namen wieder aufleben ließ. Zum Glück hatte Leander keinen Wert darauf gelegt,

Affären auszupacken oder Gerüchte, die es zweifelsohne gab, richtig zu stellen, womit mir eine Menge erspart blieb.

Stader war anfangs skeptisch gewesen, ob der Unterhaltungswert damit ausreichen würde; als Antwort hatte ich ihm das Kapitel über Leanders Modelfreundinnen samt Fotos gereicht, und Stader war beruhigt und glückselig von dannen gezogen. Die Fotos hatte ich immer noch nicht zurück!

Im Moment arbeitete ich am Kapitel über Leanders Freunde, etwas, worum mich Lilli, Katharina und Vera beneideten, denn zu Leanders Umfeld gehörten sehr interessante Männer.

»Pia, du denkst schon immer daran nachzuhaken, wer verheiratet, schwul oder frei ist, ja?«, erinnerte mich Katharina täglich. Und ich tat, wie mir geheißen wurde, natürlich stets diskret.

Viel mehr interessierte mich aber, was Leanders Freunde über ihn zu sagen hatten. Es war erstaunlich, wie unterschiedlich er wahrgenommen wurde. Manche hielten ihn für einen lebensfrohen Charmeur mit besten Manieren, andere wiederum kannten seine nachdenkliche Seite. Er ist eben facettenreich, dachte ich mir. Und ebenso war sein näherer Bekanntenkreis.

Schade fand ich es nur, dass es nicht möglich war, frühere Schulfreunde von Leander aufzutreiben. Alle seine Freundschaften waren ziemlich frisch, was wohl vor allem daran lag, dass es ihm sein turbulentes Leben schwierig machte, alte Beziehungen zu pflegen.

Auf meine Frage, ob er nicht an alten Freunden und Erinnerungen hänge, sah er mich erstaunt an.

»Eigentlich schon, aber man muss auch loslassen können. Alles hat seine Zeit. Ich sehe selten zurück. In der Vergangenheit zu leben oder Menschen nachzuhängen, die inzwischen nur noch zu einer lebenden Erinnerung geworden sind, ist nicht mein Ding. Außerdem, wie oft komme ich noch in meine Heimatstadt, seit meine Eltern tot sind?«

Vielleicht war ich eine zu rührselige Tante, dass ich Freundschaften so lange hoch hielt wie möglich. Ich bewunderte seine Fähigkeit, sich auf den Moment zu konzentrieren.

Und so zitierte ich ihn in seinem Kapitel über Freunde.

Ich lebe im Hier und Jetzt. So habe ich es auch stets mit meinen Freundschaften gehalten. Alles hat seine Zeit, Menschen begegnen sich, gehen ein Stück gemeinsam, lernen voneinander und gehen weiter, wenn ihre Wege sich trennen. Ich habe noch nie etwas davon gehalten, Erinnerungen oder alten Zeiten hinterher zu trauern. Man verpasst das Heute und kann die Zeit doch nicht zurückholen. Man versperrt damit auch die Sicht auf neue Freundschaften, die das Leben bereichern können. Im Moment zähle ich zu meinem engen Freundeskreis einen Schauspieler, einen Sportler, einen erfolgreichen Investmentbanker und meinen Manager, der mich bereits seit einigen Jahren begleitet. Ich glaube, meine Freunde schätzen an mir meine Wandelbarkeit und meinen Esprit. Man sagt mir oft, ich sei ein glänzender Unterhalter, und so werde ich oft zu Banketten geladen. Im Gegenzug schätze ich an meinen Freunden, dass sie mich ergänzen, mir neue Bereiche öffnen. Wir langweilen uns nie. Außerdem sind sie sehr unkonventionell und mit normalen Maßstäben nicht festzulegen.

Leander war geradezu aus dem Häuschen, nachdem ich ihm die Passage vorgetragen hatte.

»Das Buch wird ein Knaller! Ich spüre es genau. Du bist so talentiert. Du bringst mich genau so zu Papier, wie ich es mir vorgestellt habe! Wir müssen das groß aufziehen. Mein Management soll mit eurer Marketingabteilung über eine Buchparty samt Pressekonferenz auf der Buchmesse sprechen. Stell dir das vor! Wir beide auf der Messe präsentieren das druckfrische

Buch, sind verliebt über beide Ohren und auf die lancierte Nachfrage, ob da was zwischen uns sei, kichern wir nur verschwörerisch! Was meinst du, was das für Schlagzeilen gibt! Das ist die beste PR überhaupt. Und wenn die Gerüchteküche so richtig brodelt, geben wir ein Exklusiv-Interview und gestehen unsere Liebe! Das Buch geht steil auf Eins! Und du kommst ganz groß raus! Mensch, das ist die Chance deines Lebens.«

Leanders Euphorie steckte an. Zwar fand ich den PR-Plan übereilt und unnötig, aber ihn so glücklich zu sehen, freute mich.

Leanders Management setzte sofort Pläne auf, die dem Verlag gefielen, und somit stand fest, dass wir bis zur Buchmesse fertig sein mussten.

Freitagabend rückte näher und damit auch Wittas Party.

Wir beschlossen, später hinzugehen; auf der Einladung stand 20.00 Uhr.

Leander war zwar erstaunt, Max wieder zu sehen, aber in Verbindung mit Katharina schien er nichts dagegen zu haben.

Lilli und er mochten sich sofort. Es fällt auch schwer, Lilli nicht zu mögen, und Sebastian war eh ein Schatz.

Als Geschenk hatten wir eine potthässliche Skulptur besorgt, eine in Bronze gegossene Meerjungfrau, und einige Flaschen Champagner, die mir Katharina mit schmerzvollem Gesicht gab.

Da standen wir, erwartungsvoll, aufgebrezelt, vor Wittas Tür und klingelten.

Es dauerte, bis uns geöffnet wurde, aber was wir zu sehen bekamen, toppte alles bisher Dagewesene.

Witta war als Südseeschönheit verkleidet, mit einem kurzen Baströckchen und einer Kette aus Blumen, die gerade mal die Nippel bedeckten, aber auch nur, wenn sie sich nicht bewegte. Es fiel selbst uns Mädels schwer, nicht hinzustarren.

Max zischte: »Ist das hier ein Swingerclub?«

Unser Blick schien sie zu freuen.

Die Wohnungsdeko hatte sie ihrem Exoticlook angepasst, und außer uns schien jeder von diesem Themenabend gewusst zu haben. Oder waren Hawaiihemden und Strandtücher wieder in Mode gekommen, ohne dass ich es bemerkt hatte?

Überall flackerten Lichter, und Blumengirlanden, Oleander, Cocktails und Palmen zierten das Fest.

Im Hintergrund lief »Girl from Ipanema«.

Witta fiel mir theatralisch um den Hals, was angesichts ihrer Bekleidung – oder besser: ihrer Nichtbekleidung – äußerst unangenehm war, zumal sie sich für den Glanzlook mit Orangenöl eingeschmiert hatte.

»Pia, Liebes, wie schön, dass du es einrichten konntest, zu kommen!«

Wenn man es nicht besser wusste, konnte man glauben, dass sich siamesische Zwillinge wieder trafen, oder zumindest jahrelange Busenfreundinnen. Kein Wunder, dass Leander dachte, die Schnepfe und ich seien befreundet.

Mir wurde fast übel, als sie Leander die gleiche Begrüßung zukommen ließ, und wenn mich nicht alles täuschte, rieb sie sich sogar an ihm.

Leander war peinlich berührt und machte gute Miene zum bösen Spiel; dass sein Hemd Ölspuren von Wittas Nippeln aufwies, sagte ich besser erstmal nicht.

Bei Lilli und Katharina hielt sie sich merklich zurück.

Aber zwei Bemerkungen konnte sich Witta nicht verkneifen. Einmal Sebastian gegenüber: »Es gibt dich tatsächlich! Ich konnte es kaum glauben, wo Lilli schon so lange verzweifelt war. Es tut so gut, sie endlich wieder glücklich zu sehen.«

Dann begutachtete sie Max, schien sehr zu mögen, was sie sah, und sagte nur: »Katharina, wo findest du nur immer solche Prachtexemplare?«

Wir waren in der Höhle des Löwen, freiwillig und selbst Schuld und hatten auch nichts anderes erwartet, aber in natura war Witta doch immer wieder unglaublich.

Sie legte jedem eine Blumenkette um, schob uns in die Oasenwohnung, wo ich schon von weitem Lillis Exfreund Pascal, auch »Qualpascal« oder »Pasqualle« genannt, entdeckte, der Lilli nach drei Jahren Beziehung verlassen, weil er einen One-Night-Stand mit ihrer Schwester verbracht, sich in sie verliebt und über ein Jahr belästigt hatte.

Lilli sprach kaum noch mit ihrer Schwester, und die Stimmung an Heiligabend war seither nicht zu toppen.

Lilli hatte gewusst, dass er da sein würde. Sie war vorbereitet, und da sie bei den letzten zufälligen Treffen eine unglückliche Figur gemacht hatte, war heute ihr Abend.

Sie trug kein peinliches Hawaiihemd oder gar Strandtuch, und auch wenn Witta mit Absicht vergessen hatte, uns auf ihren lächerlichen Themenabend hinzuweisen, hatte sie sich damit keinen Gefallen getan, denn der Rest der Gesellschaft wirkte wie ein schlechter Springparty-Verschnitt eines wild gewordenen amerikanischen Colleges. Man war jeden Moment darauf gefasst, Trinkspiele oder eine Polonaise zu sehen.

Wir hingegen hatten nicht nur Stil und Klasse, sondern auch gut aussehende und prominente Begleitung, nach der sich alle umdrehten.

Max zeigte auf ein vergrößertes Hochzeitsfoto im silbernen Rahmen mit Trauerflor, das Witta mit ihrem Verstorbenen zeigte. Vor dem Bild brannte eine Kerze.

Einen krasseren Gegensatz zwischen Wittas geschmacklosem Auftritt und ihrem Schrein gab es wohl nicht.

Nicht, dass man einer Witwe absprach, Spaß zu haben, oder gar moralisch entrüstet war. Es war Wittas Bigotterie, die aufstieß, denn sonst war sie die fromme Helene und empört über den Lebenswandel anderer Singlefrauen.

»Ihr Verstorbener kommt mir bekannt vor, woher kenne ich den nur?«, überlegte Max.

»Ich meine, er war Anwalt«, versuchte ich ihm auf die Sprünge zu helfen.

»Nee, das ist es nicht, ich weiß nicht, wo ich ihn hinstecken soll, aber ich glaube, den kenne ich. Wann ist er denn gestorben? Mir fällt sicher wieder ein, wo ich ihn gesehen habe.«

Katharina trat hinzu und zerrte uns Richtung Salon, wo sich angeblich unglaubliche Szenen abspielten. Ihre Augen funkelten, und als sie uns mit einem »et voilá« zur Tür rein schob, bot sich uns ein Anblick, der locker eine Glücksradshow an Absurdität überbot.

Witta und ihre lustigen Partygäste tanzten Limbo.

Dazu hatte sie sich eine jamaikanische Combo geleast.

Die sichtlich angetrunkenen Gäste schoben sich unter anzüglichen Bewegungen unter diese Stange durch, einige »Damen« hatten es Witta gleichgetan und sich entblößt.

Leider konnten sich das rein optisch nicht alle leisten, und man war versucht ihnen zuzurufen: »Kind, zieh dir besser was drüber, du erkältest dich sonst!«

Witta konnte sich definitiv oben ohne zeigen, und das wusste sie auch, die witzige Witwe.

Kaum hatte sie uns erblickt, versuchte sie mich zur Unheilstange zu ziehen, doch ich wehrte erfolgreich ab.

Leander hatte nicht so viel Glück, und wahrscheinlich war es auch sein Promistatus, der ihm auferlegte, sich volksnah zu zeigen. Schließlich hatten sich schon einige Strandbesucher als Fans zu erkennen gegeben, und da mochte man ja kein Spielverderber sein.

Also quälte er sich unter den Rhythmen des jamaikanischen

Milli-Vanilli-Verschnitts hüftenschwingend unter der Stange durch, und ich muss leider zugeben, dass das entgegen aller Erwartungen verdammt sexy aussah.

Die Menge kreischte.

Leander kam grinsend zurück und meinte: »Das ist der Rhythmus, wo ich mit muss.«

Er zog mich an sich und wir küssten uns in Wittas umgebautem Tropenparadies.

Knutschen macht durstig, und so machte ich mich zur Bar auf, um Nachschub zu besorgen.

Ich kam an der offenen Terrasse vorbei, sah Max abseits sitzen und gesellte mich dazu. Er sah mich überrascht an.

»Was machst du denn hier draußen? Ich dachte, du amüsierst dich prächtig?«

»Ja, ich wollte nur zur Bar. Und was machst du hier?«

»Frische Luft holen. Limbotanzen ist nicht mein Ding.« Sogar Max konnte etwas allzu peinlich sein.

»Ich weiß genau, was du meinst. Menschen haben verschieden hohe Schmerzgrenzen«, sagte ich.

»Allerdings«, lachte er. »Ich habe wirklich nichts gegen einen guten Strip einzuwenden, aber das ist einfach armselig.«

Wenn das schon ein Max Vangunten fand ...

Mit Nachschub ausgerüstet, trollte ich mich wieder zu den Stimmungskanonen der Sparkasse.

Kaum war ich einige Minuten verschwunden gewesen, hatte Witta Leander in Beschlag genommen, unterhielt sich mit ihm angeregt, während sie ihm die aufrechten Nippel entgegenstreckte.

Leander schien von ihrem Auftritt nicht beeindruckt, er war sicher Schlimmeres gewohnt.

Er zog mich zur Seite. »Süße, können wir bald flüchten? Ich befürchte, die werden gleich mit Flaschendrehen anfangen. Der

Tag morgen wird lang, und ich möchte doch, dass meine schöne Autorin ausgeschlafen ans Werk geht.«

Mich musste er nicht überreden. Am liebsten war ich mit ihm alleine, vor allem nachts.

vier

Kaum zu glauben, wie schnell der Sommer verging. Kein Wunder, wenn man bedenkt, wie hart ich an Leanders Biografie arbeitete. Ich hatte mir in den Kopf gesetzt, ein besonders gutes Werk abzuliefern. Leander sollte stolz auf mich sein und mein Chef sehen, dass man Privates und Berufliches trennen kann.

Ich saß bis spät abends im Büro, nahm den Laptop am Wochenende mit nach Hause, reiste quer durch das Land, um Verwandte, alte Lehrer und Kollegen von Leander zu befragen.

Er unterstützte mich, wo er konnte, und motivierte mich immer wieder, dran zu bleiben.

»Das wird dein großer Durchbruch. Ich kann es spüren. Das ist unser gemeinsames Baby. Du rührst die Werbetrommel für mich, und ich werde dich selbstredend als begabte Autorin promoten! Und all die wichtigen Details erzähle ich dir unter der Bettdecke«, lachte er und zog mich an sich.

Unter der Bettdecke erzählte er mir wirklich wichtige Details, die mit der Biografie nichts zu tun hatten, dafür aber nicht weniger spannend waren. Trotzdem waren wir mit dem Buch so beschäftigt, dass es immer Thema war. Momentan überlegten wir den Titel, was gar nicht so leicht war.

Zur Auswahl standen »Wenn nicht jetzt, wann dann?«, »Keine Kompromisse«, »Zwischenbilanz«, »Lebenspfade«, was alles annehmbar war, aber nicht wirklich zu Leander passte.

»Ich will einen Titel, ein Motto, das mir auf den Leib geschrieben ist. Leicht muss es klingen, aber auch danach, dass ich immer wieder aufstehe und weitermache. So was Zukunftsgerichtetes sollte drin liegen und nicht ein Blick zurück. Schließlich bin ich noch lange nicht am Ende«, gab Leander zu verstehen.

Wir hatten lange darüber gesprochen, weshalb er zu diesem Zeitpunkt eine Biografie veröffentlichen wollte. Der Grund war, dass er für einen möglichen Senderwechsel die besten Voraussetzungen schaffen und den Boom um das Buch geschickt nützen wollte. Er war eben Profi.

Und der richtige Titel war entscheidend. Er musste prägnant, aber leicht zu merken sein. Etwas Leichtes, Heiteres versprechen, gleichzeitig signalisieren, dass es weiterging.

Plötzlich kam mir die Erleuchtung.

»Ich hab's! Ich weiß, wie wir deine Biografie nennen!«

Leander sah mich erwartungsvoll an.

»Bis hierhin und viel weiter!«, rief ich.

Er überlegte kurz, wiederholte es und plötzlich hatte auch er ein Strahlen in den Augen.

»Das ist es! ›Bis hierhin und viel weiter!‹ Kann sich jeder merken, ist nicht so bierernst und tragend und spiegelt meine Einstellung wider! Du bist genial, Pia!«

Leander war kaum zu bremsen. Er liebte seinen Beruf und offensichtlich alles, was damit zusammenhing. Dieses Feuer und dieser Enthusiasmus, den er versprühte, wenn es um seine Arbeit ging, waren so ansteckend, dass ich oft gar nicht das Gefühl hatte, zu arbeiten.

»Jetzt müssen wir nur noch die Party vorbereiten, aber da steht praktisch alles. Mein Management hat mit dem Verlag bereits das meiste festgelegt.« Am Rande hatte ich die Pläne mitbekommen, aber Leander war natürlich genauer informiert.

»Also, wir werden morgens eine kurze Pressekonferenz auf der Messe geben. Dort halte ich mein Buch in die Kamera und werde Fragen der TV-Moderatoren und Journalisten beantworten. Dann werde ich am Messestand eine Stunde lang mein Buch signieren und mit Fans und Besuchern der Messe sprechen.

Und abends kommt der Knaller. Wir mieten das Savage und schmeißen eine Party. Natürlich wird alles von Rang und Namen anwesend sein. Die Party wird sehr exklusiv gehalten. Ich möchte keine Exfrauen irgendwelcher Stars oder Vorabendschauspielerinnen im durchsichtigen Nichts da herumstehen sehen. Es sollen nur die A-Liga und alle großen Sender, wichtigen Zeitungen und Zeitschriften akkreditiert werden. Provinzblätter können sich die Anfrage gleich sparen. Wir engagieren den Partyservice, der auch immer die Feste beim Sender ausrichtet, eine gute Band, die leichten Jazz im Hintergrund spielt, ein, zwei gute Redner, und dann lese ich Auszüge aus der Biografie. Natürlich nicht zu lange, es soll ja kurzweilig bleiben. Um Mitternacht geht es in den Park vom Savage, wo ein großes Feuerwerk abgefackelt wird, begleitet von der Big Band, die »My Way« von Sinatra spielt, und mitten drin du in einem weißen aufregenden, aber eleganten Kleid, mit hochgestecktem Haar und einzelnen weißen Blüten darin, schlichtem Schmuck und Jasminduft, der einem die Sinne raubt. Kannst du dir das vorstellen?« Leander hatte die Augen geschlossen und mich an sich gezogen. Und ob ich das konnte! Bilder von einem glücklichen Leander und mir schossen mir durch den Kopf, verliebt in einer wunderschönen Umgebung und endlich nicht mehr nur als die »Biografin«, sondern seine Liebe.

Es war perfekt. Ich konnte mich voll auf meinen Beruf konzentrieren, hatte einen Freund, der das nicht nur verstand, sondern auch unterstützte und mir ein Märchen schenkte.

Nur Katharina und Lilli schmollten.

Sie warfen mir vor, sie sträflich zu vernachlässigen. Auch meine Mutter, die sonst nie genug betonen konnte, wie wichtig die eigene Karriere war, sorgte sich.

»Kind, arbeiten ist schön und macht Freude. Aber du übertreibst es momentan. Und dein Leander sollte darauf achten, dass du genug Freizeit hast. Apropos – wann bringst du ihn denn mal mit?«

Ich konnte sie nur vertrösten. Im Vertrösten war ich seit der Zusammenarbeit mit Leander groß. Mein Standardsatz lautete: »Machen wir alles, wenn die Biografie fertig ist.«

Nicht nur Katharina und Lilli konnten das »B-Wort« nicht mehr hören, und »obsessiv« war noch eines der netteren Worte, mit denen sie mich bedachten.

Ausgerechnet Luftikus Max zeigte am meisten Verständnis.

Er war der Ansicht, dass Leanders Biografie heiß erwartet wurde und wir die Chance hätten, uns einen Namen zu machen.

Auch wenn er Leander immer noch nicht leiden konnte. Auf Nachfragen, warum das so sei, wich er aus. Nur einmal verriet er, man höre so einiges über Leander, ging aber nicht näher darauf ein.

Ich kannte die Branche und die Neider. Da gönnte einer dem anderen nichts und jedes Mittel war recht, den Konkurrenten in Verruf zu bringen, besonders, wenn Castings ins Haus standen.

Leander hatte mir selbst erzählt, dass der größte Privatsender ein Gesicht suche für eine neue Samstagabendshow und eine 14-tägige Talksendung und er als Anwärter dafür gehandelt wurde. Es waren Gerüchte zu seinem Sender durchgedrungen, und jetzt wurde Stimmung gegen ihn gemacht, um einen Wechsel zu verhindern.

Zufällig war ich Zeuge geworden, als Leander völlig außer sich ein Telefonat mit seinem Programmchef geführt hatte. So aufgebracht hatte ich ihn noch nie erlebt. Es ging um irgendwelche Abmachungen, viel Geld, und schließlich rief Leander empört: »Glaubst du eigentlich alles, was dir zugetragen wird?«

Es war ihm sichtlich unangenehm, dass ich alles mitbekommen hatte. Schließlich zog er mich ins Vertrauen und erzählte, was gespielt wurde. Er hatte am neuen Markt fast sein gesamtes Geld in Aktien angelegt und sehr viel verloren. Ein großes Unternehmen hatte ihm nun einen Werbevertrag angeboten, aber sein Vertrag mit dem Sender untersagte das. Zu allem Übel streuten Neider Gerüchte, er hätte was mit seiner jungen Praktikantin.

»Es gibt so viele Neider, Pia. Sie neiden mir meinen Erfolg, selbst eine schöne Frau wie dich neiden sie mir. Dabei mache ich nur meinen Job und möchte in Ruhe gelassen werden.« Das verstand ich nur zu gut.

Und wenn ich ihn mit einer guten Biografie zum richtigen Zeitpunkt unterstützen konnte, tat ich das liebend gerne, auch wenn ich dafür an die Grenze meiner Kräfte geriet.

Sogar mein geliebter Chef, den ich sonst nur als Raubein kannte, bemerkte, wie viel ich mir aufhalste, und hielt mir eine Standpauke.

»Wie gedenkst du denn dieses Tempo durchzuhalten? Du willst doch noch einige Jahre weiterarbeiten und dich nicht nach diesem Buch mit Berglandt zur Ruhe setzen, oder? Dein Einsatz in Ehren, aber ich will nicht, dass du dich für diesen Schönling aufopferst und dann ausfällst! Max, pass gefälligst auf Pia auf und achte darauf, dass sie raus kommt. Um diese Jahreszeit hast du normal einen anderen Teint, Kind!«

Das durfte doch nicht wahr sein! Alle wollten mich bemuttern, dabei ging es mir so gut wie noch nie.

Max hielt sich genau einmal an Staders Anweisung und ging mit mir Mittagessen.

Wir bestellten ein opulentes Mahl und becherten nicht schlecht.

Mit lockerer Zunge quetschte ich Max nach seiner Familie aus.

Was ich anfangs nie geglaubt hätte: Er kam aus komplizierten Verhältnissen. Klassisches Scheidungskind. Vater war Dirigent gewesen, öfter auf Reisen, in jedem Städtchen ein Mädchen, während er zu Hause mit seiner Mutter und den Geschwistern auf den Maestro wartete.

Seine Mutter war auf das Genie fixiert gewesen und hatte in seiner Abwesenheit kaum gelebt, sondern nur funktioniert. Sie hatte nur von ihrem Mann gesprochen und die Kinder vernachlässigt.

Umso härter traf es sie, als ihr Mann unerwartet ankündigte, die Scheidung zu wollen, um nur einige Wochen später mit der Ersten Geigerin zusammenzuziehen, die mit ihren 28 Jahren ihr Recht, auch im Privatleben die erste Geige zu spielen, gekonnt eingefordert hatte.

Von da an ging es mit Max' Mutter bergab. Anfangs wollte sie nicht wahrhaben, dass ihr Mann nicht wieder zurückkommen würde, und lebte im festen Glauben, er sei mal wieder auf Konzertreise. Die Kinder mussten dieses Spiel mitmachen, und keiner durfte daran erinnern, dass der »verreiste« Vater gerade mal fünf Straßen weiter wohnte und sie jedes zweite Wochenende bei ihm und seiner neuen Geliebten verbrachten, die er übrigens auch betrog und von der er sich nach nur einem Jahr wieder trennte und seither von Beziehung zu Beziehung wechselte.

Max' Mutter holte die Realität bezüglich ihres Mannes zwar wieder ein, aber seit damals hatte sie ihren Glauben an Beziehungen – vor allem an die Ehe – verloren und lebte ein selbst gewähltes Nonnenleben.

Max schien den Charme seines Vaters und dessen Schlag bei den Frauen geerbt zu haben; man konnte nur hoffen, dass er sein Verhalten nicht bis ins Detail zu kopieren dachte.

Das Verhältnis war laut Max unentspannt, da der Übervater es gerne gesehen hätte, wenn Max in seine Fußstapfen getreten wäre, anstatt nur auf einen Auslöser zu drücken.

»Er sagt immer: ›Fotografieren, das ist doch nichts Seriöses. Deine Mutter hätte mehr hinterher sein sollen, deine musikalische Laufbahn zu fördern. Wenn man nicht alles selber macht!‹ Das Einzige, was ihm an mir gefällt, sind meine wechselnden Beziehungen. ›Da ist er ganz nach mir geraten‹, sagt er immer stolz, seine Ausstrahlung lässt mit Anfang siebzig ja langsam nach und da tritt wenigstens der Sohn das Erbe an. Er erinnert mich manchmal an einen alternden Julio Iglesias«, erzählte Max ungewohnt ernst. Kein Wunder, dass der Gute so geraten war.

Wir stürzten uns weiter in die Arbeit, und als ich mal wieder bewusst einen Blick in den Kalender warf, konnte ich es kaum glauben.

Mein Geburtstag stand ins Haus und ich hätte ihn fast vergessen. Das war mir noch nie passiert. Sonst gab ich ihn bereits Wochen vorher bekannt und konnte ihn gar nicht ausführlich genug planen und vorbereiten. War das eine Vorfreude! Jedes Jahr eine Party unter einem anderen Motto und ich mittendrin.

Nicht so dieses Jahr, aber was war schon gleich in diesem Jahr! Alles hatte sich verändert, und der Grund, warum ich nicht daran gedacht hatte, hieß natürlich Leander.

Ich schaute auf den Kalender! Eine Woche bis zum 30. September und noch keine Pläne!

Ich rief Katharina an.

»Bist du endlich mit der Lobhudelei deines Liebsten zu Ende

oder brauchst du noch Zeitzeugen, die aussagen, was für ein außergewöhnlicher Mann er ist?«, fragte sie mich leicht angesäuert.

Ich bekannte mich schuldig auf ganzer Linie, wollte ich Katharina in ihrer Schwangerschaft doch viel mehr unterstützen. Selbst Max hatte es geschafft, bei Katharina vorbeizuschauen. Lilli war ständig bei ihr und versuchte Katharina ihr hirnrissiges Vorhaben auszureden, und die hatte schließlich auch einen neuen Freund und einen anstrengenden Job. Mich dagegen hatte die Arbeit für Leanders Buch so sehr beansprucht, dass ich es einfach nicht geschafft hatte.

Wann immer ich Leander von meinem schlechten Gewissen meinen Freundinnen gegenüber erzählte, war er zwar voller Verständnis, riet mir aber gleichzeitig, mich zu fokussieren.

»Deine Freundinnen laufen doch nicht weg. Und du weißt, wie wichtig die Biografie für uns ist. Sobald du fertig bist, kannst du sie wieder so oft wie möglich sehen. Wenn sie gute Freunde sind, verstehen sie das auch.« Er hatte ja Recht, aber jetzt musste ich meiner Freundin auch noch meinen komplett unvorbereiteten Geburtstag gestehen.

Katharina bewies wieder einmal Größe.

»Ach Pia! Komm, wofür hast du denn Freunde? Ich weiß ja, wie eingespannt du zurzeit bist – auch wenn du es übertreibst, will ich nur hinzufügen. Ich werde dir natürlich eine Geburtstagsparty ausrichten. Hab ja sonst nichts vor, und so ein Fest können wir allemal wieder gebrauchen. Also kümmere dich um nichts. Lilli und ich werden das arrangieren. Vielleicht sollte ich mit Leander sprechen, nicht dass er schon was geplant hat und dich auf die Seychellen entführen möchte oder so. Und ansonsten lass dich einfach nur feiern.«

Ich war gerührt, gelobte Besserung und versprach, mich wieder häufiger blicken zu lassen.

Als ich auflegte, musste ich überlegen, ob Leander überhaupt wusste, dass ich bald Geburtstag hatte. Er war momentan sehr im Stress. Noch mehr Arbeit, dabei war er gedanklich schon bei seinem neuen Job; der Vertrag stand, wie er berichtete, kurz vor dem Abschluss.

Leider konnten wir momentan nicht so viele Stunden miteinander verbringen, wie wir wollten, dafür war es jedes Mal umso schöner, wenn wir Zeit füreinander fanden.

Trotzdem vermisste ich ihn schmerzlich, wenn wir uns nicht sehen konnten. So sehr, dass ich vor einigen Tagen nicht hatte einschlafen können. Kurz entschlossen war ich ins Auto gestiegen, um Leander mitten in der Nacht zu überraschen. Die Überraschte war allerdings ich, denn Leander war nicht zu Hause gewesen. Kurz hatten mich Zweifel überkommen, ob er mich eventuell betrog. Aber am nächsten Morgen hatte sich alles aufgeklärt. Leander hatte einen frühen Termin in Wien gehabt und war bereits abends geflogen. Sein Handy hatte er zu Hause vergessen, deshalb war auch die Anrufansage zu hören gewesen.

Gelacht hatte er, als ich fragte, ob er eine andere habe.

»Süße. So langsam glaube ich auch, dass du zu viel arbeitest. Es wird höchste Zeit, dass wir mal wieder einen romantischen Abend verbringen. Nur wir beide.«

Heute Abend war es soweit: Wir trafen uns zum Essen.

Leander holte mich ab, und wir fuhren zur Eröffnung eines neuen Fischrestaurants.

Ein kleines, einfach gehaltenes Lokal mit ausgezeichnetem, aber keinesfalls überkandideltem Essen. Kerzenschein, neapolitanische Klänge im Hintergrund, Leander heiter aufgelegt. Was für ein schöner Abend!

Natürlich konnte ich mir nicht verkneifen nachzufragen, ob er denn wisse, was nächste Woche für ein Datum sei.

Er spielte den Unwissenden.

»Hm … nächste Woche. Richtig, da kommt meine Putzfrau aus dem Urlaub und mein Wagen in die Werkstatt, wieso fragst du?«

Das Geplänkel zog sich eine Weile hin, bis er mir gestand, dass ich eine Überraschung für meinen Geburtstag erwarten dürfe. Ich konnte es kaum erwarten.

Den Rest des Abends machte er mir immer wieder Komplimente und versicherte mir, wie glücklich ich ihn machte.

Gab es eine Steigerung von Glück?

Für mich nicht, das stand fest. Ich hatte geglaubt, man könne gar nicht so viel auf einmal haben. Den Mann fürs Leben, einen guten Job, tolle Freunde, eine Familie, die einen unterstützte.

Nach einer wunderschönen Nacht stand ich, diszipliniert wie ich war, früh auf, um mit der Biografie voranzukommen. Leander konnte ausnahmsweise liegen bleiben, seine Aufzeichnung war erst gegen Nachmittag angesetzt. Gerade als ich gehen wollte, zog Leander mich noch einmal zurück ins Bett.

»Na, wo willst du denn so schnell hin, ohne dich richtig zu verabschieden?«

Ich? Nirgends natürlich! Wer konnte diesem Mann schon widerstehen? Und was machte es, wenn ich ausnahmsweise zu spät kam?

Schweren Herzens riss ich mich schließlich los. Auf dem Weg zur Tür klingelte Leanders Handy. Er nahm ab und sprach seltsam, fast flüsternd. Es war hoffentlich nichts passiert?

Leise ging ich zurück ins Schlafzimmer und hörte gerade noch, wie Leander sagte: »Dann bis später, ich freu mich.«

Als er meinen fragenden Blick sah, seufzte er. »Das war eine Journalistin, die mit mir vor der heutigen Aufzeichnung ein

Interview machen möchte. Ich treffe mich mit ihr zum Lunch, dabei wollte ich doch gerne mit dir essen gehen.«

Er wirkte so betrübt, dass ich ihn umarmte und beruhigte.

»Leander, das verstehe ich. Gehört nun mal zu deinem Job. Wir haben doch alle Zeit der Welt.«

Leander war sichtlich erleichtert, fuhr mir durch die Haare und flüsterte: »Womit habe ich dich nur verdient?«

Das konnte nicht sein Ernst sein! Wenn jemand sich diese Frage stellen konnte, dann ich.

Gut gelaunt fuhr ich noch schnell bei der Reinigung vorbei und gab Leanders Hemden ab.

Obwohl ich mich verspätet hatte, war im Büro außer Max noch keiner da.

In den vergangenen Wochen waren wir immer als Erste gekommen und als Letzte gegangen. Zum Glück verstanden wir uns prächtig und zogen uns gegenseitig nur zu gerne auf. Da Max bereit war, sich in die zugegebenermaßen für ihn langweilige Materie, nämlich Leanders Leben, einzuarbeiten, war er inzwischen viel mehr für mich als nur der Fotograf. Er beriet mich und half auch mit der Koordination, wenn Vera zu viel zu tun hatte. Wir waren ein gutes Team, und ohne ihn wäre ich sicher schon zusammengeklappt.

So aber hatte die Situation etwas von Studententagen, wo man an der Uni kurz vor Abgabe einer Hausarbeit Tage und Nächte durcharbeitete, sich mit Kaffee und Cola wach hielt und immer wieder von hysterischen Lachanfällen heimgesucht wurde. Wenn man spät abends lachen muss, weil der andere sich aus Versehen mit Kuli angemalt hat, weiß man, dass die gesunde Arbeitszeit lange überschritten ist.

Max musste schon länger auf den Beinen sein, denn er hatte Croissants und den obligatorischen Kaffee mitgebracht. Und wenn ich Kaffee sage, meine ich Kaffee und nicht »so 'ne Plörre«.

»Na, Pia. Wieder fleißig? Alles klar? Was macht der Star? Sitzt sicher noch zu Hause und kann sich nicht vom Spiegel losreißen«, stänkerte Max.

Ich lächelte milde, an seine Sticheleien war ich gewöhnt.

Ich begann zu schreiben und merkte gar nicht, wie schnell der Vormittag verging. Mir fiel die Reinigung ein. Ich hatte Leander versprochen, die Sachen gleich abzuholen. Also würde ich meine Mittagspause dafür nutzen; da konnte ich gleich noch bei der Bank vorbei.

In der Stadt war um diese Uhrzeit die Hölle los. Ein Gedränge und Gerempel, was war ich froh, als ich endlich seine Hemden hatte! Da mich der Hunger plagte, beschloss ich einen Abstecher ins Itu zu machen, einer guten und vor allem nicht teuren Sushibar, die Take-away-Menüs anbot.

Als ich um die Ecke zum Itu bog, sah ich Leander von weitem. Das war ja witzig! Zwei Menschen, ein Gedanke. Auch er mochte das Itu sehr gerne. Ich winkte, aber er sah mich nicht. Gerade wollte ich Leander rufen, als ich erkannte, dass er nicht alleine war.

Ich konnte die Begleitung aus der Ferne nicht erkennen, außerdem hatte sie mir den Rücken zugewandt. Der Arme traf sich sicher mit der Journalistin, die heute Morgen angerufen hatte. Wie ich Leander kannte, nutzte er die Gelegenheit, um wenigstens lecker essen zu gehen. Ob es wohl störte, wenn ich mich kurz vorstellte?

In diesem Moment drehte sich seine Begleitung um, und mir war schlagartig klar, dass ich mich nicht mehr vorstellen musste.

Es war Witta!

Einen Moment lang überkam mich ein Schwindelgefühl, dann besann ich mich auf meinen Verstand.

»Ganz ruhig! Entweder haben sie sich rein zufällig getroffen oder es hat mit meinem Geburtstag zu tun«, sprach ich mir Mut zu.

»Jetzt nur nicht ausflippen und zur Zicke mutieren, um hinterher, wenn sich alles als harmlos herausstellt, als stutenbissig dazustehen.«

Diese Genugtuung würde ich Witta nicht gönnen. Ich beschloss, den beiden unauffällig zu folgen. Beobachtung konnte nicht schaden. Wie pflegte mein Mathelehrer Lenin zu zitieren: »Vertrauen ist gut, Kontrolle ist besser.«

Sie setzten sich einträchtig Richtung Einkaufspassage in Bewegung. Aha, also doch ein Geburtstagsgeschenk für mich. Bestimmt hatte Witta sich angeboten, Leander bei der Auswahl des passenden Geschenkes behilflich zu sein.

Dass er aber immer noch nicht begriffen hatte, wie ich zu Witta stand, war mir ein Rätsel. Warum um alles in der Welt fragte er nicht Katharina oder Lilli!

Die beiden bogen um die Ecke – ich hinterher; ich konnte Wittas affektierte Bewegungen sehen. Sie warf ihren Kopf beim Lachen in den Nacken, natürlich nur, um ihre Südseehaare besser in Szene zu setzten. Kannte man doch alle, diese Tricks!

Vor einigen Geschäften blieb sie stehen, gestikulierte wild und zeigte auf ein Paar Gucci-Schuhe. Doch Leander ging unbeirrt weiter, bis beide vor einem Geschäft stehen blieben. Ich musste mich näher heranpirschen, doch dann sah ich, wohin es Leander gezogen hatte. Zu Tiffanys!

Wie Schuppen fiel es mir von den Augen. Natürlich! Wieso war ich darauf nicht eher gekommen! Eine Überraschung würde ich bekommen, hatte er gesagt.

Er wollte um meine Hand anhalten und Witta-Schnepfe sollte ihm bei der Auswahl des Ringes behilflich sein. Was Sinn machte, denn weder Katharina noch Lilli wären in der Lage, so ein Geheimnis für sich zu behalten.

Aus sicherer Distanz beobachtete ich, wie die beiden den Laden betraten, sich tatsächlich einige Ringe zeigen ließen, die Witta anprobieren musste.

Sie strahlte, als ob sie vergessen hätte, dass es sich nicht um ihre Verlobung handelte. Leander schien gefunden zu haben, was er wollte, bezahlte den Ring und verließ lächelnd Tiffanys mit Witta im Schlepptau.

Langsam mussten sich ihre Wege trennen. Doch sie liefen unbeirrt weiter, als ob sie noch eine Besorgung machen müssten.

Sie entfernten sich aus der Innenstadt und bogen in eine Seitenstraße, unbemerkt verfolgt von mir. Gerade als ich mich zur unschlagbaren Beschatterin küren wollte, sah ich Kerstin Kugel, eine weitläufige Bekannte. Schnell versteckte ich mich im nächsten Hauseingang, wartete, bis die Gefahr vorüber war, und nahm die Fährte wieder auf.

Leander und Witta waren mir zwar ein gutes Stück voraus, aber ich konnte erkennen, dass sie auf das Parkhotel zusteuerten.

Merkwürdig. Vielleicht wollte Leander die Verlobung in gepflegtem Rahmen feiern und inspizierte vorab die Räumlichkeiten. Aber warum Witta die Klette immer noch dabei war, konnte ich nicht begreifen.

Wie sie sich an ihn heranschmiss!

Selbst auf die Entfernung war ihr Getue deutlich zu erkennen.

Leander könnte aber auch mehr Abstand halten! Er war immer viel zu freundlich und gutmütig.

Ich, Pia Mohnhaupt, Schattenfrau, betrat in gemessenem Abstand das noble Parkhotel und beobachtete, wie die beiden in den Lift stiegen.

Ich wartete kurz ab, stieg ebenfalls in den Aufzug und fragte den Liftboy, in welchem Stock die beiden Herrschaften ausgestiegen seien. Bereitwillig gab mir der sichtlich gelangweilte

Boy Auskunft, dabei dachte ich immer, Diskretion sei im Hotelgewerbe unerlässlich. Ich hatte schon damit gerechnet, ihn schmieren zu müssen.

Aber weshalb schauten die beiden Zimmer an und nicht den Salon?

Plante Leander die Verlobungsnacht etwa in einer Suite?

Schleichend huschte ich den Gang hinunter, dankbar für den dicken Teppichboden, und blieb lauschend vor jeder Tür stehen.

Vor Zimmernummer 14 wurde ich fündig. Wittas unangenehmes Organ war unverkennbar.

Sie lachte gekünstelt wie immer. Endlich hörte ich Leander sprechen. Er schien guter Dinge. Ich verlor jede Hemmung und drückte mein Ohr an die Tür.

»Komm her, Süße, und zeig mir, wie sehr du mich vermisst hast. Ich habe nur an dich und deinen wunderschönen, beweglichen Körper denken können.«

Mit einem Mal war mir speiübel und ich bekam Ohrensausen.

Anstatt wegzurennen, blieb ich wie angewachsen. Leander säuselte weiter. Ich verstand nur Bruchstücke.

»Ja, das mag ich ... du bist so schön. Ich möchte dich am liebsten malen ...«

Und dann war da wieder Wittas penetrante Stimme.

»Wie lange müssen wir denn dieses Versteckspiel ertragen? Ich möchte mich endlich zu dir bekennen können. Ich bin eine ehrbare Frau, und so etwas gehört sich für mich als Witwe gleich gar nicht. Ich habe es satt, mich von diesem Trampel Pia tyrannisieren zu lassen.«

Ich stand kurz vor einer Ohnmacht. Vor allem, als ich laut und deutlich Leanders Antwort vernahm.

»Süße ...« Er nannte sie tatsächlich Süße, wie mich! »Du weißt, dass ich sie brauche, damit meine Biografie gut wird, und je motivierter sie ist, umso mehr hängt sie sich rein. Außerdem ist sie so vernarrt in mich, dass sie keine unbequemen Fragen stellt. Und gute Publicity brauche ich zum jetzigen Zeitpunkt mehr als sonst. Sie macht ihre Sache sehr gut. Also, die berufliche meine ich natürlich!«

Ich hielt mir die Hände vor den Mund, um den aufsteigenden Brechreiz zu unterdrücken.

Witta seufzte theatralisch auf.

»Ich hätte dir auf Katharinas Party nicht sagen sollen, wer sie ist und was sie macht, dann müssten wir nicht in diesem Hotelzimmer sitzen.«

Leander versuchte sie zu versöhnen. »Aber ich bin dir dankbar, dass du es mir gesagt hast, und du bist damals nicht zu kurz gekommen, wenn ich mich recht erinnere. Nach der Party bist du doch gerne mit zu mir gekommen. Und wir haben es beide nicht bereut, oder, meine Schöne?«

Er lachte sein kehliges Lachen und fuhr fort: »Aber du hast Recht. Mir wird die Sache langsam zu eng. Zum Glück ist sie schon beim vorletzten Kapitel.«

Ich hatte genug gehört und rannte betäubt los. Nur weg hier, raus auf die Straße. Irgendwie schaffte ich es in ein Taxi, selber fahren konnte ich nicht mehr. Ich nannte dem Fahrer Katharinas Adresse. Bei den von Steinbecks angekommen, stieg ich aus, übergab mich vor dem Rhododendron und blieb liegen, bis jemand Katharina alarmierte, die sofort angerannt kam.

»Mein Gott! Pia, was ist denn los? Sag, was ist passiert?«

Ich konnte nicht reden, nur apathisch den Kopf schütteln.

Sie rüttelte mich.

»Pia! So sag doch. Was ist denn los? Du erschrickst mich zu Tode!«

»Leander hat ein Verhältnis mit Witta!«, brachte ich gerade noch hervor, bevor ich mich wieder übergeben musste.

Katharina schüttelte verständnislos den Kopf. »Pia, was redest du für wirres Zeug? Du bist krank.« Sie hielt den Gärtner an, damit er ihr behilflich war, mich ins Haus zu bringen.

Dann steckte sie mich in ein Gästebett, ließ eine Flasche Whiskey bringen und flößte mir ein halbes Glas ein. Es brannte höllisch, löste aber die Betäubung.

Langsam erzählte ich, was geschehen war. Eine ungläubige, entsetzte Katharina saß mir mit offenem Mund gegenüber.

»Und du bist absolut sicher? Zweifel ausgeschlossen?«, hakte sie nach. Ich nickte.

Katharina stand auf, rief Lilli an, bat sie zu kommen und wanderte unruhig im Zimmer auf und ab.

Zwischendurch trat sie an mein Bett und zischte beherrscht:

»Das werde ich auf meine Art in Ordnung bringen. Warte nur ab.«

Mir war alles gleichgültig. Von mir aus konnte ich bis an den Rest meines kläglichen Lebens in diesem Bett warten. Was machte das schon für einen Unterschied?

Es dauerte nicht lange, da stürmte Lilli zur Tür herein.

Sie nahm mich in den Arm.

»Du Armes. Das ist so entsetzlich! Ich kann es gar nicht glauben! Ausgerechnet Leander!«

Katharina schäumte vor Wut. »Dieser Schmalspurfernsehheini! Diese gegelte Quotensau! Mit Witta, ausgerechnet Witta! Wie niveaulos! Das hätte er besser sein lassen! Ich werde ihn vernichten. Ein Anruf und seine armselige Existenz ist ausgelöscht. Ja, Herr Berglandt! Da haben sie sich mit der Falschen angelegt, denn zufällig habe ich die besseren Kontakte.«

Ich wollte nur die Augen zumachen und alles vergessen. Schlafen, aufwachen, um dann zu merken, dass es nicht passiert war.

Doch Katharina war nicht zu halten.

»Zufällig sitzt mein Patenonkel Richard im Ausschuss von Leanders Sender. Ein Wort und Leander wird von unseren Bildschirmen verbannt sein, und zwar für immer!«

Lilli nickte zustimmend. Dann sahen mich beide fragend an. Ich zuckte mit den Schultern und wurde plötzlich von einem Weinkrampf gepackt.

Ich schluchzte und schniefte, während Lilli mich beruhigend tätschelte.

»Lass ruhig alles raus. Das ist gut so. Du wirst sehen, gleich fühlst du dich besser. Hier, nimm das. Ich habe dir Rescue Bachblüten mitgebracht.«

Ich fühlte mich nicht besser, sondern einen immer größeren Schmerz.

In Gedanken spulte ich alle Begegnungen von Witta und Leander ab, bei denen ich anwesend gewesen war.

Ihre Party!

Wie sie sich mit eingeölten Brüsten an ihm gerieben hatte! Jetzt war mir klar, wie sie an Leanders Telefonnummer gekommen war – auf alle Fälle nicht über seine Assistentin.

Es klopfte an der Tür. Es war Herbert, aufgescheucht von Katharinas Wutanfall und meinem Schluchzen.

»Was ist denn los? Ich will in Ruhe meine Mittagspause genießen und nicht von eurem Gebrüll genervt werden. Katharina, du weißt doch, dass mein nervöser Magen das nicht verträgt. Was macht ihr denn um diese Zeit hier?«

Katharina weihte ihn ein, und Herbert, der sich eben noch ob des Lärmes beschwert hatte, legte ein Dezibel drauf.

»Ich trete dem Schleimer die Eier ein!«, vergaß er seine gute Kinderstube. »Das wird er büßen. Ein Anruf, und seine kleine schmierige Existenz ist vernichtet. Ich habe Kontakte!«

Katharina gebot ihm sich zu setzen. »Das habe ich doch auch schon gesagt.«

Herbert schienen die gleichen Gedanken durch den Kopf zu schießen. »Onkel Richard?«

»Genau an den hatte ich gedacht«, stimmte sie zu.

Alle drei wandten sich mir zu.

»Pia, sag du mal was. Was willst du denn?«, fragte Katharina.

Ich war schlichtweg überfordert. Alles was ich wollte, war Leander und mein perfektes Leben zurück. Ich wollte nichts von Existenz auslöschen hören, ich wollte, dass Leander wieder neben mir lag. Ich weinte erneut.

»Mir ist das alles zu viel auf einmal.«

Katharina herrschte Herbert an. »Da siehst du, was du angerichtet hast, du hast sie vollkommen verstört.«

Ich zog die Decke über den Kopf und tauchte ab.

»Lasst mich bitte in Ruhe, ich weiß nicht, was ich machen soll. Ich bin müde.« Ich wollte schlafen, nur noch schlafen.

Mit pochenden Kopfschmerzen wachte ich nach einiger Zeit auf und fühlte mich erbärmlich. Lilli und Katharina hatten die ganze Zeit an meinem Bett gesessen und sich leise unterhalten.

Mir schien, als schmiedeten sie einen Schlachtplan.

Auf dem Nachttisch stand ein Tablett mit Croissants und dampfendem Tee.

Ich merkte, dass ich tatsächlich hungrig war, und nahm einen Bissen.

Die Lebensgeister kehrten langsam wieder. Ich versuchte zu verstehen, was in den letzten Stunden abgelaufen war.

Ich wiederholte im Geiste, was die beiden gesagt hatten.

»Ich brauche sie noch für meine Biografie ...«

Lilli war immer noch fassungslos. »Dabei hat er so ein offenes Lachen! Meine Hand hätte ich für ihn ins Feuer gelegt.« Kein Wunder. Lilli glaubte selbst nach all ihren Erfahrungen mit skrupellosen Männern an das Gute. Sie war die unschuldigste Person, die ich kannte. Im Vergleich zu ihr war die Rama-Tante aus der Margarinewerbung ein abgebrühtes Biest.

Sie schüttelte den Kopf. »Wenn das die Leute wüssten! Seine Fans! Aber ich habe ja gleich gesagt, Skorpion und Waage wird schwierig. Komm, ich schau mal, was die Karten dazu sagen.« Lilli kramte in ihrer Tasche.

Katharina verlor die Beherrschung.

»Lilli! Was heißt hier: Skorpion und Waage wird schwierig! Sein Sternzeichen ist Charakterschwein, das ist das Problem! Sag mal, du bist doch glücklich unter der Haube. Wieso schleppst du immer noch diese Tarotkarten mit dir herum?«

Lilli zögerte. »Ich dachte, sie helfen uns vielleicht weiter.«

»Ach ja? Und wieso haben die Karten Pia nicht vor Leander gewarnt? Wenn ich mich recht erinnere, lagen da lauter Münzkarten und Liebende und ein Stern, was laut dir das Beste ist, was man legen kann. Haben die Karten nicht auch noch dieses Jahr von ihrer Hochzeit gesprochen?«, wetterte Katharina.

Lilli versuchte dagegen zu halten. »Ja, aber sie hatte auch den Gehängten gezogen und …« Katharinas Blick ließ sie verstummen.

Katharina wandte sich mir zu und hielt meine Hand.

»Pia, Liebes. Wie geht es dir? Fühlst du dich besser? Hach, wenn ich jetzt nur rauchen dürfte oder wenigstens ein kleines Glas Whisky trinken.«

Tatsächlich ging es mir ein wenig besser, zumindest war ich in der Lage, überhaupt wieder zu fühlen. Eine Mischung aus Schmerz, Demütigung und Wut. Wenn ich mir vorstellte, wie die beiden mich zum Narren gehalten hatten! Wie oft ich über Witta gesprochen hatte, ohne zu wissen, dass er an ihren »biegsamen Körper« dachte, während er mich ansah. Mir vorzustellen, dass jedes Lachen, jede Berührung nicht mir, sondern allein dem Zweck gedient hatten, dass ich bei der Stange blieb und seine Biografie fertig schrieb.

Das tat weh. Noch mehr beschäftigte mich die Frage nach dem Warum.

Gut, ich war nicht unbegabt, aber auch nicht so vermessen zu glauben, dass es nicht genügend Autoren gab, die den Job genauso gut bewältigen könnten. Warum also der ganze Aufwand? Es ging schließlich um eine Biografie und nicht um die Kennedy-Akten. »Sie stellt keine Fragen«, hatte er gesagt. Natürlich hatte ich Fragen gestellt, aber nur den Kontaktpersonen, die mir Leander vermittelt hatte.

Hätte ich das mit Witta merken müssen? War ich blind gewesen? Der Reaktion meiner Freundinnen nach nicht, sonst wären sie nicht selbst so geschockt.

Mir fiel ein, wie Stader mich ganz am Anfang gewarnt und Max ab und zu merkwürdige Anspielungen gemacht hatte. Aber ich hatte ja nichts davon hören wollen. Stader hatte ich Beschützergehabe attestiert und Max vorgeworfen, er schließe von sich auf andere.

Es wollte mir einfach nicht in den Kopf, dass Leander mir seine Gefühle vorgespielt haben sollte.

So küsste keiner, der nicht mit dem Herzen dabei war. Ich sprach laut aus, was ich dachte. Anscheinend hatten sich die beiden das Gleiche gefragt.

Katharina brachte es auf den Punkt. »Was hat er zu verbergen? Dass er Dreck am Stecken hat, ist ja wohl klar, aber was? Eigentlich würde ich sagen: Lasst mich einige Telefonate führen, und wir wissen mehr. Aber mittlerweile halte ich ihn für so gerissen, dass ich mir nicht vorstellen kann, dass es so einfach ist.«

»Und was hat Witta damit zu tun?«, warf Lilli ein.

Katharina überlegte. »Ich weiß sicher, dass Witta Leander auf meiner Party zum ersten Mal getroffen hat, denn Herbert erzählte, wie scharf sie darauf war, ihm vorgestellt zu werden. Wahrscheinlich fanden die beiden sich einfach gut, und Witta erwähnte, dass ihre Freundin Pia seine Biografie schreiben wird, um ein Gesprächsthema zu haben. Da wusste er, was er zu tun hatte.«

»Ich hasse sie!«, schluchzte ich.

Lilli träufelte mir mehr Bachblüten ein. »Pia, so Leid es mir tut, aber ich glaube, Leander hätte dieses Spiel mit oder ohne Witta durchgezogen. Dann hätte er dich eben im Büro kennen gelernt und dort seinen Charme spielen lassen.«

Mir kam das alles gespenstisch vor. »Wenn ich bedenke, dass ich heute Morgen noch Frau Berglandt in spe war und jetzt mit euch Verschwörungstheorien spinne …« Ich musste wieder weinen. Es war unfassbar.

Ich machte mir selber Vorwürfe. Wie hatte ich nur so blauäugig sein können. Im Nachhinein fiel mir natürlich einiges auf, was ich mit der rosaroten Brille nicht hatte sehen wollen. Sein Desinteresse an meiner Familie, seine finanziellen und beruflichen Probleme, der von ihm ausgehende Druck, dass ich mich mit dem Schreiben beeilte. Was war ich blöd gewesen! Ich fühlte mich hässlich, nutzlos, kurzum ein wandelndes Bündel voller Selbstzweifel. Wie hatte ich im Ernst annehmen können, dass ein Leander Berglandt, dem sämtliche Models und Schauspielerinnen zu Füßen lagen, ausgerechnet mich erwählt hatte?

Es klopfte an der Tür. Katharina und Lilli sahen sich vieldeutig an. Zur Tür kam eine mir bekannte Dame herein: Dr. Cornelius!

»Wir dachten, in so einer Situation brauchen wir professionelle Unterstützung, denn das hat noch keine von uns erlebt«, erklärte Lilli.

Das hatte mir gerade noch gefehlt! Verheult und ausgelaugt

ausgerechnet Dr. Cornelius gegenüberzutreten, die mich an die verhängnisvolle Party erinnerte. Aber ich war zu schwach, um zu protestieren.

Sie schaute mich freundlich, aber resolut an. »Kommen Sie, Pia. Stehen Sie auf. Wir gehen ein Stück spazieren. Frische Luft und Bewegung werden Ihnen gut tun.«

Widerwillig richtete ich mich auf und quälte mich aus dem Bett.

»Max wird sich wundern, wo ich bleibe. Der alarmiert sicher bald Leander oder die Polizei«, fiel mir ein.

Katharina schob mich zur Tür. »Darum kümmere ich mich. Ich lasse mir was einfallen. Du gehst mit Dr. Cornelius raus und hörst ihr gut zu.«

Wie mir schien, gab es nicht viel zuzuhören, denn sie lief schweigend neben mir her und machte keine Anstalten mich auszufragen.

Ich war verwirrt.

Also begann ich zu sprechen. »Was sagen Sie denn zu der Sache?«

Sie lächelte. »Meinen Sie die aktuelle Sache oder die vorangegangenen Geschichten?«

Danke, Katharina! So viel zum Thema Verschwiegenheit.

»Wie meinen Sie das?«, fragte ich nach.

»Hatten Sie jemals eine Beziehung, die länger als ein Jahr funktioniert hat? Und dazu zählen keine Fernbeziehungen!«

Ich musste verneinen.

»Und woran, glauben Sie, liegt das?«

Die Antwort wusste ich nur zu genau. »Ich bin immer an die falschen Männer geraten.«

Sie überlegte. »Sind die denn alle gleich oder ähnlich gewesen?«

Ich schüttelte den Kopf. »Nein, ich bin nicht typfixiert,

wenn Sie das meinen. Sie waren alle unterschiedlich, aber es hat trotzdem nie wirklich geklappt.«

Sie ließ sich meine Antwort durch den Kopf gehen, und wieder liefen wir ein Stück schweigend weiter. Ob jetzt der richtige Zeitpunkt war, ihr zu sagen, dass ich nicht besonders viel von Psychologie hielt?

»Scheitert es denn immer am gleichen Punkt?«, fragte Dr. Cornelius.

Mir schossen alle Desaster der vergangenen Jahre durch den Kopf.

»Also, wenn ich es mir so überlege, schon. Immer, wenn die Beziehung an einem Punkt angelangt war, wo sie sich hätte festigen müssen. Ich habe einfach kein Glück mit der Auswahl. Ich scheine die falschen Männer anzuziehen.«

»Haben Sie daran gedacht, dass Sie bewusst die falschen Männer aussuchen?«, hakte sie nach.

»Nein, wieso? Die entpuppen sich immer erst, wenn es zu spät ist. Bewusst mache ich das nicht. Oder glauben Sie im Ernst, ich hätte ahnen können, wie Leander wirklich ist?«, verteidigte ich mich.

Wieder lächelte sie. »Ich glaube, diesen Leander können wir getrost außer Acht lassen, denn Scheinbeziehungen möchte ich nicht dazuzählen, und um ihn geht es auch nicht wirklich.«

Scheinbeziehung! Für mich war der Schmerz mehr als real.

Ich protestierte, doch Dr. Cornelius ließ den Einwand nicht gelten.

»Pia, wenn Sie ehrlich zu sich sind, wissen Sie, dass Leander Berglandt von Anfang an eine Seifenblase war. Eine schöne, aber keine, die auch nur ansatzweise eine Chance gehabt hätte, weil Sie gar nicht für eine feste Beziehung bereit waren. Sie haben das Unwirkliche gespürt und konnten sich deshalb darauf einlassen. Gefahrlos. Und wenn Sie in sich reinschauen, werden Sie erkennen, dass Sie sich wie ein Teenager in seinen BRAVO–Starschnitt verliebt haben.«

So schnell gab ich mich nicht geschlagen.

»Aber die anderen Männer waren nicht wie er, sondern komplett unterschiedlich, und es hat nicht geklappt.«

»Das mag schon sein, aber all diese Männer hatten eins gemeinsam.«

»Und was bitte?«, fragte ich neugierig.

»Sie, Pia! Die haben Sie gemeinsam.«

Das war ein schlagendes Argument. Mir wurde klar, worauf sie hinaus wollte.

»Und was bedeutet das genau?«, wollte ich wissen.

»Auch das wissen Sie eigentlich schon, oder? Sie haben gesehen, dass es egal ist, welcher Mann sich bemüht, und dass da kommen kann, wer will, solange Sie nicht bereit sind.«

»Moment, ich will schon. Es wird auch langsam Zeit.«

»Wer sagt das? Wenn ich Ihnen einen Rat geben darf, Pia: Eine Beziehung einzugehen muss nicht das Ende von Spaß und Freude heißen. Man darf so bleiben, wie man ist, mit allen Verrücktheiten und Unsinn im Kopf, zumindest, wenn es der passende Mann ist, der Sie sein lässt, wie Sie sind. Sie müssen sich nicht verändern und Ihre Freiheit und Freunde aufgeben, Sie müssen nur jemanden finden, der Ihre Lebenseinstellung teilt, und dann werden Sie auch keine Angst mehr vor dem Wort ›fest‹ haben.«

Mir war das alles zu viel auf einmal. Heute Morgen war ich nichts ahnend neben Leander aufgewacht, und heute Nachmittag lief ich mit Katharinas Therapeutin spazieren und wurde analysiert.

Wir gingen schweigend zurück. Als sie in ihren Wagen steigen wollte, hielt ich sie zurück. »Dr. Cornelius, darf ich Sie etwas fragen? Verstehen Sie mich nicht falsch, aber trotz all meiner Vorurteile machen Sie einen sehr kompetenten Eindruck, wenn ich das so unverschämt bemerken darf. Ich verstehe nicht, wieso die von Steinbecks seit Jahren bei Ihnen in Therapie sind, wenn ich bereits nach einem Gespräch das Gefühl habe, klarer zu sehen.«

Sie zwinkerte mir zu. »Wissen Sie, die von Steinbecks wollen in Wirklichkeit weder therapiert werden noch meine Meinung hören. Sie brauchen jemanden, dem sie ihre Geschichten wieder und wieder erzählen können, ohne unterbrochen zu werden. Außerdem wissen sie, dass ich zur Verschwiegenheit verpflichtet bin, was ihnen sehr gelegen kommt. Sie sind eine liebenswerte Familie und ich komme immer gerne.« Diskretion. Ob sie wusste, dass Katharina in anderen Umständen war?

Ich verabschiedete mich und setzte mich auf eine Gartenbank.

Ich musste meine Gedanken ordnen.

Da saß ich mit meinen 29 Jahren und blickte auf sechs gescheiterte Kurzzeitbeziehungen und unzählige Affären zurück. Keine berauschende Bilanz. Warum bekam ich sonst alles auf die Reihe? Ich hatte eine nette Familie, einen Job, der mir Spaß machte, und Freunde, auf die ich mich verlassen konnte. Wieso hatten meine Instinkte nicht Alarm geschlagen, als alles viel zu glatt mit Leander gelaufen war? War ich schon so verzweifelt und wollte unbedingt diesen Traum leben?

In meine verletzten Gefühle mischte sich die Scham, ausgenutzt worden zu sein und nicht einmal zu wissen wofür.

Hatte Leander mich überhaupt nicht attraktiv gefunden? War es ihm ernst mit Witta? Und warum spielte diese Biografie eine so bedeutende Rolle?

Ich ging zu Katharina und Lilli, die in der Hollywoodschaukel derer von Steinbeck auf mich warteten.

Ich hatte einen Entschluss gefasst.

»Passt auf! Ich habe mich mit Dr. Cornelius unterhalten. Einiges hat mir eingeleuchtet. Zu meinem Problem habe ich mir Folgendes überlegt. Es gibt zwei Möglichkeiten: Ich konfrontiere Leander und Witta und bin beide auf einen Schlag los, was mir momentan am liebsten wäre. Aber dann werde ich nie erfahren, was für ein Spiel die beiden spielen und weshalb er mich ausnutzt. Deshalb habe ich mich für die zweite Möglichkeit entschieden. Ich werde erst einmal versuchen, mir nichts anmerken zu lassen, um so Zeit zu gewinnen. Ich kann dann gründlich recherchieren, was hinter der Sache steckt. So kann ich meinen Stolz und meine Selbstachtung wiedererlangen und stehe nicht wie ein naives Dummchen da.«

Die beiden waren erstaunt. Katharina war sich nicht sicher. »Die Idee an sich finde ich großartig, aber wie willst du das durchhalten? Wir beide wissen, dass du zwar viele Talente hast, leider gehören aber schauspielerische Fähigkeiten nicht dazu. Und in der labilen Verfassung, in der du bist, braucht es nicht viel und du brichst zusammen und deine Gefühle überwältigen dich.«

Der Einwand war berechtigt. Lilli überlegte.

»Du müsstest einen glaubhaften Grund finden, weshalb du Leander in nächster Zeit nicht treffen kannst. Irgendetwas Familiäres. Oder du sagst, Katharina habe Liebeskummer und du ziehst für ein paar Tage zu ihr.«

Das klang schon plausibler.

»Damit er mir das abnimmt, werde ich ihn ab und zu sehen müssen, sonst wird er misstrauisch. Und was mache ich, wenn er mir näher kommen will? Außerdem habe ich bald Geburtstag!«, stellte ich fest.

»Du darfst ihn nicht mehr alleine treffen. Du kannst doch die Biografie als Ausrede benutzen. Sag, in der freien Zeit, die dir bleibt, widmest du dich voll und ganz dem Schreiben. So besessen, wie der davon ist, dass du dieses Buch fertig bekommst, wird der den Teufel tun und dich abhalten.«

Das war ein Plan, der funktionieren könnte.

Lilli hatte eine weitere Idee. »Ich würde an deiner Stelle Max einweihen. Er könnte dich begleiten, wenn ein Treffen ansteht. So könnt ihr das als Arbeitsessen tarnen und es kann gar nicht ins Persönliche abdriften. Und wenn du gut recherchierst, musst du das nur einige Wochen durchziehen.«

Sie hatte Recht, aber ausgerechnet Max, der Leander von Anfang an nicht hatte leiden können, alles zu gestehen, war eine grausige Vorstellung.

Doch darauf kam es jetzt auch nicht mehr an, und ich brauchte ihn als plausible Rückendeckung.

»Du musst noch heute mit ihm reden. Schaffst du das oder soll ich mitkommen? Und Leander solltest du auch anrufen, damit kein Verdacht entsteht«, bemerkte Katharina.

Ich wusste, dass ich da alleine durchmusste, versprach aber, später wiederzukommen und für die nächsten Tage bei ihr einzuziehen.

Auf dem Weg zu Max' Wohnung ging mir durch den Kopf, wie glücklich ich das letzte Mal hier gewesen war. Es war der Abend gewesen, an dem Leander mich zum ersten Mal geküsst hatte. Die Erinnerung daran schmerzte, und ich zwang mich, nicht daran zu denken.

Es war schon spät. In Max' Wohnung brannte Licht.

Ich klingelte und wartete. Nichts geschah. Ich klingelte erneut.

Dann endlich: »Wer ist denn da!«

»Äh, ich bin es, Pia«, sagte ich in die Sprechanlage.

»Pia? Bist du völlig durchgeknallt? Willst du jetzt noch nachts Überstunden machen? Weißt du, wie spät es ist?«, fragte ein sichtlich genervter Max.

»Nein, ich muss mit dir reden. Es ist wichtig!« Was für ein peinlicher Auftritt!

Max ließ mich hinauf.

Gerade als ich zur Wohnungstür eintrat, sah ich eine unbekleidete Frauengestalt ins Bad huschen. Alles klar. Ich störte. Hätte ich mir auch denken können, dass Mr. Womanizer nicht alleine war. Die Dame stellte sich als Bettina vor, wollte aber gerade gehen, was Max nur recht war.

Wir setzten uns in die Küche und er gab mir eine Cola.

»Wo brennt es denn?«, wollte er wissen.

Ich druckste herum: »Ich weiß nicht, wie ich es sagen soll. Es geht um Leander.«

»Du hast bemerkt, dass er sich die Haare färbt, und ich soll ihn beim Friseur knipsen?«, alberte Max herum.

»Nee, also eigentlich geht Leander mit Witta fremd«, brachte ich heraus.

Max lachte. »Auch nicht schlecht! Leander Berglandt wird Mormone und hält sich eine zweite Frau.«

Ich unterbrach ihn. »Ich mache keine Witze. Er hat was mit Witta, und ehrlich gesagt, geht er nicht einmal fremd, sondern ist mit mir nur zusammen, weil er sich davon eine gute Biografie verspricht und ich irgendwelche Fragen nicht stelle.«

Max war geplättet und ich erzählte alles, was sich zugetragen hatte, bis ins Detail.

Als ich geendet hatte, konnte ich mich nicht mehr zusammenreißen und die Tränen liefen mir über die Wangen.

Max nahm mich in den Arm.

»Lass dich mal drücken. Das ist ja eine ganz miese Nummer. Es tut mir so Leid. Dass er so durchtrieben ist, hätte ich nicht geglaubt, auch wenn ich schon einiges Unschmeichelhaftes über ihn gehört habe.«

»Was denn? Und warum hast du nichts gesagt?« Ich drückte meine nasse Wange an sein Shirt.

»Du hättest mir ohnehin nicht geglaubt, und ich wollte mich

nicht einmischen. Außerdem war es nur ein Verdacht. Ich habe einen Freund, der in Leanders Team arbeitet, und der hat mir anvertraut, dass die Quoten alles andere als rosig aussehen. Er soll mit mehreren Praktikantinnen herumgemacht und sich daraufhin mit dem Senderchef überworfen haben. Offenbar steht er kurz vor dem Rausschmiss. Er hat angeblich einen Headhunter engagiert, der bereits fleißig versucht, ihn an andere Sender zu vermitteln. Da kommt diese Biografie natürlich sowohl finanziell als auch publicitywirksam gerade recht. Außerdem sagte mir dein Chef, als er mir den Auftrag gab, dass Leander darauf gedrängt habe, mit einer Frau zusammenzuarbeiten und nicht mit dem Schröder. Ich dachte noch, der macht es sich eben auch gerne nett bei der Arbeit, kann ich ja gut nachvollziehen, aber irgendwas stinkt da gewaltig.«

Wenigstens lachte er mich nicht aus, sondern war bereit, mein Alibi zu spielen. Wahrscheinlich witterte er eine viel größere Story als diese Biografie und fühlte sich schon als der neue Günther Wallraff.

Beruhigt stand ich auf und machte mich auf den Weg. Im Treppenhaus rief mir Max hinterher: »Pia, sei froh! Wenn er diese Swingerclubwitwe dir vorzieht, hat er keinen Geschmack.« Netter Versuch.

Jetzt kam der schlimmste Teil: Ich musste Leander anrufen.

Ich setzte mich in meinen Wagen und wählte nervös seine Nummer.

Welch ein Glück, die Mailbox! Mit fester Stimme gab ich meine Ausrede zum Besten und versprach, mich wieder zu melden. Dann schaltete ich das Handy aus und fuhr zu Katharina.

fünf

Am nächsten Morgen fühlte ich mich erschöpft. Ich hatte unruhig geschlafen, war immer wieder wach geworden und froh gewesen, als endlich der Wecker klingelte. Die von Steinbecks kümmerten sich rührend um mich. Sie verschonten mich mit mitfühlenden Beileidsbekundungen, sicher ein Rat von Dr. Cornelius.

Stattdessen lag eine kampfeslustige Aufbruchstimmung in der Luft. Sie wollten Leanders Kopf rollen sehen, je eher, desto besser. Zwar hätten sie gerne ihre Finger mit im Spiel gehabt, denn auch Katharinas Eltern boten mir an, man könne doch Onkel Richard anrufen, doch sahen sie ein, dass ich das alleine durchziehen musste, und hielten es auch für gut.

»Damit hast du eine Aufgabe und bist abgelenkt«, befand Frau von Steinbeck.

Nach dem Frühstück machte ich mich auf den Weg ins Büro. Unterwegs rief meine Mutter an. Natürlich hörte sie sofort, dass etwas mit mir nicht stimmte. Sie bohrte nach, doch ich wollte sie nicht mit dieser unausgegorenen Geschichte belasten und schob meine deutlich hörbare Niedergeschlagenheit auf die übermäßige Arbeit. Ich versprach, am Wochenende auszuspannen und mich bald blicken zu lassen. Seit ich Leander kannte, war ich nicht mehr zu Hause gewesen, und mir wurde klar, dass ich die Besuche sehr vermisste.

Zu Hause war alles so einfach und geregelt. Der einzige Belang, mit dem man sich herumschlagen musste, war die Auswahl des täglichen Speiseplans.

Im Büro wartete Max auf mich. Zum Glück setzte er keine Grabesmiene auf und behandelte mich nicht wie ein rohes Ei. Er verhielt sich wie immer, nur seine Anspielungen und Sticheleien in Bezug auf Leander verkniff er sich, wofür ich ihm sehr dankbar war.

»Ich war schon früh auf den Beinen und habe einige Fotografen kontaktiert«, erzählte er mir. »Einer kennt einen Paparazzo, der schon jeden Promi vor der Linse hatte. Ich hab seine Nummer, den sollten wir auf alle Fälle mal treffen. Und mein Freund, der bei Leanders Sender arbeitet, versprach, sich unauffällig umzuhören.«

Vera kam herein und brachte Kaffee. Das tat sie besonders gerne, seit Max mitarbeitete. Sie wurde nicht enttäuscht. Er schenkte ihr sein strahlendes Lächeln und gab ihr einen Kuss auf die Wange! Mit geschlossenen Augen und ganz langsam!

Dann seufzte er. »Vera, was würden wir nur ohne dich machen!« Bald gar nichts mehr, wenn er sie noch länger so behandelte, denn sie stand kurz vor einer Ohnmacht und hauchte errötend: »Ach, das ist doch mein Job.«

Er zwinkerte ihr zu. »Und bescheiden ist sie auch, unsere Vera. Das nenne ich die wahren Tugenden einer Frau. Fleißig und bescheiden.«

Woher nahm der Kerl die Energie, alles, was weiblich war, anzuflirten?

Max wandte sich mir zu. »Wie reagieren wir denn, wenn sich wirklich herausstellt, dass der werte Herr Berglandt Dreck am Stecken hat? Machen wir dann trotzdem weiter mit der Biografie? Schreiben wir einen Enthüllungsschocker oder verticken wir es exklusiv an die ›Bild‹?«

So weit jedoch wollte ich noch nicht denken. Meine Gedanken kreisten darum, was Leander verbarg.

Max war der Meinung, es könne sich nur um Kohle, Sex oder eine kriminelle Machenschaft handeln.

»Vielleicht hat er mit zwanzig in einem Porno mitgespielt!«, vermutete er.

»Kann ja sein, aber das lockt heute niemanden mehr hinter dem Ofen vor. Er ist in der Unterhaltungsbranche und kein Kardinal. Außerdem würde das nach kurzer Zeit unter Jugendsünde abgebucht werden«, konterte ich.

»Na ja, aber die Damen wären alles andere als begeistert. Stell dir seine Rechtfertigung vor: ›Ich war jung, ich brauchte das Geld!‹«, frotzelte Max.

Das mochte schon sein, aber es passte nicht zu Leander.

Ich begann zu arbeiten, vor allem um mich abzulenken, telefonierte, grub alte Kontakte aus und bekam langsam, aber sicher ein anderes Bild von Leander.

Mein alter Chefredakteur erinnerte sich an Leander, bevor dieser groß herausgekommen war.

»Er sah verdammt gut aus und Charisma hatte der allemal. Aber ich bin noch keinem Menschen begegnet, der so ehrgeizig war und es so geschickt verstand, andere für seine Zwecke einzusetzen. Vor allem Frauen. Das war geradezu unheimlich. Die Frau Bäumler, eine gestandene Redakteurin, ansonsten ganz Profi, ließ sich sogar dazu hinreißen, eine Seite über ihn in der Kultur abzudrucken, mit Foto und Schlagzeile: »Leander Berglandt, ein Talent auf dem Weg nach oben«. Ich glaube, der Artikel öffnete ihm viele Türen, und er stand noch einige Zeit mit der Bäumler in Kontakt. Ob die was miteinander hatten, konnte ich nie herausfinden – sie war ja auch verheiratet. Aber bis sie in Rente ging, stand auf ihrem Schreibtisch ein Foto von ihr und Berglandt, und zwar genau neben den Familienfotos. Sie weiß sicher mehr über ihn, aber ob sie etwas preisgeben würde, bezweifle ich. Ich kann dir ihre Adresse geben.«

Ob ich auch so geendet wäre, wenn ich nicht zufällig Leander und Witta belauscht hätte? Als alte Redakteurin mit Leanders Foto auf dem Schreibtisch? Wie abschreckend!

Die nächsten Tage gingen schneller vorbei als erwartet. Max und ich stellten Kontakt zu Annegret Bäumler und diesem Paparazzo her. Leider konnten uns beide erst nächste Woche treffen. Ich hatte einige Telefonate mit Leander geführt, die mir nicht so schwer gefallen waren, wie ich vermutet hatte. Kein Wunder. Er war wie immer, versprühte seinen Charme und ich war fast versucht zu glauben, mich im Parkhotel in der Zimmertür geirrt zu haben. Er fand es rührend, wie ich mich um Katharina kümmerte.

»Wir sehen uns doch bald an deinem großen Tag, Süße!«, ließ er verlauten. Mein Geburtstag! Noch nie hatte es mir vor einem Geburtstag gegraut.

Ich würde Leander wieder begegnen und hatte Angst vor meiner eigenen Reaktion.

Katharina schlug vor, den Spieß umzudrehen.

»Überleg mal. Aus irgendeinem Grund kann er dich nicht kicken. Ich würde mir das zu Nutze machen und ihn quälen. Iss irgendetwas Stinkendes! Hör auf, dich zu rasieren, und präsentiere ihm deine Achselpracht! Gib detaillierten Bericht vom Verlauf deiner Periode bis hin zu den Farbabstufungen der Blutung! Stecke Witta, dass du Leander einen Heiratsantrag machen wirst! Stell dir diese Panik vor. Oder sag ihm, du glaubst, du seiest schwanger! Was meinst du, was wir für einen Spaß hätten!«

Ich fand es leider nicht so witzig, und umso früher ich herausfand, was er verbarg, desto eher konnte ich mich trennen.

Meine Gedanken kreisten nicht nur um Leander und Witta. Häufig dachte ich auch über Dr. Cornelius' Worte nach. Was wollte ich tatsächlich? Hatte ich wirklich Angst vor einer Beziehung, weil ich fürchtete, alles aufgeben zu müssen? Meine Art zu leben, meine Freunde, mein durchgeknalltes Wesen? Das Wort Beziehung hatte so etwas furchtbar Erwachsenes an sich. Das klang, als ob man bis ans Ende seiner Tage ernsthaft dreinschauen müsste und im Tchibo-Partnerlook Händchen haltend durchs Leben gehen würde.

Keine Flirts mehr, keine Shoppingtouren, keine Mädelabende. Nur gepflegte Konversation wie bei Loriot: »Findest du nicht, wir sollten Lohses mal wieder einladen?«

Erwachsen werden, war es das, was mich abhielt?

Aber musste erwachsen werden gleich ›einbalsamiert‹ bedeuten?

Laut Dr. Cornelius nicht, und vielleicht sollte ich mich nach jemandem umsehen, der meine Witze verstand und meine Freundinnen nicht als lächerlich empfand.

»Viele Wege führen nach Rom«, war ein viel zitierter Spruch meiner Mutter, und sie hatte sicher wieder Recht.

Die Frage, um die sich momentan alles drehte, war, ob ich Witta auch einladen musste.

Es war mein Geburtstag und das Letzte, was ich mir wünschte, war Witta zu sehen. Doch es leuchtete mir ein, dass es seltsam wäre, sie nicht einzuladen, wo sie bisher immer dabei gewesen war. Und wenn Leander mir den Tag ruinieren würde, kam es auf Witta auch nicht mehr an. Wenn schon, denn schon!

Vielleicht sprangen sie für mich gemeinsam aus der Torte, die Süßen.

Organisationstalent Katharina scheute keine Mühe. Sie verschickte Einladungen, kümmerte sich um das Catering, engagierte Musiker und ließ Dekoration en masse ankarren.

Es war Ende September, also noch warm genug, um im Garten feiern zu können, und so schmückten bereits einen Tag vor meinem Geburtstag weiße Zelte den Garten. Blumengirlanden und Korbsessel waren verstreut aufgestellt und luden zum gemütlichen Sitzen ein. Man vergaß, dass Katharina in anderen Umständen war, denn sie sprach nicht darüber, und weder Morgenübelkeit noch andere Beschwerden plagten sie. Sie fühlte sich fantastisch und sah blühender aus denn je.

Lilli und ich machten uns trotzdem Sorgen. Wir beschlossen, sobald der Zirkus vorbei war und Katharina keine Ausrede mehr hatte sich abzulenken, ihr ins Gewissen zu reden. Wir mussten eine vernünftige Lösung finden.

Lilli hatte Sebastian ins Vertrauen gezogen, der immer wieder ein Auge auf Katharina warf und sich von uns berichten ließ, wie es ihr ging. Zu unserer Überraschung sprach Katharina zwar ungern über ihre Schwangerschaft, war jedoch bestens informiert und wusste genau, was gut für sie und das Kind war.

Wir konnten nur darauf achten, dass sie sich nicht übernahm oder schwer hob, was bei einer von Steinbeck mit ausreichend Personal das kleinste Problem war. So war sie in ihrem Element, verteilte souverän Aufträge, orderte Wein. Sie vertrat die Ansicht, wenn mir schon vor diesem Tag graute, dann sollte ich wenigstens optisch das Beste geboten bekommen und genügend Champagner vorfinden, um mich betrinken zu können.

Morgen war es soweit. Ich würde Leander zum ersten Mal wieder begegnen und durfte mir nichts anmerken lassen. Warum konnte der Tag nicht schon vorüber sein?

Es war spät und ich beschloss schlafen zu gehen, denn ich wollte meinen Dreißigsten wenigstens nicht mit Augenringen begehen. Ich suchte Katharina, um ihr eine gute Nacht zu wünschen, konnte sie aber nicht finden.

Ich ging die Treppe hinunter und sah auf der unteren Etage nach. Schließlich hörte ich sie rufen: »Pia, ich bin hier draußen!«

Ich lief zur Terrasse und plötzlich ging ein Feuerwerk los. Da standen Katharina, Lilli, Sebastian, Herbert, die von Steinbecks, Vera, Stader, Max und Dr. Cornelius mit Wunderkerzen in der Hand.

Aus den aufgestellten Boxen dröhnte »Happy Birthday« von Stevie Wonder und im Garten war eine festliche Tafel gedeckt. Jemand reichte mir ein Glas Champagner. Ich war gerührt. Lilli lief auf mich zu und umarmte mich.

»Alles Liebe! Pia, dieses Jahr wird dein Jahr werden, ich spüre das ganz fest!«

Katharina gratulierte als Nächste. »Du hast doch nicht geglaubt, dass wir uns deinen Geburtstag von diesen beiden Kretins verderben lassen! Morgen Mittag die Pflicht, heute Abend die Kür.«

Herbert schloss sich den Glückwünschen an. »Ich habe schon immer lieber in Geburtstage hineingefeiert. Und morgen wirst du so erledigt sein, dass dir selbst ein Leander Berglandt gleichgültig ist.«

Dann beglückwünschten mich die von Steinbecks. »Alles wird gut werden.«

Ich konnte es nicht glauben, was hatte ich nur für ein Glück! Alle waren sie gekommen, um mit mir zu feiern! Wer war schon Leander Berglandt?

Dr. Cornelius zwinkerte mir zu. Da kam Max und umarmte mich.

»Alles Liebe zum Geburtstag. Endlich lachst du mal wieder. Ich konnte dein trübes Gesicht nicht mehr ertragen. Ich war schon soweit, mich auf Leanders Dauergrinsen zu freuen, nur um mal ein freundlicheres Gesicht zu sehen.« Er puffte mich in die Seite und ich musste lachen ... zum ersten Mal seit Tagen wieder befreit lachen.

Wir setzten uns an die Tafel. Mein gesunder Appetit war zurückgekehrt und ich konnte das Essen voll genießen, den

Champagner sowieso. Die Musiker spielten Klezmermusik, die ich so gerne mag, und alle amüsierten sich prächtig, mich eingeschlossen.

Max, der zu meiner Rechten saß, bemerkte: »Übrigens, Stader weiß Bescheid. Wir haben freie Hand zu recherchieren.«

Ich war überrascht. »Wie bitte, Stader ist nicht ausgerastet?«

»Nein, er war sauer auf den Berglandt. Ich glaube, er liegt mit seinem Urteil über ihn auf meiner Linie. Außerdem sieht er dich als seinen Schützling, auch wenn er das nicht zeigen kann. Wenn jemand dir was zu Leide tut, gilt das auch ihm. Er ist ein großer Verfechter der Sippenhaft, der gute alte Stader.«

Zum zweiten Mal an diesem Abend musste ich lachen.

Als wir beim Nachtisch waren, rief Lilli: »Die Geschenke! Sie bekommt doch noch ihre Geschenke!«

Das wollte ich aber auch meinen!

Katharina und Lilli überreichten mir ein wunderschönes Armband und natürlich ein obligatorisches Teil mit Klatschmohnmotiv. Sebastian schenkte mir einen Italienisch-Sprachkurs, weil ich unlängst in einem Gespräch hatte fallen lassen, ich würde gerne Italienisch lernen. Wie aufmerksam!

Von den Steinbecks bekam ich einen Bildband über Jugendstilhäuser, ganz nach meinem Geschmack. Stader drückte mir mit leuchtenden Augen allen Ernstes eine Karte für das nächste Hertha-Spiel in die Hand. Warum nicht?

Von Dr. Cornelius gab es, wie hätte es auch anders sein können, einen Lebensratgeber, den sie selbst herausgebracht hatte. Vera schenkte mir ein Orangenbäumchen fürs Büro.

Den Vogel schoss Herbert ab. Er trat auf mich zu und sagte feierlich: »Pia, mein Geschenk mag anfangs seltsam anmuten, aber glaube mir, das ist eine Grenzerfahrung, die man da machen kann. Ich habe es selbst ausprobiert, und ich kann dir nur sagen, ich bin süchtig danach. Und es ist so gesund!« Ich wurde neugierig. Ein Tandemsprung, Wildwasserraften? »Also, lange Rede, kurzer Sinn: Ich schenke dir ein Coloncleaning.« Was war denn das? Er sah meinen verblüfften Blick. »Na, ich schenke dir eine Darmspülung! Das ist momentan der Renner. Danach fühlt man sich wie ausgewechselt.«

Herberts Vater unterbrach ihn: »Lass gut sein. Die Gäste essen noch. Vielleicht könnt ihr euch später darüber unterhalten.«

Herbert war beleidigt und versuchte Sebastian zu überzeugen und über die reinigende Wirkung einer Darmspülung aufzuklären, aber das Interesse war gering. Stattdessen rief Katharina:

»Wir haben Max' Geschenk vergessen!«

Max wurde unruhig. »Ich weiß nicht, ob das hier der richtige Rahmen ist.« Die anderen wussten anscheinend, worum es ging, und waren anderer Meinung.

»Doch, jetzt ist genau der richtige Zeitpunkt. Zeigen, zeigen, zeigen!«, riefen sie alle.

Er stand auf, und erst jetzt sah ich, dass zwischen der japanischen Kirsche und dem Magnolienbaum eine Leinwand aufgestellt war.

Max stand auf und ging zu einem aufgebauten Videorekorder und Projektor. Er legte eine Kassette ein und drehte sich um.

»Pia, das ist mein Geschenk!«

Er hatte für mich einen Film gedreht! Mit meinen Freunden und Kollegen, die mir gratulierten und lustige Anekdoten in die Kamera erzählten. Dazu hatte er verschiedene meiner Lieblingsmusiken unterlegt und Fotos hineingeschnitten, die er während unserer Zusammenarbeit geschossen hatte.

Sein Statement fand ich besonders nett.

»Pia mag ich, weil sie die erste Frau ist, die auf Dauer nicht langweilt. Und wenn sie lacht, ist sie ganz niedlich, auch wenn ihr Männergeschmack weit unter Durchschnitt liegt.«

Das hätte ich ihm nicht zugetraut. Er musste eine Menge Arbeit in diesen Film gesteckt haben. Das passte gar nicht zu ihm; bestimmt hatten Lilli und Katharina ihn auf die Idee gebracht und dafür ordentlich gezahlt.

Ich bedankte mich überschwänglich. Max war das sichtlich unangenehm. Ich meinte sogar, ihn erröten zu sehen. Er wehrte ab.

»Mann, du hast mir einfach Leid getan. Ich dachte, das tut deinem Ego gut, nach dem Schlamassel.« So kannte ich ihn.

Was war das für ein schöner Abend! Es wurde ausgelassen getanzt, getrunken und gelacht. Und ich hatte einen solchen Horror vor meinem Dreißigsten gehabt!

Gegen Morgengrauen legte ich mich erschöpft, aber guter Stimmung ins Bett und schlief zum ersten Mal seit einer Woche durch.

Katharina weckte mich gegen Mittag. Herbert hatte es vorhergesehen: Ich war noch müde und hatte einen Kater, die beste Voraussetzung, um Leander gegenüberzutreten, ohne hysterisch zu werden. Davor würde mich allein schon mein Kopfweh bewahren.

Ich zwang mich, aufzustehen und mich zurechtzumachen.

Am späten Nachmittag trafen die ersten Gäste ein. Leander rief an.

»Süße, ich verspäte mich. Ich muss noch dein Geschenk abholen.« Er konnte sich so viel Zeit lassen, wie er nur wollte.

Dafür kam Witta pünktlich und in einem Outfit, mit dem sie Liz Hurley locker zur züchtigst gekleideten Person des Jahres degradiert hätte. Sie trug eines dieser Kleider, die vorne bis zum Bauchnabel offen sind und für deren Ausschnitt der Busen getaped werden muss. Es war transparent, und dass sie einen silbernen G-String trug, wusste nun jeder. Nein, ein Versteckspiel mit ihrem Modellkörper trieb Witta wahrlich nicht, mit ihren wahren Absichten schon.

Sie stürmte auf mich zu wie eine Ertrinkende auf das letzte Rettungsboot und fiel mir theatralisch um den Hals – darin hatte sie ja Übung!

»Pia, Geburtstagskind, alles Liebe! Lass dich anschauen. Zauberhaft siehst du aus und überhaupt nicht wie 30. 25 würde ich dich schätzen und kein Jahr älter. Wo ist denn dein Göttergatte?« Mit einer solchen Dreistigkeit wurde man selten konfrontiert. Dann wollte ich mal mitspielen.

»Leander wird sich leider verspäten, aber ich bin sicher, wir werden uns auch so prächtig amüsieren, nicht wahr? Was trinkst du denn?«

Sie nahm einen Bellini, typisch, das Neureichen-Modegetränk. Mit großer Geste überreichte sie mir mein Geschenk. Es war ein Briefumschlag. Sicher ein Gutschein für Douglas, damit ich mein Make-up ihrer farbenfrohen Bemalung anpassen konnte.

Sie bemerkte meinen fragenden Gesichtsausdruck.

»Also, Pia. Für einen besonderen Menschen wie dich braucht es natürlich ein besonderes Geschenk. Ich habe lange überlegt, bis ich etwas gefunden habe, das ich von ganzem Herzen schenken kann und das auch dir Freude bereiten wird.«

Das konnte ja heiter werden. Von Wittas Herzen.

Ich öffnete den Umschlag und traute meinen Augen kaum. Eine Patenschaft für ein indisches Kind. Sie schenkte mir ein Kind zum Geburtstag, wie andere Leute ein Parfum!

Vielleicht sollte ich ihr auch einen Briefumschlag überreichen, mit Leanders Foto darin. ›45-jähriger Junge braucht Ihre Unterstützung. Schauen Sie sich diese großen Augen an. Für nur 30 Euro im Monat und den Verlust Ihrer Selbstachtung können Sie dem kleinen Leander helfen. Er wird monatlich im Fernsehen über seine Fortschritte berichten.‹

Geschmacklos, vor allem weil ich diese Patenschaften für

sinnvoll hielt und auch gerne bereit war, die Verantwortung für ein Kind zu übernehmen, aber was wäre denn gewesen, wenn ich das nicht gewollt hätte? Hätte Witta das Kind übernommen oder es mit 14-tägigem Rückgaberecht zurückgehen lassen? Ja, das passte, so ging eine Witta Stadtheimer mit Gefühlen anderer um.

»Danke, Witta. Ein wirklich außergewöhnliches Geschenk. Und mit so viel Tiefgang und Verantwortungsgefühl ausgewählt. Ich hoffe nur, ich kann dem gerecht werden«, lächelte ich zuckersüß. Ob man mir anmerkte, dass ich kurz davor stand, ausfallend zu werden? Zum Glück sprang Herbert ein und zog Witta weg, um sie anderen Gästen vorzustellen.

Lilli stellte sich zu mir. »Du machst das großartig. Glaub mir, keiner merkt was. Hältst du das auch durch? Ich habe gerade Leanders Wagen vorfahren sehen.«

Ich nickte und da war er auch schon, groß, schön und mit einem Lächeln auf den Lippen. Er steuerte direkt auf mich zu und umarmte mich. Zum Glück standen viele Gäste um uns herum, sodass er mir nur einen flüchtigen Kuss auf den Mund gab. Ansonsten ging er so natürlich mit mir um, dass ich bereit war zu glauben, das alles könne nur ein Missverständnis gewesen sein.

»Alles Gute zum Geburtstag, meine schöne Autorin«, flüsterte er mir ins Ohr.

Es fiel mir schwer, mich unbekümmert zu verhalten. Max hatte das bemerkt und verwickelte Leander in ein Gespräch, natürlich über die Biografie und Fotos.

Eine Gemeinheit konnte er sich nicht verkneifen. Er fragte Leander, was er davon hielte, ein Foto von Leander und mir im Buch abzudrucken, wie wir glücklich meinen Geburtstag feierten, wo ich doch sozusagen Frau Berglandt in spe war. Zum ersten Mal fiel mir auf, dass Leanders Lächeln gequält wirkte, zumal Witta in der Nähe war und wie ein Luchs lauschte.

Er rettete sich aus der Affäre mit dem Hinweis, dass ich die Autorin sei und der Eindruck erweckt werden könne, ich sei nicht objektiv gewesen.

Bevor Max auf weitere Ideen kam, lenkte Herbert geschickt ab: »Leander, wir sind so gespannt. Was schenkst du denn Pia? Sie hat angedeutet, dass wir eine Überraschung erwarten dürfen.« O ja, wahrscheinlich bekam ich von ihm den indischen Zwillingsbruder zu meinem Patenkind geschenkt, damit ich nicht so einsam war, wenn er mich absägen würde. Oder eine »Best of«-DVD von seinem und Wittas Hoteltreffen.

Aber Herbert hatte Recht. Die Peinlichkeiten gleich abhaken!

Leander schaute mich an. »Magst du es denn schon auspacken?« Aber natürlich, ich konnte es kaum abwarten.

»Ich habe es im Salon aufstellen lassen«. Aha, der Ring konnte es damit schon mal nicht sein.

Wir folgten ihm in den Salon. Er hob an. »Ich habe lange überlegt, was ich Pia schenken kann, denn es sollte persönlich sein und nicht etwas, das sie sich selber kaufen kann. Ich denke, mit diesem Geschenk ist mir das gelungen.«

Es war mit Tüchern zugehängt. »Pia, mein Geschenk!« Mit einem Ruck enthüllte er ein zweimal zwei Meter großes Ölgemälde, ein Portrait von ihm zusammen mit seinem Labrador.

Ich musste lachen. Einfach nur lachen. Was bildete er sich eigentlich ein? Dass ich vor Verzückung ob seines Porträts in Jubelgeschrei ausbrechen würde? Das nannte er persönlich? Selbstbeweihräucherung?

Dr. Cornelius schaute mich an, und ich musste an ihre Worte denken: »Sie haben sich wie ein Teenager in einen Starschnitt verliebt«. Immerhin war mein Starschnitt in Öl gemalt.

Leander und die Anwesenden deuteten mein Lachen als Freude, und Leander war ganz aus dem Häuschen, dass sein Geschenk so gut ankam.

»Ich habe mir auch eine Anfertigung machen lassen, weil es so gut getroffen ist. Weißt du, wie viel Zeit ich geopfert habe, um Modell zu stehen? Aber du opferst ja auch so viel für mich«, ließ Leander gönnerhaft verlauten.

Mir ging es erstaunlich gut. Zum Glück hatte ich eine Rolle, hinter der ich mich verstecken konnte, und es machte fast Spaß zu wissen, dass Leander und Witta sich besonders schlau und unauffällig vorkamen, während jeder zweite auf dem Fest Bescheid wusste.

Witta gab ihre Witwen-Geschichten zum Besten, dass an ihren Verstorbenen einfach kein Mann mehr heranreiche und sie lieber alleine bleibe, als sein Andenken zu beschmutzen. Dass ihr Aufzug diese Thesen nicht wirklich unterstrich, fiel ihr nicht auf.

In diesem Augenblick rief Max. »Pia, kommst du bitte? Ich brauche deine Hilfe.«

Ich löste mich von Leander.

»Und wie läuft's? Wollte nur fragen, wie du dich fühlst und ob ich Witta angraben soll? Wäre doch gelacht, wenn die mich nicht gut findet. Ich könnte ihr als Rache von dir vorschwärmen«, schlug ein vergnügter Max vor.

»Das würdest du für mich machen?« Ich war begeistert, zumal sich Witta auf ihrer popeligen Stehparty äußerst interessiert an Max gezeigt hatte.

»Nur weil dein Geburtstag ist. Am Montag ist der Spuk wieder vorbei, damit das klar ist.«

Sollte mir recht sein. Ich ging zu Leander zurück, der sich in einen der Korbsessel gesetzt hatte. Er bedeutete mir, neben ihm Platz zu nehmen.

»Na, Süße, du siehst müde aus. Du arbeitest zu viel. Und wie fühlst du dich mit 30? Für Frauen ist das ja ein einschneidender Geburtstag, nicht wahr?«

Ich nutzte die Gelegenheit, um ins Philosophieren zu geraten, über das Leben, die Vergangenheit, einen Rückblick ... Dann mein geschickter Vorstoß: »Sag, Leander, wenn du so zurückschaust, gibt es da nicht auch Dinge, die du bereust und die du gerne ungeschehen machen würdest?«

Er überlegte.

»Nein, bereuen sollte man nie. Das hält einen nur auf. Die Vergangenheit lässt sich nicht mehr korrigieren.«

Ich wagte einen weiteren Vorstoß.

»Aber jeder Mensch hat doch einen dunklen Punkt oder etwas, das er gerne ungeschehen machen würde ...«

Er sah mich an und für einen Moment lang glaubte ich, er würde zur Beichte ansetzen, dann besann er sich eines Besseren.

»Das mag schon sein, aber das sind doch keine Geschichten für einen Geburtstag. Wir wollen doch nicht Trübsal blasen. Komm, lass uns zu den anderen gehen und feiern.«

Das tat ich nur zu gerne.

Der Abend verging schneller als erwartet. Die ersten Gäste fingen an, sich zu verabschieden. Leander hatte am nächsten Morgen einen frühen Flug, weil er ein Interview in Paris aufzeichnen musste. Ich konnte ihn überzeugen, lieber alleine nach Hause zu gehen, da ich nur in mein Bett wollte.

Natürlich war er verständnisvoll.

Ich musste noch intensiver recherchieren. So viel war klar: Er würde mir garantiert nicht von seiner Leiche im Keller erzählen.

Aber vielleicht würde er sich doch verraten oder brauchbare Hinweise liefern, falls Annegret Bäumler und Max' Paparazzo nichts taugen sollten. Auf alle Fälle musste ich ihn bis nächste Woche warm halten.

Als Max ging, flüsterte er mir zu: »Ich habe Witta gesteckt, dass ich und alle Männer, die ich kenne, auf Frauen stehen, die nicht wie Knochen durch die Welt laufen, sondern gesunde Proportionen und anständig Busen haben. Hab dich als Beispiel erwähnt. Das hat ihr gar nicht gefallen.«

Nicht, dass ich es nötig gehabt hätte, aber es freute mich doch.

»Danke, nett von dir«, bedankte ich mich.

»Das will ich auch meinen, schließlich war das erstunken und erlogen«, antwortete er und grinste mich frech an.

Ich schüttelte den Kopf und ging ins Haus. Was für ein Tag! Aber alles in allem war mein Geburtstag gar nicht so übel gewesen.

»Wenigstens wird es einem mit Pia nie langweilig«, hatte mein werter Kollege Max verlauten lassen. Darin konnte ich ihm nur zustimmen.

Geduld war nie eine meiner Stärken gewesen, aber die kommende Woche wurde sie besonders hart auf die Probe gestellt. Ich wollte endlich Licht ins Dunkel bringen, um das anstrengende Versteckspiel mit Leander beenden zu können.

Hoffentlich würde sich der von Max ausgegrabene Paparazzo Manfred Voss als hilfreich erweisen.

Voss war schon Gesellschaftsfotograf gewesen, als ich noch die kleine Raupe Nimmersatt für die spannendste Samstagnachmittag-Unterhaltung hielt.

Am Mittwoch war es endlich soweit. Herr Voss ließ in seine Stammkneipe bitten, ein Etablissement, das ich nicht einmal tagsüber bei schönstem Sonnenschein heimgesucht hätte.

Max musste mich förmlich in die Spelunke schieben. Wieso konnten wir nicht einen Paparazzo mit Stil treffen, einen von der Kir-Royal-Sorte? Manfred Voss hatte definitiv bessere Zeiten gesehen. Es war kaum anzunehmen, dass er mit seinem angeranzten Aufzug heutzutage in eine VIP-Lounge gelassen würde.

Es gab nichts gegen ehrliche, runtergekommene Kneipen einzuwenden, wo man zum Abschluss eines Abends »Der Mann mit der Mütze geht jetzt heim« spielte. Aber Voss und der Schuppen waren einfach nur halbseiden und zwielichtig. Sein vergilbtes Gebiss machte ihn nicht unbedingt sympathischer.

Kein Wunder, dass mich Leander von solchen Typen fern halten wollte. Er fing gerade an, mir wieder zu sympathisch zu werden.

Max war nicht so zimperlich wie ich. Selbst in diesem Etablissement schaffte er es, seine Charmeoffensive zu landen. So von Kumpel zu Kumpel. Die Währung hieß Alkohol bei Manfred Voss, und Max tat das Seine, den Fluss nicht abreißen zu lassen. Witzigerweise schien meine Antipathie gegenüber Herrn Voss auf Gegenseitigkeit zu beruhen. Er lehnte sich vertraulich zu Max rüber und flüsterte in einer Lautstärke, die ich verstehen sollte: »Was willste denn mit der? Das ist doch so 'ne verwöhnte Tussi, oder?«

Max nickte zustimmend und antwortete ebenso laut, damit ich es hören konnte: »Klar, aber dafür ist sie eine Granate im Bett«, und grinste mich an. Dieses Argument ließ mein Freund Voss natürlich gelten.

»Glaub ich gleich, die hat auch was Verdorbenes. Sieht man der an.« Und sein abwertender Blick wandelte sich in Anerkennung. Wie pflegte mein Vater zu sagen: »Applaus aus der falschen Ecke.« Max war natürlich höchst amüsiert.

Mit seinem neuen Duzfreund Voss kam er denn auch zum Thema.

»Du willst was über den Berglandt wissen, hat Thilo gesagt?«, bemerkte Voss.

»Stimmt. Thilo meinte, du kennst ihn von früher.«

Voss überlegte. »Ja, der war bei einer Clique von jungen Schauspielern dabei. Die trafen sich am Wochenende in der ›Lucky Lounge‹. War der angesagteste Laden in den 80ern. Neonröhren und Kunstnebel zum Abwinken. In den Cocktails steckten diese kleinen Papierschirmchen. Und auf den Klos haben die gekokst; ich hab's auch ab und zu probiert, aber das geht ganz schön ins Geld. Er sah gut aus, der Berglandt, jung, gut gebaut, da standen die Damen drauf, und nicht nur die. Berglandt wusste schon damals, wo er hin will, und war weder auf'm Yuppie- noch auf'm Umwelttrip, höchstens auf dem Egotrip.«

»Und dir ist nicht zu Ohren gekommen, dass er in unsaubere Sachen verwickelt gewesen wäre?«, hakte Max nach.

Voss schaute mich, die Granate, an, schüttelte den Kopf und wandte sich wieder meinem reizenden Kollegen zu.

»Nee, das nicht. Aber ich bin trotzdem an ihn geraten! Er war einige Male mit 'nem Mädel da gewesen. Hübsches Ding. Und da er sich in der Pose des Eroberers gerne ablichten ließ, dachte ich, ihm einen Gefallen zu erweisen, und hab die beiden fotografiert. Da ist er plötzlich ausgerastet, hat mir die Kamera abgenommen, den Film rausgerissen und mich angeschrien, ich solle mich um meine Angelegenheiten kümmern. Das Mädel und ihn hab ich dann nicht mehr zusammen gesehen. Außerdem ging es mit seiner Karriere steil bergauf, und er hatte es nicht mehr nötig, sich mit brotlosen Künstlern zu umgeben. Ja, das waren noch Zeiten. Da musste man sich nicht hinter 'nem Busch auf die Lauer legen, um 'nen Star im Jogginghöschen zu fotografieren. Da saß man Seite an Seite mit den feinen Herrschaften. Die haben uns gebraucht und wir sie.«

Max unterbrach seine mitleidigen Ausschweifungen, bedankte sich und zog mich hinaus.

Viel hatte der Besuch nicht gebracht. Die einzige Fährte,

wenn man es so nennen konnte, war ein junges Mädchen, von der wir weder Namen noch Adresse wussten, geschweige denn, wie sie aussah.

Ich hoffte, bei Annegret Bäumler auf mehr zu stoßen, auch wenn ich wusste, dass sie die härtere Nuss werden würde. Eine gestandene Redakteurin roch den Braten sofort, vor allem, wenn sie noch zarte Gefühle für Leander hegte. Da musste Max ans Werk, oder sollte ich meine »Du, Annegret, sach mal so von Frau zu Frau«-Masche ausprobieren?

Max setzte mich bei Katharina ab und versprach, mich am nächsten Morgen pünktlich abzuholen, um Annegret auf den Zahn zu fühlen.

Katharina, Lilli und ich wollten mal wieder einen Mädelabend verbringen, genügend Gesprächsstoff hatte sich angesammelt.

Die beiden futterten bereits Kanapees, als ich dazu kam. Ich berichtete von meinem durchschnittlich erfolgreichen Tag. Den Pflichtanruf bei Leander hatte ich bereits absolviert, und zum Glück war er bis zum Wochenende aus der Stadt.

Lilli hatte einen Artikel über verschiedene Geburtstechniken und postnatale Depressionen mitgebracht, den Katharina mit erstaunter Miene entgegennahm.

»Also, weißt du, Lilli ... Als ob ich mich nicht informieren würde. Ich mache das nur diskreter.«

Sie wollte nicht über ihre Schwangerschaft sprechen, doch so einfach ließen wir sie dieses Mal nicht entkommen.

Immerhin gestand sie, bereits beim Gynäkologen gewesen zu sein, der ihr versichert habe, alles sei in bester Ordnung. Und außerdem fühle sie sich so gut wie noch nie, was, wenn man dem Volksmund Glauben schenken durfte, auf einen Jungen hindeutete.

»Hast du dir schon Namen überlegt?«, fragte Lilli.

»Wenn sie den Kleinen aus Russland mitbringt, gibt es nicht viele Möglichkeiten, würde ich sagen. Vladimir von Steinbeck«, flachste ich. Katharina fand das nicht witzig.

»Sag mal, ist das nicht furchtbar anstrengend, deine Schwangerschaft vor allen zu verstecken, und niemand kann daran teilhaben und sich freuen? Was meinst du, wie glücklich deine Eltern wären, wenn sie es wüssten?«, versuchte ich einen Denkanstoß zu geben.

»Ja, und wie sie erst aus dem Häuschen wären, wenn sie wüssten, dass der Reitlehrer der Vater ihres erstgeborenen Enkels ist«, antwortete sie.

Als ob es das nicht häufiger gäbe.

Katharina beendete die Diskussion. »Ich weiß schon, was ich tue. Ich bin eine erwachsene Frau.«

Da wir das Thema Leander bereits bis zum Erbrechen durchgekaut hatten, war ich erleichtert, als Lilli eine Mappe vorzog und mit leuchtenden Augen fragte: »Wisst ihr, was ich hier habe?«

»Flugblätter mit Sebastians Foto und der Überschrift: ›Mein Prinz, mein Leben?‹«, fragte ich.

Lilli gab mir einen Stoß in die Seite. »Also weißte, Pia, nur weil der Leander so ein Charakterschwein ist, musst du nicht zynisch werden und in Frau von Steinbecks Lager wechseln. Also, das hier sind alles Immobilien, und zwar nicht irgendwo, sondern in der Toskana! Ja, da schaut ihr! Von wegen die durchgeknallte Lilli mit ihren Katzen. Ich habe Sebastian von meinem Traum erzählt, und im Gegensatz zu euch hat er ihn ernst genommen. Er liebt Italien auch und kann sich durchaus vorstellen, dort zu praktizieren. Und ich kann ja als Freelancerin arbeiten. Oder irgendwann die Kinder hüten.«

Katharina rang nach Atem. »Lilli! Das hört sich ja toll an, aber wer soll denn das bezahlen? Hast du mal einen Blick auf die

Häuser hier geworfen? Altes Weingut, bestens erhalten, Nähe Florenz, für schlappe 300 000 Euro, und das scheint noch das Günstigste zu sein.«

Anscheinend hatte Lilli sich darüber bereits Gedanken gemacht.

»Ja, deshalb wollte ich mit euch sprechen. Alleine können wir uns das nie leisten! Aber habt ihr mal gesehen, wie viele Räume dieses Weingut hat? 25! Und jede Menge Garten und Land. Wie findet ihr die Idee, euch an dem Haus zu beteiligen?«

Nun rang ich nach Atem.

»Lilli, wie stellt ihr euch das vor? Ich verdiene bestimmt nicht schlecht, aber das übersteigt meine Verhältnisse bei weitem. Außerdem stelle ich es mir nicht allzu prickelnd vor, mit euch beiden Dauerverliebten in der Pampa zu sitzen.«

Katharina fügte hinzu: »Das Finanzielle wäre bei mir nicht das Problem, wie du weißt, aber als Cashkuh möchte ich nicht fungieren, und ich stimme Pia zu, dass ich nicht das dringende Bedürfnis verspüre, in Sebastians und deiner Kuhle zu schlafen.«

Lilli ließ nicht locker. »Seid doch nicht so stur. Wie oft habt ihr davon gesprochen, aussteigen zu wollen. In sonnigeren Gefilden zu leben. Abgezockt werden soll hier niemand. Wir dachten, jeder bekommt so viele Zimmer, wie er finanzieren kann. Dann bekommt Katharina eben einige mehr als wir. Sebastian hat bereits einen Finanzplan entworfen, den wir der Bank vorlegen könnten. Ihr müsstet ja nicht das ganze Jahr dort leben. Vermietet eure Räume, wenn ihr nicht da seid. Seht es als Kapitalanlage. Und ihr zahlt keine Miete, sondern euer Eigentum ab. Außerdem hätten wir somit eine Art Stammsitz. Und du, Katharina, müsstest auch nicht nach Russland abhauen, sondern könntest deine schwachsinnige Mission in Italien durchführen, falls du wirklich nicht davon abzuhalten bist.«

Lilli glühte vor Begeisterung. Es wirkte ansteckend! Warum eigentlich nicht? Klang doch verlockend. Wir versprachen, darüber nachzudenken. Immerhin hätte man einen Alterssitz.

Katharina musste plötzlich kichern. »Von wegen Lilli endet einsam in ihrer Eigentumswohnung! Wir werden die beiden alten jungfräulichen Freundinnen sein, die immer zusammen kleben und gegenseitige Macken und Ticks annehmen, während Lilli dreifache Oma wird. Tja, wer hätte das gedacht!«

Ich sah sie an. »Katharina, du erinnerst dich, wer von uns dreien gerade schwanger ist, ja? Wenn jemand übrig bleibt und seine Memoiren über Heiratsschwindler und miese Talkmaster schreiben kann, bin ich das. Mir scheint, mich will eh kein Mann, es sei denn, ich bin von Nutzen.«

Die beiden prusteten los.

»Pia, du siehst den Wald vor lauter Bäumen wohl nicht. Du weißt selbst, dass du Verehrer en masse hast, die du dir durch deine bewusst kumpelhafte Tour vom Hals hältst. Also komm nicht mit dieser Mitleidstour! Und was ist denn mit Max bitte?«

Was sollte denn mit Max sein?

»Ach komm, jetzt tu nicht so! Dir kann doch nicht entgangen sein, dass Max Vangunten auf dich steht!«, fuhr Katharina fort.

Ich war sprachlos.

»Äh, wir reden vom selben Max? Der, der mir jeden Tag mein Mayosandwich aus der Hand nimmt mit der Bemerkung: ›Du wirst sonst zu dick‹, und es dann selber verspachtelt? Der sich köstlich amüsiert, sobald ich in einen Fettnapf trete, und im Übrigen jedem Rock nachschaut?«

Beide nickten.

»Mensch, Pia, der ist so süß zu dir. Endlich mal einer, der nicht so bierernst ist und dir Paroli bietet, aber eben auf nette Art. Okay, er kann es nicht besonders gut zugeben, aber wie er dich ansieht, wenn du wegschaust, und wie er mit dir spricht. Da bekommt er einen ganz anderen Tonfall«, führte Lilli aus.

»Hört auf! Ihr seid verrückt! Ihr wollt mich doch nicht ernsthaft vom Regen in die Traufe schicken! Wir sprechen von Max, der es mit Anfang 30 immer noch nicht auf die Reihe bekommen hat, sich zu binden oder auch nur eine ernsthafte Beziehung zu führen«, wehrte ich mich empört.

»Pia, ich kenne da jemanden, auf den deine Beschreibung ebenfalls passt. Lehn dich besser nicht zu weit aus dem Fenster, denn wenn jemand Max' weibliches Pendant ist, dann du! Und seine Flirterei beruht nur auf Unsicherheit!«, klärte Katharina mich auf.

Waren die denn vollkommen durchgeknallt? Mich ausgerechnet einem Weiberhelden in die Arme zu treiben, nur weil er unverschämt gut aussah!

Gut, ich verstand mich mittlerweile sehr viel besser mit ihm, und flach, wie ich anfangs gedacht hatte, war er auch nicht.

Sein Geburtstagsgeschenk hatte mich sogar sehr gerührt. Aber das war noch lange kein Grund, Schnaps mit Wein zu verwechseln.

Sie wollten mich nur von Leander ablenken, und Max eignete sich dazu, weil er der Einzige war, den ich zurzeit regelmäßig sah.

Auf die Tour würde ich nicht hereinfallen. So verzweifelt war ich nicht!

Am nächsten Morgen holte mich der viel gepriesene Max pünktlich ab. Hatte ich vielleicht übersehen, dass er mich gut fand? Wie schaute er mich an?

Gar nicht! Er blickte in den Rückspiegel und kontrollierte seine Zähne!

»Hab gerade ein Mohnbrötchen gegessen. Nicht, dass die gute Annegret gleich von schwarzen Krümeln irritiert wird.

Setz dich, es geht los.« So viel zu seinen angeblichen Absichten.

Die Fahrt über stellte ich mir Annegret Bäumler vor. Wie sie unglücklich leidend vor der Glotze hing und sich den ganzen Tag lang Wiederholungen von Leanders Show anschaute, weil gerade Sommerpause war. Und wie sie jedes Mal, wenn das Telefon klingelte, erwartungsvoll abnahm, in der Hoffnung, Leander würde sich melden.

Max bog in eine gepflegte Wohnstraße ein und hielt vor einem kleinen romantisch zugewachsenen Häuschen. Der Garten glich einem Abbild aus ›House & Garden‹; überhaupt hätte dieses Häuschen eher nach Cornwall in eine Rosamunde-Pilcher-Verfilmung gepasst. Man vermutete jeden Moment schlechte Schauspieler, die sich mit deutschem Akzent als Mrs Thornton und Mr. Mc Cormack ansprachen.

Stattdessen arbeitete eine attraktive ältere Dame im Garten.

Sie stellte sich als Annegret Bäumler vor.

Also ›verbittert‹ hatte ich mir anders vorgestellt. Diese Frau lachte über das ganze Gesicht, und in dem Alter sah man, ob das gespielt oder echt war, da die hängenden Mundwinkel einen verraten.

Sie hatte halblanges dunkles Haar, ob getönt oder natur konnte ich nicht erkennen, sowie einen sehr gesunden Teint – vielleicht sollte ich auch mal mit Gartenarbeit beginnen – und umwerfend hellgrüne Augen.

Das machte Mut. Es gab ein Leben nach Leander.

Sie bat uns herein und bot uns selbst gebackenen Kuchen an, den Max natürlich begierig annahm.

Von einem Mann weit und breit keine Spur.

Annegret schaute uns erwartungsvoll an.

»So, und Sie schreiben an Leanders Biografie? Seltsam, dass die Leute heutzutage nicht mal mehr ihr Persönlichstes selber schreiben. Na ja, geht mich ja nichts an. Wie kann ich Ihnen helfen?«

Dieses warme wissende Lächeln.

»Sie haben Leander gekannt, bevor er prominent wurde, und haben ihn unterstützt. Wie war er denn damals?«, fragte ich.

»Wie er war? Wie ein Sturm, das klingt zu kitschig, oder? Aber er war wirklich wie ein Sturm, unglaublich kraftvoll und aufwirbelnd und dann auch schon wieder weg und nicht zu fassen. Sie wissen sicherlich, dass ich mit ihm eine Affäre hatte. Er war viele Jahre jünger als ich, meine Ehe eingeschlafen, mein Mann viel verreist. Klingt banal, nicht? Aber das war es nicht. Auf einmal war da dieser schöne, intensive, junge Mann, der mich forderte und lebendig fühlen ließ. Ich habe ihn in die Welt der Medien eingeführt und auch ansonsten haben wir viel voneinander gelernt.«

»Das klingt alles sehr rosig. Wie ging es denn weiter?«, bohrte Max.

»Das können Sie sich denken. Mein Mann bekam natürlich Wind von der Sache, und ich musste mich entscheiden, Leander oder die Familie. Das wollte und konnte ich nicht aufs Spiel setzen. Die Sache mit Leander hat unserer Ehe groteskerweise weitergeholfen. Mein Mann ist vor drei Jahren verstorben, aber wir haben wunderbare Jahre verlebt«, sinnierte Annegret.

»Das klingt ja geradezu, als ob Leander ein junger Gott war. Wieso haben Sie denn keinen Kontakt mehr?«, fragte Max und setzte sein unwiderstehliches Lächeln auf.

Annegret Bäumler schob Max ein zweites Stück Kuchen auf den Teller. »Ja, Leander hatte eine Schwäche. Er war übertrieben ehrgeizig. Das war krankhaft. Für ihn gab es nur ein Ziel: Ruhm, Erfolg und Geld. Ich will nicht sagen, dass er dafür alles geopfert hätte, aber ich bin mir sicher, wenn etwas oder jemand sich ihm in den Weg gestellt hätte, er hätte sich zu wehren gewusst. So sehr ich ihn auch damals geliebt habe, irgendwann kam der Punkt, an dem ich begriff, dass es für ihn immer nur zwei Sachen geben wird: er selbst und seine Karriere. Und ich war mir auch nicht mehr sicher, ob er mich liebte oder nur brauchte, um ihm zum Erfolg zu verhelfen. Viele glauben, er hätte mich fallen lassen. Das denkt man gerne, wenn der eine prominent und begehrenswert ist. Aber ich war diejenige, die damals den Schlussstrich gezogen hat. Unsere gemeinsame Zeit habe ich dennoch in guter Erinnerung behalten.«

So war das also gewesen. Ich wunderte mich über ihre Offenheit.

»Frau Bäumler, Sie sprechen so ungezwungen darüber. Ist es Ihnen nicht unangenehm, falls die Geschichte an die Öffentlichkeit dringen sollte?«

Sie lachte. »Wissen Sie, Frau Mohnhaupt, ab einem gewissen Alter kann man sich nicht mehr selbst belügen, und viele vergangene Sachen relativieren sich. Ich stehe dazu, wie mein Leben verlaufen ist, und meine Familie und Freunde wussten immer Bescheid.«

Das war der richtige Moment, um wegen des Mädchens nachzuhaken.

»Wir haben diese Woche jemanden getroffen, der Leander wie Sie beschrieben hat. Er sagte uns außerdem, dass Leander, der sich sonst immer unter Kontrolle hatte, ausgerastet ist, als er mit einem Mädchen in der ›Lucky Lounge‹ fotografiert wurde. Wissen Sie, wer das gewesen sein könnte?« Ich hielt den Atem an.

Annegret Bäumler zögerte nicht lange. »Ja, das kann ich mir sehr gut vorstellen. Nachdem ich ihn damals abserviert hatte, wollte er sich an mir rächen. Er hatte mich eine verschrumpelte alte Kuh genannt und gesagt, dass er meine Cellulite eh nicht mehr ertragen hätte und er sich endlich was Junges, Frisches suchen würde, wo noch nichts hängt. Männer und verletzte Eitelkeit, kann ich da nur sagen. Ein Freund erzählte mir damals, dass er sich mit Leonie Windler eingelassen hätte, die regelmäßig in der ›Lucky Lounge‹ verkehrte. Sie war gerade an der Schauspielschule angenommen worden und noch keine achtzehn Jahre alt. Man sah ihr das allerdings nicht an, ich hätte sie auch auf Mitte zwanzig geschätzt. Sie war bildhübsch und über beide Ohren in Leander verknallt. Er hatte leichtes Spiel mit ihr und sie war ihm hörig, das arme Ding. Sie waren eine Zeit lang zusammen, doch dann endete die Beziehung sehr abrupt. Vor einigen Jahren traf ich Leonie zufällig in der Stadt, und sie sah immer noch bezaubernd aus. Sic ist ein zierlicher Typ, sehr sensibel und scheu. Ich glaube, sie ist nicht Schauspielerin geworden, sondern hat auf Maskenbildnerin umgesattelt.«

Heureka!

Max drängte zum Aufbruch. Wir bedankten uns und versprachen, mit der fertigen Biografie wieder vorbeizukommen.

Wir schwiegen, bis wir im Auto saßen. Dann legten wir los.

»Oh, Mann! Wer hätte gedacht, dass sie so einfach zu knacken ist. Wir haben den Namen und wissen, dass diese Leonie noch in der Stadt lebt.« Max war begeistert. »Du, die Annegret ist nicht auf den Kopf gefallen. Schade, dass ich Leander früher nicht kannte. So krankhaft ehrgeizig, über Leichen gehend, wächst er einem doch direkt ans Herz, oder?« Er warf mir einen Blick von der Seite zu. »Sag mal, bist du ihm noch verfallen? Oder siehst du inzwischen ein, dass er ein Windhund ist?«

»Sagen wir so: Ich bekomme ein anderes Bild von ihm, und auch wenn ich meine Gefühle nicht von heute auf morgen abschalten kann, sind sie merklich abgekühlt«, antwortete ich.

Max war zufrieden. »Das ist ein guter Anfang. Und wenn wir erstmal aufgedeckt haben, was er verbirgt, sind dir die restlichen Gefühle schnell vergangen.«

Ich seufzte leise. Ja, ich hielt mich wacker und lenkte mich so gut es ging ab, aber natürlich war ich noch lange nicht über Leander, mein angeknackstes Selbstbewusstsein und die Szene aus dem Hotel mit Witta hinweg. Allein die Vorstellung der beiden zusammen machte mich krank. Schlimm war auch, dass diese Verletzung mitten in der schwer verliebten Phase passiert war. Man fühlte sich wirklich wie auf Turkey, ausgebremst. Vielleicht hatte ich ein völlig falsches Bild, aber ich konnte mir vorstellen, dass es schlimmer war, mitten in diesem Rausch der Anfangsverliebtheit gelinkt zu werden, als wenn man nach langen Jahren und Alltagsroutine feststellte, nicht zueinander zu passen. Das Einzige, was es mir leichter machte, darüber hinwegzukommen, war die Gewissheit, nie wieder rückfällig werden zu können. Dafür war die Situation zu eindeutig und mies gewesen. Es gab keinen Zweifel, was zwar hart war, mich aber gleichzeitig zwang, mich damit abzufinden.

Auf dem Heimweg rief ich die Auskunft an und fragte nach Leonie Windler. Es gab nur eine und ich bekam die Adresse und Telefonnummer ohne weiteres. Das klappte ja wie am Schnürchen! Sonntag würden wir ihr einen Besuch abstatten.

sechs

Endlich Wochenende! Und einen ganzen Tag nur für mich! Ich wollte mich nach den Strapazen der letzten Zeit richtig verwöhnen lassen. Mein Wohlfühlprogramm hatte ich bestens durchorganisiert. Ausschlafen, lecker frühstücken, danach zum Yoga. Mittags hatte ich einen Friseurbesuch eingeplant und anschließend den Gang zur Kosmetikerin. Massage, Gesichtsbehandlung, Maniküre, Pediküre. Zum krönenden Abschluss wollte ich mich den Strapazen der Körperhaarentfernung aussetzen! Ich wollte es endlich mit Wachs versuchen, das tägliche Rasieren und die Stoppeln nervten.

Meine Freundin Marlene hatte mich überzeugt. Sie war entsetzt gewesen, dass ich es noch nie mit Wachs versucht hatte. Meine kläglichen Versuche mit einem Epilierer als 17-jährige verschwieg ich lieber. Auch, dass ich mit Blutergüssen übersät gewesen war und den Schmerz nur eine Wade lang ertragen hatte. Man will ja nicht als wehleidig gelten. Marlene schwor, dass es nichts Effektiveres als Wachs gebe.

»Pia, du wirst sehen, so glatt war deine Haut noch nie! Die Männer sind ganz verrückt danach. Da kommt keine Rasur mit.« Meine zaghafte Nachfrage, ob es denn schmerze, wischte sie weg mit einem: »Ach, das geht so schnell, du merkst gar nicht, wie die Kosmetikerin den Wachsstreifen wegzieht. Danach fühlst du dich so schön wie nie.«

Genau das brauchte ich, und so hatte ich meine erste Wachsbehandlung gebucht.

Der Tag begann, wie ich ihn mir ausgemalt hatte. Gut gelaunt und mit bestem Gewissen, endlich meinem Körper etwas Gutes getan zu haben, verließ ich den Yogakurs und machte mich auf den Weg zum Friseur. Er hieß Marian und war mehr Künstler als Friseur. Er arbeitete in dem angesagtesten Salon der Stadt, und auch die Preise waren angesagt.

Marian mochte mich gut leiden, und so zahlte ich nur die Hälfte. »Deine Unterhaltung macht es wett, und ich muss mir nicht noch von einer gelangweilten Arztgattin anhören, auf welche Vernissage sie morgen geht und dass sie die Töchter vom Ballett abholen muss. Die kennen sich alle untereinander. Und dann lästert die eine über die andere. Die wollen auch immer wissen, welche Naturfarbe die Frau So-und-so hat, denn wer am meisten aufhellen muss, hat verloren. Damit muss ich mich täglich herumschlagen. Soll ich dir die Haare wie immer schneiden?«

Ich überlegte kurz, ob ich meine Haare abschneiden sollte. Bisher hatte ich es so gehalten: nach einer Trennung – Haare ab, neuer Freund – Haare lang. Vielleicht sollte ich mein Muster durchbrechen.

»Nicht zu kurz bitte«, bejahte ich und ließ mich auf dem Stuhl nieder. Das leise Summen der Föhne im Hintergrund beruhigte mich sofort.

Marians Assistentin wusch mir die Haare und massierte die Kopfhaut. Trocken gerubbelt saß ich wenig später vor Marian, der mir sein Leid klagte. Es hatte sich nicht viel verändert seit dem letzten Mal.

»Die Witta war letzte Woche hier, bevor sie zu deinem Geburtstag ging. Die war vielleicht aufgekratzt!«

Mist, ich hatte vergessen, dass Witta auch zu Marian ging.

Aber sie musste den ganzen Preis zahlen. Ich zeigte mich interessiert. Marian fuhr fort.

»Du, die hat so seltsame Andeutungen gemacht, es würde sich bald alles in ihrem Leben ändern. Aber sie könne noch nicht darüber sprechen. Weißt du, was sie damit meinte?«

Ich verneinte.

»Also ich glaube, das hat mit einem Mann zu tun, denn sie trug einen Verlobungsring, und als ich sie darauf ansprach, streifte sie ihn erschrocken vom Finger. Sie hat ja super Haare, die Witta, muss man schon sagen. Aber wie die sich anstellt, nur weil sie einzelne graue Strähnen entdeckt. Das liegt bei ihr in der Familie, die werden alle so schnell grau. Aber sie wird geradezu panisch. Ich sag dir, sie sitzt alle zwei Wochen hier, obwohl es gar nicht nötig wäre. Ein Vermögen haut die raus.« Marian schüttelte den Kopf.

Also hatte Leander den Ring für Witta gekauft. Damit war der letzte Funke Hoffnung erloschen. Und ich hatte die letzte Gewissheit, die ich brauchte.

Natürlich hatte mir die Bemerkung einen Stich versetzt und die Bilder, wie Leander und Witta den Ring bei Tiffany's auswählten, während ich sie beobachtete und glaubte, er sei für mich bestimmt. Seltsamerweise hatte ich plötzlich den Gedanken, nicht mit Witta tauschen zu wollen, denn eine Beziehung auf einer solchen Lüge aufzubauen, konnte nichts Gutes verheißen. Ich war fest entschlossen, das Thema Witta und Leander nicht an mich heranzulassen. Heute war mein Tag.

Nach zwei Stunden sah ich aus, als ob ich einen neuen Haartrend einläuten könnte. Der Schnitt und die Strähnen standen mir richtig gut. Beflügelt machte ich mich auf in den Kosmetiksalon. Dort erwartete mich eine entspannende Massage.

»Sie sind sehr verspannt, Frau Mohnhaupt. Sie haben lauter Verhärtungen im Nacken. Hatten Sie Stress in letzter Zeit?«

Gute Frage! Wo sollte ich bloß anfangen zu erzählen?

Nach der Pediküre und Maniküre war ich bereit für die Enthaarung.

»Brasilianisch oder amerikanisch, Frau Mohnhaupt?«, fragte die freundliche Dame. Ich wollte mich nicht als Anfängerin outen und entschied mich für amerikanisch. Brasilianisch hörte sich exotischer an.

»Würden Sie sich bitte frei machen?«, bat mich meine Entwachserin.

»Die Unterhose bitte auch«.

Aha, ach so, wahrscheinlich für die Bikinizone. Recht hatte sie. Man musste ja das gute Höschen nicht beschmutzen.

Zuerst kamen die Beine dran. Das warme Wachs fühlte sich angenehm an, aber das Runterziehen war so fies, dass ich fast aufgegeben hätte. Ich dachte an Marlenes Worte und hielt durch. Sie musste eine masochistische Ader haben. Hätte ich mir auch denken können, dass sie ein anderes Schmerzempfinden hatte als ich, denn Marlene war am Rücken und den Fesseln tätowiert.

Plötzlich ging die nette Dame in einen Bereich, den sonst nur mein Gynäkologe zu Gesicht bekommt, und ehe ich mich versah, hatte ich nicht nur warmes Wachs im Schambereich, sondern ruck, zuck Kahlschlag. Ja, das war wirklich überraschend schnell gegangen. Das war amerikanisch? Das war pervers!

»Wie unterscheidet sich denn brasilianisch von amerikanisch?«, wagte ich nach der Tortur zu fragen.

»Bei brasilianisch gibt es immer noch einen Landestreifen«, wurde ich aufgeklärt.

Ich schaute auf die Uhr. Die Geschäfte waren noch gut zwei Stunden geöffnet und bis zu meiner Abendverabredung war massig Zeit. Kurzfristig war eine Einladung für die Verleihung des Film- und Fernsehpreises hereingeflattert. Da Lilli bereits verabredet war und ich für Ersatz sorgen musste, hatte ich Max überreden können, mich zu begleiten.

Spontan entschloss ich mich shoppen zu gehen, was man nie in labiler Verfassung machen sollte, da man viel anfälliger für Heucheleien ist.

»Nein, dieser Rock steht Ihnen ausgezeichnet. Mit Ihren Beinen können Sie einfach alles tragen!« Aber man ist auch viel schneller frustriert, wenn Frauen mit Modelmaßen sich lauthals beklagen, sie seien viel zu fett, um ein xs-Teil anzuziehen, während der Fummel um die perfekten Hüften baumelt und man selbst unauffällig Größe 38/40 zurückhängt.

Am schlimmsten ist es, wenn sie zu zweit unterwegs sind.

Eine ist immer essgestört und wirklich überzeugt, zu fett zu sein. Sie zeigt dann die knochigen Hüften als Corpus Delicti entsetzt vor. Traurig genug, doch die andere schafft es, die Essgestörte zu übertreffen, denn sie ist von der narzisstischen Sorte.

Sie spielt das »Mann-sieh-mal-meinen-fetten-Hintern-an«-Theater mit, weiß jedoch genau, dass ihr Allerwertester locker für jede Biotherm-Werbung herhalten könnte und betreibt nur »fishing for compliments«.

Hinzu kommt meistens eine exhibitionistische Ader, und so zieht sie sich gerne mal ein Oberteil in aller Öffentlichkeit über, anstatt in die Umkleide zu gehen.

Nach diesen Begegnungen schwöre ich mir regelmäßig, wieder laufen zu gehen und mich an die aufgeschnappten Diättipps zu halten. Molke, Apfelessig, getrocknete Aprikosen, Artischockenkapseln.

Heute wollte ich mich nicht herunterziehen lassen und beschloss, nur in Schuhgeschäfte und Parfümerien zu gehen.

Wieder einmal war ich überrascht, wie unterschiedlich man

bedient wird. In einem Geschäft kaufte ich gleich zwei Paar Schuhe, weil die Dame, die mich bediente, freundlich war und ihre Meinung offen äußerte.

Im nächsten Geschäft fand ich die Sorte »Ich-bin-gelangweilt-und-telefoniere-lieber-mit-meiner-Freundin,-die-in-der-Boutique-nebenan-arbeitet-und-wehe-du-gedenkst-mich-zu-unterbrechen-oder-noch-schlimmer-etwas-zu-kaufen«.

Leider hatten sie ein Paar Stiefel, das mir gefiel. Ich wagte es, sie für die passende Nummer ins Lager zu schicken.

An der Kasse angelangt, rief besagte Freundin wieder an, und so bezahlte ich heimlich, still und leise, bedacht, nicht zu sehr zu stören, während die schnatternde Verkäuferin, den Hörer auf der einen Seite untergeklemmt, mir wilde Zeichen machte, wo ich zu unterschreiben hatte.

Ich nahm meinen Karton in Empfang, flüsterte leise »Auf Wiedersehen«, was mit einem gnädigen Kopfnicken quittiert wurde, und stahl mich unauffällig aus dem Laden.

Den Nachmittag verbrachte ich mit einem Orangen-Zimt-Bad, Sushi und dem Lebensratgeber von Dr. Cornelius.

Ausgeruht und um viele Weisheiten klüger, machte ich mich für den Film- und Fernsehpreis zurecht. Um meinen ungewollten Kahlschlag hatten sich rote Pusteln gebildet, die zu jucken begannen.

Na super! Das kommt sicher gut an, wenn ich mir auf der Verleihung immer wieder in den Schritt fassen muss oder von einem Fuß auf den anderen trete, ging es mir durch den Kopf. Ich schmierte Heilsalbe auf die wunden Stellen und fühlte mich so sexy wie drei Meter Feldweg. Max, der mich abholte, bemerkte nichts oder war nur zu rücksichtsvoll.

»Wow, gut siehst du aus, Mohnhaupt!«

Artig bedankte ich mich für das Kompliment und biss auf die Zähne, um dem aufkommenden Juckreiz nicht nachzugeben, und krampfte meine Hände deutlich zusammen, was Max natürlich bemerkte.

»Mach dich mal locker, Mohnhaupt! Ist doch jetzt nicht deine erste Veranstaltung, oder?«

Ich zog es vor, nicht darauf einzugehen.

Die Oper, in der die Verleihung stattfand, sah man schon von weitem hell angestrahlt. Und wieder waren sie alle gekommen. Inzwischen kannte ich die Gesichter und Riten auswendig. Ich hätte zu »Wetten, dass …?« gehen können in der Kategorie: »Wetten, dass ich jeden Prominenten an den gebleachten Schneidezähnen erkenne?«

Zum Glück war Leander geschäftlich unabkömmlich und nicht in der Stadt. Trotzdem war der ein oder andere seiner Freunde da, die mich herzlich als Leanders Biografin begrüßten. Vor kurzem hätte ich über diesen Scherz mitgelacht, doch inzwischen schwante mir, dass es auf Seiten von Leanders Freunden gar kein Scherz war, sondern er mich eben wirklich nur als Biografin eingeführt hatte, die er gerne mochte. Ein Küsschen hier und da, auch auf den Mund, fiel in diesen Bussikreisen nicht weiter auf, schließlich kannte man sich und küsste sich gerne auf den Mund, weil man doch noch so frei und unkonventionell wie damals in Pariser Studententagen war und gerne mal vergaß, dass man gerade in der Kapitalistenkarre chauffiert wurde und Designerklamotten trug. Was für mich Liebesbeweise gewesen waren, nämlich Küsse von Leander in der Öffentlichkeit, fiel hier nicht weiter auf.

Und wieder lag der rote Teppich aus, die üblichen Verdächtigen drehten und wendeten sich in total »crazy« Kreationen für die Fotografen. Man ging hinein, und die glanzvolle Location war von einem der drei führenden Eventveranstalter ausgestattet; der dazugehörende Partyservice sorgte für die Bewirtung. Inzwischen erkannte ich die Aushilfskräfte, meistens gut aussehende BWL-Studentinnen, wieder. Ich wusste nicht, ob es an meiner gedrückten Verfassung lag, dass bei mir keine rechte Stimmung aufkommen mochte.

Max bemerkte meine Gemütslage und versuchte mich aufzuheitern.

»Mensch, Mohnhaupt. Ich dachte, dass dir wenigstens solche Events Spaß machen. Wegen mir sind wir ja wohl kaum hier. Versuch doch mal etwas Freude zu empfinden!«

»Ich hab mein Prozac vergessen«, versuchte ich einen kläglichen Witz.

Mir ging es wirklich nicht gut, und mitten drin in dieser »Super-drauf«-Gesellschaft wurde es nicht gerade besser. Mir kam ein Hesse-Gedicht in den Sinn, das mein Freund Till in solchen Momenten zitierte.

»Kennst du das auch, dass manches Mal, inmitten einer lauten Lust, bei einem Fest in einem frohen Saal, du plötzlich schweigen und hinweggehen musst?«, murmelte ich.

»Dann legst du dich aufs Lager ohne Schlaf, wie einer, den ein plötzlich Herzweh traf; Lust und Gelächter verstiebt wie Rauch, du weinst, weinst ohne Halt – kennst du das auch?«, beendete Max den Satz. »Möhnchen, wir müssen da nicht rein, wenn es dir nicht gut geht.«

»Leider doch. Ich muss die Kolumne schreiben und kann ›update‹ nicht hängen lassen.«

Max blieb stehen, fasste mich an beiden Händen.

»Pass auf. Lass uns da hineingehen, einfach nur beobachten und uns darüber amüsieren. Gibt es etwas, was du schon immer mal auf so einer Party machen wolltest?«

Ich überlegte.

»Du meinst, außer allen zu sagen, was für ein Charakterschwein Leander ist?«

Max gab wirklich alles, um mich auf andere Gedanken zu

bringen. Die Verleihung begann, und wir nahmen unsere Plätze ein. Das Fernsehen übertrug, und ich war sicher, vor dem Bildschirm würde man mehr sehen und konnte bei den Werbebreaks wenigstens kurz aufs Klo oder schnell Zähne putzen und musste nicht auf dem Stuhl sitzen bleiben, weil man eventuell zu spät zurückkehrte und ein gestriegelter Platzhalter bereits den Stuhl blockierte.

Nachdem unter tosendem Beifall der letzte Promi geehrt worden war und man aufstehen durfte, raste ich aufs Klo. Mein Ausschlag juckte schon die ganze Veranstaltung über, und ich musste dringend nachcremen. Ich ging in die Kabine und holte unauffällig meine Creme hervor, um die roten Pusteln zu beruhigen. Als ich ans Waschbecken trat, merkte ich schnell, dass einem hier nichts peinlich sein musste. Das Klo schien eine tabufreie Zone. Da wurden die Brüste noch mal nachgetaped, Haarteile toupiert, Zähne gecheckt und gereinigt, die ein oder andere zog sich 'ne line und zwei Damen verglichen ihre G-Strings, um festzustellen, welcher weniger abzeichnete.

Max hatte bereits zwei Drinks organisiert.

»Und wie war's auf dem Klo?«

»Super! Einmal eingeatmet und wieder gut drauf!«, antwortete ich mit Anspielung auf das Schneetreiben.

»Ich würde ja zu gern mal mit, wenn Frauen aufs Klo gehen. Irgendwas muss da spannend sein«, versuchte Max mir das Frauenklogeheimnis aus der Nase zu ziehen.

Natürlich ging ich nicht darauf ein.

»Los, Max. Lass uns mal versuchen, in die heiligen Hallen der VIP-Lounge vorzudringen, Celebrity-Luft atmen! Wenn ich schon für ›update‹ hier bin, werde ich mich mal an die Arbeit machen«, schlug ich vor.

Max hatte bereits einiges ausbaldowert. »Wir brauchen ein goldenes Bändchen, sonst geht gar nichts. Dort steht so viel Security herum, da kommt man anders nicht rein, es sei denn, wir überfallen die Kellner und zwängen uns in deren Uniformen, Bonny!«

»Nee, Clyde. Lass mal gut sein. Ich bin nicht scharf darauf, als peinliche Kolumnistin, die unbedingt in den VIP-Bereich wollte, einen Skandal zu verursachen! Dann muss ich eben über das super Buffet berichten.«

Damit blieb uns nur die Möglichkeit, ein goldenes Band zu organisieren, was leichter gesagt als getan war. Die einzige Chance war erniedrigend; jemanden anzuhauen, der aus dem Bereich nach Hause ging, und zu fragen, ob er uns sein Bändchen geben würde.

»Max, das mache ich nicht! Lieber sterbe ich vor Scham! Ich bin 30! Das geht nicht mehr unter Jugendsünde à la ›Ich war jung und wusste nicht, was ich tat‹ durch.«

Er gab mir Recht und ging erstmal zur Bar, um Nachschub zu besorgen, was ungewöhnlich lange dauerte. Gerade wollte ich mich aufmachen, um ihn zu suchen, da kam er zurück, im Schlepptau eine attraktive Rothaarige, die sich als Pressebetreuerin eines Schauspielers herausstellte. Max hatte sie an der Bar kennen gelernt, ich vermutete nicht ganz zufällig, denn ich sah deutlich ihr goldenes VIP-Bändchen leuchten.

Max strahlte.

»Pia, das ist Katrin. Der Schauspieler, den sie betreut, und seine Frau sind nicht erschienen, und Katrin hat gerade gefragt, ob wir nicht Lust hätten, mit in den VIP-Bereich zu kommen. Sie hat noch zwei Bändchen übrig.«

Gar nicht schlecht, der Max!

Wir zogen die Bändchen über, gingen an der Security vorbei und betraten das Refugium der Stars.

Ein karger Raum mit halb abgeräumtem Buffet, Sitzgelegenheiten und einer Handvoll Menschen, die genauso berühmt waren wie ich und gelangweilt vor sich hin starrten. Es konnte sich nur um einen Irrtum handeln. Dieser V.I.P.-Bereich musste so unecht sein wie die roten Haare von Katrin.

Die hatte meinen Blick bemerkt und lachte.

»Bei dieser Veranstaltung gibt es immer Privatpartys vom Filmverleih oder dem Plattenlabel in eigens angemieteten Räumen in Hotels. Und da kommt wirklich fast kein Normalsterblicher rein. Da performen dann die Stars noch mal so für ihre Freunde, und diese Partys sind so, wie man sich das vorstellt, wohingegen hier doch alles zivilisierter zugeht, denn irgendwie schafft es immer ein Journalist, in den VIP-Bereich zu kommen, und nicht jeder steht auf das Motto: ›Jede Publicity ist gute Publicity‹.«

Das sah mir auch so aus.

Nachdem nicht einmal der VIP-Bereich etwas hergegeben hatte und ich das sicher nicht in meiner Kolumne benutzen durfte, beschloss ich, nach Hause zu fahren.

Max, der sich blendend mit Katrin unterhielt, fragte, ob er mich bringen sollte.

»Nee, lass mal. Es reicht, wenn ich unhöflich bin und einfach gehe. Außerdem scheint Katrin auf dich abzufahren. Bring mal lieber sie nach Hause.«

Max schüttelte den Kopf, begleitete mich zum Ausgang und setzte mich in ein Taxi.

Auf dem Nachhauseweg überlegte ich, was mich eigentlich an dieser Glanzwelt so fasziniert hatte. Leander, der Traummann in dieser Traumwelt. Es war nicht wirklich schwer, selbst für mich als Laienpsychologe, zu erkennen, dass ich mich wohl nicht der Realität stellen wollte und lieber irgendwelchen Hirngespinsten nachhing und dabei mein eigenes Leben verpasste.

Sonntagmorgen wachte ich auf, und siedendheiß fiel mir ein, dass wir Leonie Windler auf den Zahn fühlen würden.

Ich holte Max ab, der übernächtigt aussah.

»Na, noch Damenbesuch von Katrin gehabt? Ist es spät geworden?«, foppte ich ihn.

Er reagierte sauer.

»Mann, Pia, wann begreifst du, dass ich außer Frauen noch andere Dinge im Kopf habe? Nur weil ich flirte und mich ausgetobt habe, heißt das nicht, dass ich testosterongedopt durch den Tag laufe. Ich habe gestern, als ich zu Hause war, eine alte Pizza gegessen und die Nacht vor der Kloschüssel verbracht.«

Kein Wunder, dass er so blass war.

Ich hielt an einer Tankstelle und besorgte Cola und Salzstangen, die er dankbar verdrückte.

Geplagt von Krämpfen, kurbelte Max hastig das Fenster herunter und hielt sein Gesicht gegen den Fahrtwind. Das konnte ja heiter werden.

Leonie Windler wohnte gemeinsam mit ihrem Freund, einem Theaterschauspieler, in einer geräumigen Altbauwohnung, die mit selbst gemalten Ölgemälden von Leonie voll gehängt war. Sie war talentiert!

Annegret Bäumler hatte Recht gehabt. Leonie war auffallend hübsch, aber sichtlich nervös.

»Wollen wir nicht hier in der Straße in ein Café gehen, dann stören wir meinen Freund nicht. Er bereitet gerade seine neue Rolle vor.«

Besagter Freund kam aus dem Wohnzimmer und strich Leonie liebevoll über die Wange.

»Von mir aus könnt ihr ruhig bleiben. Mich stört ihr nicht.« Was für ein hübsches Paar. Und wie liebevoll die beiden miteinander umgingen!

Doch Leonie bestand darauf, in ein Café zu gehen.

Wir bestellten, und Leonie fragte angespannt: »Sie wollen mit mir über Leander sprechen? Hat er Sie geschickt?«

Wir verneinten, und mit einem Mal entspannten sich ihre Gesichtszüge.

Max war zu nichts zu gebrauchen und nippte nur an seinem Pfefferminztee.

Also übernahm ich das Ruder und erklärte, dass wir für Leanders Biografie recherchierten. Ich stellte ihr einige Fragen, doch sie wich aus und spielte ihre Beziehung mit Leander herunter.

»Ich war ein Teenie und in ihn verknallt. Er ist einige Male mit mir ausgegangen, aber mehr war da nicht.«

Es war offensichtlich, dass sie log und alle Nachfragen abblockte.

»Leander war sehr charmant und aufmerksam. Aber näher habe ich ihn nicht gekannt.«

Das durfte doch nicht wahr sein. Wir waren so nah dran!

Ich gab ihr meine Nummer.

»Leonie, falls Sie es sich anders überlegen oder über etwas sprechen wollen, rufen Sie mich an.«

Sie nahm meine Nummer, bedankte sich artig und verließ schnell das Café.

Max verschwand auf dem Klo und kam noch blasser wieder.

Ein Erfolg auf der ganzen Linie!

Ich packte ihn auf den Beifahrersitz, brachte das Häufchen Elend nach Hause und kochte ihm einen Tee.

»Pia, es tut mir Leid, ich war zu nichts zu gebrauchen. Diese Leonie hat natürlich gelogen. Keine Ahnung, was sie verbirgt, aber sie hatte Angst. Hast du gesehen, wie erleichtert sie plötzlich war, als wir sagten, nicht von Leander geschickt worden zu sein?«, bemerkte er. Natürlich hatte ich das.

Ich war frustriert. Wie sollten wir Leonie zum Sprechen bringen? Vielleicht hätte ich mit offenen Karten spielen und ihr gestehen sollen, dass ich von Leander zum Narren gehalten wurde und glaubte, dass sie etwas damit zu tun hatte. Wenn sie nicht sprechen würde, konnte ich einpacken. Sollte ich bei Leander bluffen, ihren Namen fallen lassen und so tun, als ob ich alles wüsste, und darauf hoffen, dass er sich verriet?

Auf einmal kam mir mein Unterfangen sinnlos vor. Warum hatte ich nicht einen klaren Schnitt gemacht, anstatt meine Freunde und Kollegen in diese wahnwitzige Idee mit hineinzuziehen?

Was machte es für einen Unterschied zu wissen, weshalb Leander mich benutzt hatte?

Würde das die Demütigung schwächen? Meine Selbstzweifel lindern?

Die Tatsache blieb. Er hatte mich nicht geliebt, sondern benutzt, und das tat weh. Eine Erklärung würde zwar sein Motiv verständlicher machen, aber die Verletzung bliebe die gleiche. Und wie wollte ich reagieren, wenn ich den Grund herausfand? Mich rächen? Aber wie? Was würde das ändern? Dr. Cornelius hatte mir geraten, die Dinge zu belassen, wie sie waren, und auf die ausgleichende Gerechtigkeit des Schicksals zu vertrauen.

Es war vielleicht das Beste, einen Schlussstrich unter die Geschichte mit Leander zu ziehen, bevor noch mehr Staub und Vergangenes aufgewirbelt wurden.

Max blickte mich an. »Den Gesichtsausdruck kenne ich mittlerweile. Was heckst du aus?«

»Ich glaube, wir sollten die Sache begraben. Leonie wird nicht sprechen, eine andere Spur haben wir nicht, außerdem ist das alles schon viel zu lange her. Man muss wissen, wann man aufgeben sollte«, sagte ich.

Max reagierte verständnislos: »Du willst ihn doch nicht so davonkommen lassen, nach allem, was er dir angetan hat? Möchtest du ihm sein Image als Strahle-Saubermann der Nation lassen? Würde dir nicht schlecht werden, wann immer du seine polierte Fresse siehst, seine salbungsvollen Worte hörst und dabei weißt, wie mies er eigentlich ist?«

»Als ob er der Erste im Medienbereich wäre. Die Leute wollen den wahren Leander gar nicht kennen. Sein Job ist zu unterhalten, und dazu gehört eben auch sein Image. Und was wollen wir beide als Weltverbesserer? Was meinst du, wie schnell ein neuer Leander nachkommen würde?«, resignierte ich.

Max war wütend. »Das fällt dir jetzt ein? Nach allem, was wir versucht haben? Wenn du es sein lassen willst, bitte. Aber dann kannst du auf mich nicht mehr zählen. Wo bleibt denn dein Stolz?«

Mein Stolz war mir langsam egal. Ich wollte meinen Frieden, endlich mit Leander Schluss machen und den Albtraum abschließen.

Ich ging, ohne mich mit Max versöhnt zu haben.

Katharina tobte.

»Du hast einfach so aufgegeben? Hast den armen Kerl zurückgelassen, der sich für dich den Hintern aufreißt, nur weil dich eine Laune überkommt? Das ist so typisch für dich! Sobald die kleinste Schwierigkeit auftaucht oder es nicht nach Plan läuft, wirfst du die Flinte ins Korn, anstatt zu sagen: jetzt erst recht. Du beginnst Sachen und beendest sie nicht! Ihr habt diese Leonie Windler nur nicht richtig ins Kreuzverhör genommen.«

Heute war nicht mein Tag! Ich fühlte mich so mies wie lange nicht. Es gab keine Aufgabe mehr, die mich ablenkte, mit Max hatte ich mich überworfen und Katharina wusch mir den Kopf.

Nur Lilli konnte verstehen, dass ich genug hatte.

»Katharina! Sie hat gerade keine Kraft mehr. Die Sache hat

Pia mehr belastet, als wir dachten. Lass sie erstmal zur Ruhe kommen«

Ich packte meine Sachen und fuhr in meine Wohnung. Allein sein und endlich trauern. Dazu war ich vor lauter Hektik nicht gekommen.

Ich fühlte mich schlapp, und mir war heiß. Ich maß Fieber. 39,1. Das kannte ich bereits. Immer wenn ich eine schwere Zeit hinter mir hatte, holte sich mein Körper eine Auszeit. Ich legte mich hin und fiel in fiebrige Träume.

Am nächsten Morgen wachte ich mit Halsschmerzen auf und sah meinem verquollenen Spiegelbild entgegen.

Ich meldete mich krank, litt still vor mich hin und schaute schlechte Gerichtssendungen mit brillierenden Laienschauspielern, die stockend-monoton ihren Text darboten.

Beim Lieferservice bestellte ich scharfe Thaisuppe, das Einzige, was bei Erkältung hilft, und ich schmiss eine Tablette nach der anderen ein.

Mein Anrufbeantworter war voll, aber ich verspürte nicht den leisesten Drang, irgendjemanden zurückzurufen.

Meine Haare waren fettig, meine Nase rot und geschunden und neben meinem Bett lagen Massen benutzter Tissues, als es an der Tür klingelte.

Der Lieferservice! Ich schlurfte in meiner Jogginghose und Wollsocken zur Tür und öffnete.

Vor mir stand Leander!

»Pia, wieso gehst du nicht mehr ans Telefon? Ich habe bei dir im Verlag angerufen und mir wurde gesagt, du seist seit zwei Tagen krank gemeldet? Wie siehst du denn aus?«

Genauso, wie man sich wünschte, von seinem Scheinfreund gesehen zu werden.

Jämmerlich! Ich bat ihn herein.

Was wollte er denn hier? Den treu sorgenden Freund spielen?

Ach richtig, eigentlich waren wir ja noch zusammen. Ich könnte ihm zum Abschied einige Viren anhängen.

Wenn er schon hier war, konnte ich es gleich hinter mich bringen und Schluss machen.

Aber wie? Sollte ich lange um den Brei herumreden oder es kurz und schmerzlos angehen?

Ich entschied mich für die kurze Variante, da ich in meinem Aufzug niemandem länger als nötig gegenübersitzen wollte.

»Leander, ich muss mit dir reden«, leitete ich ein.

Er lächelte mich an. »Was ist denn?«

»Ich halte diesen Druck, mit dir zusammen zu sein, nicht mehr aus. Ich glaube nicht, dass wir zusammenpassen, und ich möchte unsere Beziehung beenden.«

Leander war geschockt. Vermutlich bangte er um die Biografie.

»Was redest du da? Du bist krank, aber deshalb musst du doch keine Kurzschlusshandlung begehen. Wie kommst du denn überhaupt darauf? Es ist doch alles in Ordnung?«

Ich würde das jetzt durchziehen.

»Weißt du, Leander. Wir sehen uns in letzter Zeit immer weniger und ich habe gemerkt, dass ich nicht so selbstständig bin, wie ich dachte. Ich möchte enger mit dir leben, was du aber nicht willst. Außerdem werde ich nicht damit fertig, dich mit der Öffentlichkeit zu teilen. Andauernd sprechen dich fremde Menschen an, und wir können nie für uns sein. Ich hatte es mir einfacher vorgestellt.«

Damit hatte er nicht gerechnet. Ich konnte sehen, wie es in seinem Kopf arbeitete.

»Du, das kann ich gut verstehen. Du wärst nicht die Erste, die unter dem Druck zerbricht. Aber ich hatte den Eindruck, du seiest glücklich so, wie es ist.«

War ich auch, bevor ich herausfand, dass du mit Witta vögelst, hätte ich am liebsten geschrien.

Stattdessen erklärte ich: »Ich weiß. Ich hatte gehofft, mich daran zu gewöhnen. Glaub mir, es fällt mir sehr schwer, aber ich möchte mich wieder auf mein Leben konzentrieren. Ich bin eben nicht so stark, wie ich dachte.« Ich log das Blaue vom Himmel.

»Du bist dir ganz sicher? Das kommt alles so plötzlich. Wie stellst du dir denn unsere Zusammenarbeit jetzt vor? Ich meine, wir müssen schließlich mein Buch beenden.« Welch charmante Reaktion! Hätte ich mir auch denken können, dass er sich nur darum sorgte.

Ich zwang mich zu einem Lächeln.

»Leander, du müsstest langsam wissen, dass ich professionell arbeite und zwischen Beruf und Privatleben trennen kann. Das hier wird unsere Zusammenarbeit in keinster Weise beeinträchtigen.«

Er war erleichtert.

»Ich möchte dich wenigstens nicht als gute Freundin und begabte Schreiberin verlieren, wenn du mich schon sitzen lässt.«

Er stand auf. »Das muss ich erst einmal verdauen. Wir waren so ein gutes Team. Mein einziger Trost ist, dass wir uns im Guten trennen und Freunde und Kollegen bleiben.«

Genau. Passte doch alles bestens. Verdauen konnte er das gleich mit Witta und nicht einmal mehr im Hotelzimmer, denn jetzt durfte sie auch offiziell ran und ihn trösten.

Die Zusammenarbeit war gesichert und er sogar derjenige, der bemitleidet werden musste. Besser hätte es nicht laufen können.

Mit gekonnt betrübter Miene verließ er mich, ohne zu vergessen, unseren Termin für das nächste Gespräch festzuzurren.

Von meinem Balkon aus sah ich ihm nach. Während er zu seinem Wagen lief, telefonierte er bereits. Neugierig wie ich war, konnte ich es nicht lassen und wählte Wittas Nummer. Es war belegt.

Mann! Er hatte es gar nicht abwarten können, die frohe Botschaft zu verkünden.

Zu gerne hätte ich Witta in diesem Moment gesehen. Ihre Warterei hatte sich ausgezahlt. Allerdings wusste ich nicht, wie sie es finden würde, dass ich es gewagt hatte, ihr Goldstück zu verlassen, denn Witta interessierten generell nur Sachen, die andere hatten.

Aber für einen Leander Berglandt machte sie sicher eine Ausnahme.

Ich fühlte mich erleichtert, einfach nur erleichtert! Endlich war ich wieder ich selbst. Das Theater war vorbei, ich war mit Anstand aus der Sache herausgekommen und frei!

Sofort ging es mir auch körperlich besser. Ich begann, meine Wohnung aufzuräumen und mich gesellschaftsfähig anzuziehen.

Auch wenn die Erfahrung schmerzhaft gewesen war, konnte ich spüren, dass sie mich weitergebracht hatte. Anstatt panisch zu werden, dass es selbst mit dem Traummann schlechthin nicht funktioniert hatte, überkam mich eine Gelassenheit, die mir zuvor gefehlt hatte.

Was wäre denn so schlimm daran, notfalls nicht den Mann fürs Leben zu finden?

Mein Leben war bisher auch so aufregend genug. Mein Beruf machte mir Spaß, und Affären hatten auch was für sich. Die nutzten sich nicht ab, und Kinder, wollte ich wirklich Kinder? Ich könnte mir einen Hund zulegen. Na gut, das wäre kein Ersatz, denn Kinder wollte ich auf alle Fälle. Dann eben ohne Vater oder gemeinsam mit einem schwulen Freund. Madonna und Rupert Everett hatten das im Film auch auf die Reihe gekriegt.

Das Telefon klingelte, und dieses Mal hob ich ab. Es war meine Mutter. Endlich konnte ich ihr alles erzählen. Zu meinem Erstaunen war sie nicht enttäuscht, Leander nicht zum Schwiegersohn zu bekommen, sondern froh, dass ich eine so unmoralische Person losgeworden war.

»Ach, weißt du, ich musste auch viele Frösche küssen, bevor ich deinen Vater fand. Das hast du sicher von mir! Deine Großeltern hatten die Hoffnung bereits aufgegeben und planten, mir ein kleines Haus auf das Nachbargrundstück zu bauen. Sie wollten mich versorgt wissen. Und nun bin ich seit Jahren glücklich verheiratet, während um uns herum die Ehen kaputt gehen.«

Nachdem ich aufgelegt hatte, rief ich Lilli und Katharina an, um ihren Kenntnisstand in Sachen Mohnfeld vs. Berglandt zu aktualisieren.

Zum Glück hatten beide Verständnis. Katharina bemerkte:

»Ich kann schon verstehen, dass du diesen Heuchler nicht mehr ertragen hast, aber ich werde ihn nicht so einfach laufen lassen. Im Gegensatz zu dir bin ich nicht emotional involviert, und jemand muss diesem Lackaffen eine Lektion erteilen.« Wenn sie das zu ihrem Privatvergnügen machen wollte, bitte.

Endlich war ich wieder mit mir im Reinen. Nur mit Max musste ich mich aussöhnen. Ich fiel in einen komatösen Schlaf und schlief mich gesund.

Am nächsten Morgen war ich froh, wieder arbeiten zu können. Ablenkung würde mir gut tun, und ich freute mich auf meine Routine. Leanders Biografie wollte ich so schnell wie möglich beenden, um das Kapitel endgültig zu schließen.

Vera freute sich, mich zu sehen.

»Du siehst gut aus. Deine Gesichtszüge wirken viel entspannter. Nur deine Nase ist gerötet.«

Ich sah mich um. Max war noch nicht da. Mich überkam ein mulmiges Gefühl und ich musste feststellen, dass ich nervös war. Wir hatten seit Sonntag nicht gesprochen und ich wollte unsere Auseinandersetzung aus der Welt schaffen.

Ich schielte auf den Schreibtisch, an dem er gewöhnlich saß. Weder von ihm noch seinem Laptop eine Spur.

»Vera, weißt du, wann Max heute kommt?«, fragte ich betont ruhig.

Vera sah mich erstaunt an. »Wie? Weißt du nicht, dass er weggefahren ist? Er war am Montag hier und hat einen Brief für dich abgegeben.«

Auf meiner Tastatur lag ein Umschlag. Ich setzte mich und öffnete ihn.

Hi Pia. Ich brauche eine Pause und fahre einige Tage weg.

Geplättet rief ich auf seinem Handy an, es ging aber nur die Mailbox an. Na toll, ich hatte Max vergrault. Dabei hatte ich mich so gefreut, ihn wiederzusehen und die dumme Angelegenheit aus der Welt zu schaffen. Mir wurde bewusst, wie ausnahmslos er mich unterstützte und meine Mission zu seiner erklärt hatte.

Ich vermisste seine Witze und sein Lachen. Ohne ihn und seine Aufheiterungen wäre die letzte Zeit eine wahre Pein gewesen, und ich hatte mich nicht einmal dafür bedankt, sondern ihn als oberflächlichen Frauenheld abgetan. Ich, die immer dachte, keine Vorurteile zu haben, hatte ihn vom ersten Augenblick an auf ein Klischee festgenagelt.

Der Tag verlief schleppend. Immer wenn mein Telefon klingelte, nahm ich ab in der Hoffnung, Max würde sich melden.

Am Abend war ich mit den Mädels verabredet.

Katharina hatte uns zur Eröffnung eines neuen Memberclubs

geschleppt, was mir sehr gelegen kam, denn heute wollte ich in der Nähe alkoholischer Getränke sein.

Und da kamen die Cocktails schon.

Katharina warf ihnen einen schmerzlichen Blick zu und nippte brav an ihrem Selters weiter, während Lilli und ich uns ausgiebig bedienten.

Als meine Zunge locker saß, beichtete ich, Max in die Flucht geschlagen zu haben.

»Stellt euch das vor. Ich möchte mich unbedingt versöhnen, und er haut ab. Das ist komplett überreagiert, oder? Dabei sagt man das uns Frauen nach.«

Katharina, die einzig nüchterne, konterte: »Ich kann ihn verstehen. Ich würde den Berglandt auch nicht so davonkommen lassen wollen. Und überleg mal, wie lange er daran gearbeitet hat, wie viele Überstunden er hineingesteckt hat. Umsonst! Kein Wunder, dass der sich mal ein paar Tage ausruhen will.«

»Es ist nur so ein komisches Gefühl, wenn man im Unguten auseinander geht und keine Möglichkeit hat, das zu klären«, entgegnete ich.

Lilli kicherte beschwipst. »So, so! Da hat sich wohl jemand verliebt? So ein komisches Gefühl.« Sie stimmte einen Uraltschlager an: »Dieses Kribbeln im Bauch«, bis Katharina, der die Situation sichtlich peinlich wurde, unterbrach.

»Reißt euch zusammen. Ihr bekommt doch nicht zum ersten Mal im Leben freie Getränke! Da müsst ihr nun wirklich nicht wie die Pauschaltouristen aufs Buffet stürzen, nur weil es gratis ist! Etwas mehr Klasse, wenn ich bitten darf!«

Ach, war Katharina anstrengend, seit sie nur noch Wasser trinken durfte!

Ich wandte mich Lilli zu. »Sehr witzig! Natürlich bin ich nicht verknallt in ihn. Ich bin gerade mal Leander losgeworden.

Mir liegt es nur schwer im Magen, mit jemandem, den ich mag, Unfrieden zu haben. Außerdem kann ich euch beruhigen. Er kann mich gut leiden, aber das war's dann auch.«

Beide lachten los. Katharina bemerkte: »Genau, und deshalb muss er Abstand gewinnen und Reißaus nehmen. Ihr passt wirklich gut zusammen. Die eine blind, der andere hat Scheuklappen auf.«

Nun musste ich den Cocktails Tribut zollen und mich dringend erleichtern.

Ich stakste auf die Toilette, wenn man den Prachtbau überhaupt so nennen konnte. In die Marmorhalle hätte locker eine Kleinfamilie einziehen können. Es gab keine Waschbecken, sondern schwarze Marmorschrägen, die in den Raum ragten. Das Wasser plätscherte in breiten Strahlen den Stein hinunter. Wenn man die Hände darunter hielt, tröpfelte laserbedient flüssige Seife, die nach Jasmin roch, über die Finger. Orchideen und die gängigsten Nobelparfüms waren geschmackvoll aufgestellt. Hier konnte man sich wirklich erfrischen.

Anstatt einer Klodame saß eine junge Asiatin in einem Separee und bot Handakupunkturmassagen an.

Kein schlechter Schuppen.

Gerade als ich das Örtchen verlassen wollte, sah ich eine bekannte Gestalt auf die Toilette zusteuern. Witta!

Das durfte nicht wahr sein! Die Stadt wurde eindeutig zu eng für uns beide!

Wir waren doch nicht in der Provinz, wo nur eine Dorfdisco zur Auswahl stand. Aber ich hätte mir auch denken können, dass sie eine exklusive Cluberöffnung nicht verpassen würde.

Ob Katharina und Lilli sie schon gesichtet hatten?

Auf keinen Fall wollte ich mit ihr zusammenstoßen. Ich machte kehrt und verschwand in einer der Kabinen. Die Füße reckte ich vorsichtshalber in die Höhe, nicht dass Witta mich an den Schuhen erkannte. Warum trug ich heute nur kein neues Paar! Na ja, wenigstens tat die Übung meinen Waden gut, und allzu lange konnte sich selbst eine eitle Witta Stadtheimer nicht frisch machen.

Sie kramte in ihrer Tasche und ich hörte, wie sie Puderdose und Lippenstift herauszog.

Dann spritzte sie sich mit einem süßlichen, viel zu schweren Parfüm ein. Ich roch deutlich »Poison« von Dior. Wie passend!

Ihr Handy klingelte. O nein! Wenn sie hier drin Empfang hatte, hatte ich den auch. Ich versuchte, unbemerkt in meine Tasche zu greifen und mein Handy auszuschalten.

Witta säuselte. »Hältst du es nicht eine Minute ohne mich aus? Oder willst du schnell nachkommen, du Schlingel, es ist niemand hier. Wir wären alleine.«

Es konnte sich nur um Leander handeln. Das hatte gefehlt, den beiden live auf der Toilette beim Quickie zuzuhören!

Anscheinend wollte Leander ausnahmsweise mal nicht ihren biegsamen Körper vögeln, denn Witta flüsterte erschrocken: »Was, die sind hier? Dann kann Pia auch nicht weit sein.«

Wenn sie ahnte, wie richtig sie mit dieser Annahme lag.

»Aber sie hat doch mit dir Schluss gemacht. Wieso sollen wir uns dann verstecken? Okay, ja, ich weiß, dass sie nicht doof ist. Also gut, ich nehme mir ein Taxi, und wir treffen uns später bei dir.«

Dass Witta dreist war, war nichts Neues, dass beide aber nicht einmal zwei Tage offizieller Trauerzeit anstandshalber vergehen lassen konnten vor ihrem ersten gemeinsamen Auftritt, fand ich bemerkenswert.

Vorsichtshalber wartete ich eine Weile ab, dann stahl ich mich zurück.

»Wo warst du denn so lange? Wir wollten dich gerade suchen gehen. Rate mal, wer gerade hier aufgekreuzt ist?«

Ich winkte ab. »Leander und Witta. Ich weiß. Witta war auf dem Klo und musste wegen mir türmen. Anweisung von Leander.«

Ich musste lachen. Wie war das gewesen? Man konnte das Leben immer als Komödie oder Tragödie sehen. Die Situation war einfach absurd, und Leander verlor immer mehr an Anziehung, vor allem wenn man seine hektischen, unsouveränen Manöver hautnah mitbekam.

Fast bemitleidete ich Witta. Sie steckte für ihren Platz an der Sonne einiges ein.

Es tat gut, den großen Leander Berglandt als das zu sehen, was er war. Ein eitler Fratz mit schlechtem Frauengeschmack.

Hoch die Tassen! Das musste gefeiert werden.

Unglaublich, wie schnell die Woche vergangen war! Es war Montag, und Max hatte sich immer noch nicht gemeldet.

Wenn ich versuchte, ihn zu erreichen, ging die Mailbox an. Nicht, dass ich mir Sorgen machte, schließlich war er ein großer Junge, und wenn jemand auf sich aufpassen konnte, dann er.

Nein, vielmehr war es langweilig ohne ihn und die Stimmung sehr viel spaßfreier im Verlag.

Vielleicht hatte er jemanden kennen gelernt oder ein neues Jobangebot. Bei einem Freischaffenden konnte man nie wissen.

Auch Vera vermisste Max schmerzlich.

»Was haben wir zu lachen, wenn Max da ist. Ach, und was haben wir erst anzuschauen!«

»Na, jetzt übertreib mal nicht. Wer weiß, vielleicht sonnt er sich gerade mit einer Urlaubsbekanntschaft am Strand«, konterte ich.

Vera musterte mich. »Das halte ich für ausgeschlossen. An Frauen war der in letzter Zeit nicht besonders interessiert.«

Leider hatte ich Einwände.

»Da muss ich dich enttäuschen. Ich habe ihn neulich besucht und fand ihn mit einem Mädel namens Bettina in eindeutiger Pose vor.«

Vera seufzte. »Ja, ich weiß. Mit der hat er was gehabt, um sich abzulenken. Er hat mir anvertraut, dass sein Herz für eine Frau schlägt, die verbandelt ist, und er darunter leidet, sich aber nichts anmerken lässt.«

Seltsam! Warum sollte Max das ausgerechnet Vera anvertrauen? So dicke waren die beiden nun auch nicht. Also fragte ich nach. Vera war es peinlich und sie wand sich vor einer Antwort.

»Vera, stell dich nicht so an. Du bist meine Assistentin. Wir haben keine Geheimnisse voreinander«, drängte ich.

»Also gut. Aber du musst schwören, es niemandem zu erzählen!« Ich schwor.

»Vielleicht hast du ja gemerkt, dass ich ihn gut finde. Und irgendwie hatte ich den Eindruck, dass er auch auf mich steht.«

Auwei, ich ahnte, was passiert war. Vera war auf den Blick, der log, hereingefallen!

»Das hat sich so hochgeschaukelt. Wir haben uns immer wieder Blicke zugeworfen und geflirtet, aber er wurde nie eindeutiger, also dachte ich, es wäre das Beste zu forcieren und habe ihn nach der Arbeit zu mir eingeladen. Er kam mit, und wir hatten einen super Abend. Alles lief wie geplant. Nachdem ich mir Mut angetrunken hatte, habe ich die Initiative übernommen und ihn einfach geküsst.« Sie war knallrot.

»Und dann?«, bohrte ich nach.

»Anfangs ist er darauf eingestiegen, doch dann hat er abrupt abgebrochen und gesagt, er könne das nicht.«

»Was konnte er nicht?«, wollte ich wissen.

»Na, weiter gehen. Er hat mir dann gestanden, sich in eine

andere verliebt zu haben, was aber ein aussichtsloses Unterfangen wäre, weil sie vergeben sei. Er würde zwar versuchen, sie sich aus dem Kopf zu schlagen, auch mit anderen Frauen, aber es würde nicht klappen. Wir haben die ganze Nacht geredet und beschlossen, niemandem von dem Vorfall zu erzählen.«

Das gab's doch gar nicht! Da geschahen die spannendsten Dinge vor meinen Augen, und ich bemerkte es nicht!

Vera war bereits wieder an ihrem Platz, als ich sie rief.

Sie steckte den Kopf durch die Tür. »Was ist denn?«

»Wie küsst Max eigentlich?«, fragte ich neugierig.

Sie verdrehte die Augen und seufzte. »Er küsst genauso, wie er aussieht. Unverschämt. Unverschämt gut.«

Mein Telefon klingelte.

»Du musst sofort in die Haydnstraße kommen.« Es war Katharina.

»Warum flüsterst du denn?«, fragte ich erstaunt.

»Frag nicht so doof und komm. Ich sitze in einem Café namens Casper, das ist ... Moment ... Nummer 22.« Sie hatte aufgelegt.

Es würde doch nichts mit ihrem Baby passiert sein!

Schnell rannte ich zu meinem Auto und raste in die Haydnstraße, stellte meine Schüssel im Halteverbot ab und eilte in besagtes Café.

Katharina saß seelenruhig auf einem Sofa mit einem Kännchen Tee vor sich.

»Spinnst du, mich so zu erschrecken? Ich dachte schon, es sei was passiert!«, herrschte ich sie an.

»Setz dich und sei ruhig. Siehst du das große Gebäude gegenüber?«

Ich blickte auf die andere Straßenseite und nickte.

»Das ist eine Klinik, und zwar nicht irgendeine Klinik«, klärte sie mich auf. »Und rate mal, wer da gerade hineinging.«

Ich zuckte mit den Achseln. »Keine Ahnung. Ist es eine Schönheitsklinik und Leander und Witta sind zum Doppellifting eingetragen?« Langsam riss mir der Geduldsfaden.

Katharina zog entnervt die Augenbrauen hoch. »Das ist eine Privatklinik für künstliche Befruchtung. Und vor einer halben Stunde ist Leonie Windler reingehuscht.«

Ich war baff. »Woher weißt du das?«, fragte ich nach.

Katharina genoss meinen überraschten Gesichtsausdruck. »Na, ich habe sie natürlich beschatten lassen.«

»Du hast was?«, schrie ich laut auf.

»Psst. Nachdem du und Max die Sache vergeigt habt, musste ich doch etwas unternehmen, oder hast du im Ernst geglaubt, ich würde Leander einfach so davonkommen lassen? Ich sagte, dass ich es auf meine Weise regeln werde. Und dass Leonie der Schlüssel zu seinem kleinen Geheimnis ist, ist doch klar. Also habe ich einen Privatdetektiv angeheuert. Bisher gab es nichts Spannendes zu berichten, aber dieser Besuch heute riecht nach Aufregung.«

Ich konnte es nicht fassen. »Hast du nichts Besseres zu tun?«

»Wie du weißt, eigentlich nicht«, antwortete sie leicht säuerlich.

»Aber was macht denn Leonie in einer Klinik für künstliche Befruchtung und dann auch noch ohne ihren Freund?«, überlegte ich laut.

»Genau das habe ich mich auch gefragt«, stimmte Katharina zu. »Und das werden wir sie gleich mal fragen, Pia. Sie ist bestimmt in einer labilen Verfassung und redefreudig.«

»Du bist geschmacklos«. Ich schüttelte den Kopf.

»Aber effizient«, konterte sie. Eine Katharina von Steinbeck hatte immer das letzte Wort.

Seit einer geschlagenen Stunde warteten wir unauffällig vor dem Eingang der Klinik, soweit man eben unauffällig mit einer Katharina von Steinbeck sein kann.

Sie hatte ihre eigene Theorie aufgestellt.

»Weißt du, Pia, das hier scheint ihr schwacher Punkt zu sein, und wenn wir sie erst einmal dazu bringen, darüber zu sprechen, rückt sie sicher auch mit der Geschichte von Leander raus. Du wirst sehen, es hat einen Grund, dass sie ohne ihren Freund da ist, und da braucht sie doch erst recht jemanden, dem sie sich anvertrauen kann. Da sind Fremde manchmal besser als enge Freunde.«

Gerade als ich Katharina vorschlagen wollte, uns wieder ins Casper zu setzen, sah ich Leonie Windler vor dem Portal. Sie wirkte mitgenommen und hatte gerötete Augen.

Katharina zwickte mich aufgeregt in den Arm. Leonie ging geradewegs auf uns zu, ohne mich wahrzunehmen.

»Leonie, was machen Sie denn hier?«, rief ich.

Sie blickte mich argwöhnisch an. »Das Gleiche wollte ich Sie auch gerade fragen!«

»Ja, das ist ja wirklich ein Zufall! Kaum zu glauben! Das ist meine Freundin Katharina. Wir waren im Casper und haben uns auf einen Kaffee getroffen«, leitete ich das Gespräch ein.

Katharina und Leonie machten sich bekannt.

»Wir könnten doch kurz auf einen Kaffee gehen, wo wir uns schon getroffen haben«, schlug ich vor.

Leonie zögerte. »Eigentlich wollte ich nach Hause. Ich fühle mich nicht so gut.«

»Dann wird Ihnen ein Kaffee erst recht gut tun«, drängte ich sie.

Widerwillig stimmte sie zu.

Wir gingen ins Casper und setzten uns in ein Séparée.

Nachdem die Bedienung drei Latte Macciato gebracht hatte,

begann ich, Leonie auf den Zahn zu fühlen. Ich fühlte mich nicht sehr wohl dabei, denn sie sah wie ein Häufchen Elend aus.

Erst sprachen wir über Belangloses. Leonie wirkte abwesend und lächelte höflich zu unserem Gespräch. Katharinas Tritte unter dem Tisch wurden penetranter.

Ich wagte einen Vorstoß.

»Was haben Sie eigentlich in dieser Klinik gemacht? Sie sind doch hoffentlich nicht krank?«

Leonie schüttelte den Kopf. »Nein, ich bin ich nicht krank, zumindest nicht akut. Ich wollte mich nur informieren.«

»Aber das ist doch eine Klinik für künstliche Befruchtung?« Ich sah sie fragend an.

»Ich möchte nicht darüber sprechen«, erwiderte Leonie und begann zu zittern.

Ich warf Katharina einen Blick zu und gab ihr ein Zeichen, es dabei zu belassen.

Doch Katharina dachte nicht daran.

Sie nahm Leonies Hand und sagte Vertrauen erweckend:

»Keine Sorge. Wir können schweigen. Wir sind unter uns, Sie müssen keine Scheu haben. Das ist sicher sehr schwer für Sie.« Super! Genau in die Kerbe!

Leonie liefen Tränen über die Wangen. Ich kannte das Gefühl, wenn man kurz davor steht zu weinen, sich zusammenreißt und dann irgendjemand so nett oder verständnisvoll zu einem ist, dass man die Fassung verliert und nichts dagegen ausrichten kann.

Katharina lächelte sie an. »Vielleicht sollten Sie sich Luft machen. Es hilft sicher, wenn Sie darüber sprechen.«

Leonie schniefte. »Ich weiß nicht, ob ich Kinder bekommen kann.«

Katharina nahm sie in den Arm und zum ersten Mal konnte ich sie mir als Mutter vorstellen.

»Wer sagt denn so was? Das kann doch gar nicht sein, so ein

bezauberndes Geschöpf, wie Sie es sind, muss sich fortpflanzen. Das hat die Natur bestimmt gewollt.«

Leonie wischte sich mit dem Handrücken über die Nase. »Mein Freund und ich versuchen bereits seit zwei Jahren Kinder zu bekommen. Jedoch ohne Erfolg. Wir haben schon alles versucht.«

Katharina schüttelte den Kopf. »Und jetzt denken Sie, das liegt an Ihnen, oder weshalb sind Sie ohne Ihren Freund in die Klinik?«

»Weil ich genau weiß, dass es an mir liegt und nicht an ihm«, flüsterte sie.

»Hat er sich denn testen lassen?«, fragte ich vorsichtig nach.

Leonie verneinte. »Das muss er auch nicht. Es liegt an mir.«

»Solange er sich nicht hat testen lassen, können Sie das gar nicht wissen«, versuchte Katharina Leonie zu beruhigen.

Doch sie war sich ihrer Sache sicher.

Aber wenn sie sich so sicher war, weshalb hatte sie ihren Freund zu diesem Termin nicht mitgenommen? Auf mich hatte er sehr liebevoll und verständnisvoll gewirkt. Auf meine Frage zuckte sie zusammen.

»Er weiß hiervon nichts, und er darf es auch nicht erfahren.«

»Wieso denn nicht? Es ist doch auch sein Problem. Es ist nicht gut bei einer so entscheidenden Angelegenheit, nicht offen zu sein. Er sollte hier sein und Sie unterstützen«, bemerkte Katharina.

»Das würde er auch sicher machen, aber ich will es nicht«, antwortete Leonie trotzig.

»Also, ich verstehe das nicht. Sie wirkten beide so vertraut und liebevoll miteinander«, wagte ich einzuwenden.

»Das kann außer mir niemand verstehen«, antwortete sie.

Katharina warf mir einen viel sagenden Blick zu, bevor sie Leonie an beiden Händen nahm und ihr in die Augen sah.

»Sie quälen sich doch. Lassen Sie es raus. Oft tut es gerade gut, mit jemand Fremdem zu sprechen, der nicht involviert ist.«

Sie schien zu wanken.

»Vielleicht haben Sie Recht, aber ausgerechnet Ihnen beiden kann ich es nicht sagen.«

Jetzt verstand ich gar nichts mehr. Was hatten wir mit ihrem Problem zu tun?

Katharina war ebenfalls erstaunt. »Das müssen Sie mir jetzt aber erklären.«

Sie blickte erst mich und dann Katharina an.

»Ich kann es Ihnen nicht sagen, weil es mit Leander zu tun hat.«

Bitte? Das wurde ja immer abstruser!

Katharina wandte sich mir zu. »Pia, ich glaube, es wird Zeit, dass du Leonie sagst, in welchem Verhältnis du zu Leander Berglandt stehst.«

Sie hatte Recht. Zu verlieren hatte ich nichts. Also begann ich von meiner Scheinbeziehung mit Leander zu erzählen, wie ich ihn ausgerechnet mit Witta ertappt hatte und ich seither versuchte herauszufinden, weshalb er mich benutzte.

Sie lachte bitter auf. »Das wundert mich überhaupt nicht. So kenne ich Leander Berglandt, den Liebling der Nation. Da sind Sie noch gut davongekommen.«

»Ach, ich finde, es reicht. Es ist kein besonders erhebendes Gefühl, hintergangen zu werden, ausgerechnet von dem Mann, von dem man glaubt, er würde der Vater meiner ungeborenen Kinder werden.«

Sie nickte.

Katharina legte die Karten auf den Tisch. »Wenn wir schon offen sind, will ich ganz ehrlich zu Ihnen sein. Es ist kein Zufall, dass wir Ihnen hier begegnet sind. Wir wussten, dass Sie hier sein würden, und Pias Recherchen haben ergeben, dass Sie die

Einzige sind, die uns bei Leanders Vergangenheit weiterhelfen kann. Deshalb sind wir auch auf Sie angewiesen.«

»Warum sprechen Sie so verbittert über ihn?«, hakte ich nach.

Sie sah uns lange schweigend an.

»Der Grund, weshalb ich nichts zu Leanders Biografie sagen wollte, war, dass ich Angst hatte, ich könnte in irgendeiner Form erwähnt werden und jemand würde auf mich aufmerksam werden und in der Vergangenheit wühlen. Und die wollte ich ruhen lassen. Sie wissen ja, dass ich als junges Mädchen Leander kennen gelernt habe. Ich meinte ihn so zu lieben, dass ich einfach alles für ihn getan hätte. Anfangs war es märchenhaft, und für mich war klar, dass wir immer zusammenbleiben würden. Dann sprach er öfter von einer Annegret, die es gewagt hatte, ihn sitzen zu lassen, und dass sie schon sehen würde, was sie davon hatte.

Nach einigen Monaten wurde ich schwanger. Ja, ich weiß, wie dumm ich war und es keine Entschuldigung ist, dass ich erst 17 war. Aber ich hatte mir in meinem jugendlichen Eifer so sehr ein Kind von ihm gewünscht und fest damit gerechnet, dass er zu dem Kind stehen und es uns für immer verbinden würde. Als ich ihm überglücklich von der Schwangerschaft erzählte, rastete er völlig aus. So hatte ich ihn noch nie erlebt. Er schüttelte mich und schrie, ob ich ihn ruinieren wollte. Er könne seine Karriere gleich an den Nagel hängen. Ob ich im Ernst glaubte, dass man ihm Angebote machen würde, wenn herauskäme, dass er einen Teenager geschwängert habe. Er sagte tatsächlich ›Teenager‹. Dass er mich so sah, hatte er mich davor nie spüren lassen.

Ich schrie verzweifelt, dass ich das Baby behalten würde.

Als er merkte, dass ich es ernst meinte, wurde er ruhig und bekam wieder sein einschmeichelndes Wesen. Er sprach auf mich ein, dass wir noch so viel gemeinsam vorhätten und ein

Kind nur im Wege stehen würde und dass ich in einigen Jahren so viele Kinder haben könnte, wie ich wollte.

Ich war bereits im dritten Monat, weil ich abgewartet hatte, bis es sicher war und nichts mehr passieren konnte.

Ihm dämmerte, dass es höchste Zeit wurde, und so drängte er mich, abzutreiben. Unter Druck gesetzt und mit der Angst, ihn zu verlieren, ließ ich mich zu einem Abbruch überreden, was an sich schlimm genug war. Aber Leander war schon immer Perfektionist. Er befürchtete, man könne sich an ihn erinnern, und so fuhr er mit mir zu einem Freund, der Medizin studierte und sein AIP in Gynäkologie absolviert hatte. Als Arzt zugelassen war sein Freund noch nicht, und das Ganze war eine illegale Aktion. Mir ging es danach sehr schlecht, heute würde ich sagen, dass es eine Depression war. Wochenlang lag ich flach und durfte niemandem davon erzählen. Als es mir besser ging, verließ mich Leander. Er besaß die Frechheit zu behaupten, es sei etwas kaputt gegangen. Unsere Beziehung habe ihre Unschuld verloren. Kurze Zeit später legte er einen kometenhaften Aufstieg hin. Ich traf ihn zufällig in einem Club. Als ich sah, wie er selbstgefällig auf einem Sofa lümmelte, sorgenfrei und mit einer Schickse im Arm, wurde ich wütend. Ich bin hin und habe ihn angeschrien. Er zog mich zur Seite und meinte, falls ich es je wagen würde, über diese Geschichte ein Wort zu verlieren, würde ich das sehr bereuen, da ich ein Niemand sei und mir auch niemand glauben würde. Er habe Mittel und Wege, mich bloßzustellen. Meine Eltern wären sicher nicht erpicht darauf, meinen Namen in den Schmutz gezogen zu sehen. Ich ging und verdrängte die Sache für eine lange Zeit. Aber seit ich mit meinem Freund zusammen bin und wir uns Kinder wünschen, ist alles wieder aufgebrochen. Ich befürchte, dass ich seit diesem Eingriff keine Kinder bekommen kann, weil ich eine psychische Blockade habe. Deshalb hatte ich heute einen Termin in der Klinik. Aber ich habe es nicht bis ins Arztzimmer geschafft, sondern bin stattdessen in der Klinik ewig auf und ab gegangen.«

Katharina und ich waren sprachlos. Wir sahen uns entsetzt an.

Damit hatte niemand rechnen können.

Katharina streichelte beruhigend ihre Hand. »Jetzt ist es raus. Geht es Ihnen besser?«

Leonie nickte, endlich war sie ihr Geheimnis losgeworden, das sie jahrelang mit sich herumgeschleppt hatte. Ich sah sie an und konnte mir deutlich vorstellen, wie sie als 17-jährige gewesen war. Umwerfend hübsch, viel zu lieb und naiv. Eine schlechte Kombination, wenn man an jemanden wie Leander geriet, der das ausnutzte.

Wir versprachen, ihr Geheimnis für uns zu behalten.

Insgeheim schwor ich Rache! Dafür würde Leander büßen.

Während ich meinen Gedanken nachhing, versuchte Katharina, Leonie davon zu überzeugen, sich ihrem Freund anzuvertrauen. Es würde ihr gut tun, ihren Freund im Rücken zu wissen.

Wir boten an, sie zu ihrem nächsten Termin zu begleiten, falls sie bis dahin nicht mit ihrem Freund gesprochen hatte.

Nachdem Leonie sich gefangen hatte, fuhren wir sie nach Hause und versprachen, in Kontakt zu bleiben.

Auf dem Rückweg war Katharina ungewohnt nachdenklich und strich sich gedankenverloren über den Bauch.

Ich setzte sie ab und fuhr direkt nach Hause. Heute würde ich mich nicht mehr konzentrieren können.

Ich kochte Pasta, legte mich vor die Glotze und dachte über alles nach.

Jetzt wo Leanders Geheimnis gelüftet war, hätte ich mich eigentlich triumphal fühlen müssen. Stattdessen war ich nur angeekelt und dachte an Leonie, deren Leben durch Leander zerstört worden war.

Leander hatte mit einem Schlag alles Strahlende verloren.

Ich wollte so schnell wie möglich dieses Buch beenden und nie wieder mit ihm zu tun haben.

Vorher würden wir abrechnen.

Und ich wusste auch schon wie.

Am nächsten Morgen war ich früh im Büro. Ich wollte vorankommen.

Im Verlag braute ich mir erst einmal einen Kaffee.

Es war noch alles ruhig, ich war die Erste.

Als ich an meinen Platz ging, sah ich einen Laptop auf dem Schreibtisch vor meinem Büro.

Max war wieder da!

Mein Herz schlug schneller. Hoffentlich war er nicht mehr sauer. Ich wollte endlich dieses Missverständnis aus der Welt schaffen.

Plötzlich hörte ich Max sagen: »Was machst du denn so früh hier?«

Er hatte die ganze Zeit hinter mir gestanden.

Ich fuhr herum. Ein braun gebrannter, erholt aussehender Max blickte mich an.

Sein Gesichtsausdruck verriet nicht im Geringsten, ob er noch sauer war.

»Sind wir wieder Freunde?«, fragte ich unsicher.

»Lass mich mal überlegen. Ja, ich glaube schon«, entgegnete er wesentlich freundlicher.

»Ich bin so froh und mir tut es so Leid, wie das abgelaufen ist. Ich habe nur an mich gedacht!«, sprudelte es aus mir hervor.

»Zum Streiten gehören aber immer zwei, oder nicht? Vielleicht war ich ignorant und habe mich nicht in dich hineinversetzt. Oder vielleicht war ich einfach krank und brauchte eine Auszeit«, bemerkte Max.

Erleichtert fiel ich ihm um den Hals.

Es war alles wieder in Ordnung.

»Du kommst gerade rechtzeitig. Es ist viel passiert, als du weg warst. Wo bist du überhaupt gewesen?«, fragte ich neugierig.

»Wir haben ein Haus am Meer und dort war ich einige Tage segeln. Das wurde schnell langweilig und mir war klar, dass du alleine nicht zurechtkommst.« Er zwinkerte mir zu.

Diesen Kommentar überging ich geflissentlich.

Ich ließ ihn schwören, niemandem etwas zu sagen, und weihte ihn dann in Leonies Beichte ein.

Er war ebenso entsetzt, wie ich es gewesen war.

»Das ist unterstes Niveau. Schlimmer, das ist schon kriminell. Der hat ja gar keine Skrupel. Die Arme!«

Ich nickte. »Wir müssen Leonie schützen und schauen, wie wir mit Leander abrechnen, ohne dass sie noch mehr Probleme bekommt. Das bedeutet, wir können die Geschichte unter gar keinen Umständen veröffentlichen, aber ich hab da so 'ne Idee.«

»Das war ja klar, dass du schon 'ne Idee hast. Was willst du denn machen?«, fragte Max.

»Was braucht Leander momentan am dringendsten?«, erwiderte ich.

»Eine Tracht Prügel?« Max grinste mich an.

»Geld und gute Publicity. Zumindest eines können wir beeinflussen«, bemerkte ich.

»Wie willst du das denn beeinflussen?«, erwiderte er verdutzt.

»Ganz einfach«, sagte ich und legte ihm meinen Plan dar.

»Wir werden Leander klarmachen, dass er, wenn er eine Biografie ohne das Kapitel Leonie Windler haben möchte, bezahlen muss. Er wird uns seine Prozente am Buch abtreten und einen kleinen Scheck aus seinem Privatvermögen drauflegen. Da wird er am meisten bluten, denn seine Karriere und vor allem Geld scheinen seine einzigen verwundbaren Punkte zu sein. Wenn ich daran denke, wie wichtig ihm alle seine Statussymbole sind und wie er ausgerastet ist, weil er diesen lukrativen Werbevertrag nicht annehmen konnte. Inzwischen bin ich auch der festen Ansicht, dass er nicht verheiratet ist, weil er die pekuniäre Paranoia hat. Es gibt einiges, was man mit seinem Geld wieder gutmachen könnte. Auf alle Fälle kenne ich mehr sinnvolle Verwendungszwecke als Witta ein neues Collier um den Hals zu legen.«

»Nicht schlecht, Frau Mohnhaupt! Eine kleine Erpressung aus dem Ärmel geschüttelt! Hut ab! Aber da Leander mit allen Wassern gewaschen ist, weiß ich nicht, ob er sich darauf einlässt. Hast du denn Zeugen? Wenn nicht, steht seine Aussage gegen Leonies. Und du weißt selber, wie viele Irre da draußen behaupten, mit Leander ein Verhältnis gehabt zu haben«, sagte Max.

»Wer weiß? Vielleicht sind die gar nicht alle irre. Wundern würde mich nichts mehr! Aber du hast Recht, ich habe auch schon daran gedacht. Deshalb will ich Herbert einschalten.«

Max sah mich verständnislos an. »Herbert? Was soll der denn bei dieser Angelegenheit? Seine Tabletten Leander in den Drink mixen?«

»Nein. Herbert ist im Job knallhart und super professionell. Der kennt sich mit Verhandlungsstrategien, Finanzen und Verträgen aus. Er ist nicht umsonst so erfolgreich«, klärte ich Max auf.

»Aha. Und wie willst du vorgehen?«

Auch das hatte ich mir überlegt. »Mein nächster Termin mit Leander ist in zwei Wochen. Ich werde Herbert bitten, an dieser lauschigen Unterredung teilzunehmen.«

Max fand die Idee gut, obwohl er die Lösung mit der Tracht Prügel favorisierte. Was war ich froh, ihn wieder an meiner Seite zu wissen! Allerdings hätte mich schon interessiert, wer die geheimnisvolle Angebetete war, in die er unglücklich verliebt war. Wahrscheinlich ein Model, das er bei einem seiner Fotojobs kennen gelernt hatte.

Der Tag verging wie im Flug. Ich telefonierte mit Leonie, die sich noch nicht durchgerungen hatte, mit ihrem Freund zu sprechen. Wäre auch ein bisschen schnell gewesen. Ich erzählte ihr, was ich vorhatte, und bat sie einzuwilligen.

Sie zögerte.

»Leonie, was soll Ihnen denn passieren! Er wird doch nie im Leben diese Sache publik machen und sich selbst belasten? Es wird Zeit, dass Sie sich Ihrer Angst stellen und sich nicht mehr von der Vergangenheit gängeln lassen.«

Sie versprach, es sich zu überlegen.

Jetzt musste ich nur noch Herbert einweihen. Sein Handy war jedoch ausgeschaltet und so rief ich bei den von Steinbecks an. Katharina hob ab.

»Pia, es ist gerade unpassend. Wir haben ein Familiengespräch. Ich rufe dich später zurück.«

Komisch, was war denn los? Katharina hatte gar nichts davon erwähnt. Vielleicht hatten sich die von Steinbecks zu einer Gruppentherapie entschlossen. Billiger wäre es allemal.

Max steckte den Kopf zur Tür herein. »Hast du Lust, essen zu gehen?«

Mein Magen grummelte zustimmend, und ich packte meine Sachen zusammen.

»In welches Restaurant gehen wir denn?«, fragte ich.

Max grinste. »Wir gehen in kein Restaurant, sondern an die frische Luft.«

Bei Feinkost Böhm besorgte Max Antipasti, Baguette und

Wein, wollte aber immer noch partout nicht verraten, wo es hinging.

Wir fuhren aus der Stadt raus und einen Berg hoch. Oben angekommen, hielten wir an einer Lichtung mit atemberaubendem Ausblick. Es gab keinen Parkplatz oder Fußgängerweg.

Wir waren allein.

»Ja, da staunst du! Ist das nicht ein toller Fleck? Und nein, keine Sorge, ich schleppe hier keine Frauen ab. Hier bin ich, wenn ich die Stadt satt habe und frische Luft brauche.« Er holte mehrere Decken aus dem Auto. Eine breitete er aus und stellte das Essen drauf.

Es war zwar ein wunderschöner goldener Oktober, aber abends sanken die Temperaturen. Max reichte mir eine Decke zum Einwickeln, und wir ließen es uns mit Blick auf die eingefärbten Wälder und die Stadt schmecken.

Als es anfing zu dämmern und leichter Nebel aufstieg, flüsterte Max: »So, jetzt müssen wir leise sein. Ich will dir was zeigen.« Und richtig, nach einiger Zeit schlichen zwei Füchse gemächlich vorbei, ohne weiter Kenntnis von uns zu nehmen. Als es dunkler wurde, sprangen einige Rehe vorbei. Eines blieb sogar stehen und graste direkt vor unseren Augen. Was für eine märchenhafte Kulisse nicht weit entfernt vom Großstadtlärm! Leider wurde es zu kalt, um länger im Gras zu sitzen.

Wir standen auf und packten zusammen. Die Lichter der Stadt funkelten herauf, und auch wenn der Atem schon Wölkchen bildete, war es ein wunderschöner Moment.

»Ich hätte Lust zu tanzen«, sagte ich.

Max überlegte. »Ich schaue mal, was ich an Musik im Auto habe. Wie wär's mit Scooter?«

Sehr witzig!

Max stöberte in seinen Kassetten.

»Ich glaube, ich hab was gefunden. Ein echter Klassiker. Hör mal!«, rief er aus dem Auto. »You to me are everything« von den Four Seasons.

Den Song hatte ich ewig nicht mehr gehört. Wir sangen beide lauthals mit und tanzten erst alleine, doch dann nahm Max mich an den Händen und wirbelte mich gekonnt herum. Das machte Spaß! Von wegen Naturschutz!

Außer Puste ließen wir uns in die Autositze fallen. Wir schauten uns an und plötzlich hatte ich ein Kribbeln im Bauch. Ich war verwirrt. War ich mal wieder betrunken, ohne es bemerkt zu haben? Aber ich hatte nur zwei Gläser intus.

Es entstand diese knisternde Stille, kurz bevor man sich küsst.

Max drehte den Schlüssel ins Schloss. »Es ist schon spät. Ich fahre dich nach Hause.«

Hatte ich mir dieses Knistern nur eingebildet? War ich durch Leander so mitgenommen, dass ich ein dankbares Opfer war und jede nett gemeinte Geste anders deutete?

Zu Hause angekommen sah ich meinen AB blinken.

Katharina bat mich mit freudiger Stimme um Rückruf.

Es war bereits nach Mitternacht.

Sie nahm putzmunter den Hörer ab: »Pia! Endlich rufst du zurück. Ich wollte dir dringend etwas sagen: Ich habe meiner Familie heute meine Schwangerschaft gestanden.«

Was war bloß in Katharina gefahren?

»Du hast was? Wie kommst du denn zu dieser vernünftigen Einsicht?«, wollte ich wissen.

»Das Gespräch mit Leonie hat mir zu denken gegeben. Mir ist bewusst geworden, dass ich mich saublöd angestellt habe. Wenn man denkt, dass ich mich mit Anfang 30 kindischer benommen habe als ein Teenager! Ich sollte froh und glücklich sein, in welch privilegierter Lage ich mich befinde. Finanziell abgesichert, gesund und es gibt keine Komplikationen. Na gut, mein mustergültiges Leben bekommt eine Zäsur, aber eigentlich macht mich das nur interessanter. Außerdem kann ich ein Geheimnis daraus machen, wer der Vater des Kindes ist.« Das passte zu ihr.

»Wie haben denn deine Eltern und Herbert reagiert?«, fragte ich.

»Großartig! Sie waren anfangs nicht sehr erfreut, dass ich den Vater des Kindes verschweigen wollte, aber inzwischen sind sie furchtbar aufgeregt und freuen sich, Großeltern zu werden. Sie sind schon auf Namenssuche, und meine Mutter hat gleich meine Babyfotos und Strampelanzüge geholt. Herbert will natürlich Patenonkel werden, wenn das Kind schon ohne den eigenen Vater aufwächst.« Katharina war aufgekratzt.

»Na, da bin ich erleichtert. Die Vorstellung deiner Russlandmission war mir die ganze Zeit über ein Dorn im Auge«, ließ ich sie wissen.

»Pia, als ob ich das tatsächlich gemacht hätte!«

Nein, natürlich nicht. Wie kam ich nur auf so eine absurde Idee? Sollte mir recht sein. Endlich mussten Lilli und ich nicht mehr die Verantwortung tragen, und man konnte offen darüber sprechen. Katharina war viel gelöster. Zum ersten Mal erlebte ich, dass sie euphorisch über ihre Schwangerschaft und das Kind sprach. Sie war kaum zu bremsen.

Als sie aufgelegt hatte, rief ich Lilli an.

Sie war bereits von Katharina unterrichtet worden und ebenfalls erleichtert.

»Oh, Pia, ich sag's dir: Ich bin so froh! Mich hat ihre geheime Schwangerschaft belastet. Überleg dir mal, ihr wäre was passiert, wir nicht zur Stelle und keiner hätte gewusst, was mit ihr los ist. Aber das Treffen mit dieser Leonie war wohl sehr heilsam. Typisch Katharina. Da hat es in ihr gebrodelt und klick gemacht, und plötzlich stellt sie uns vor vollendete Tatsachen. Na ja, dieses Mal hat es wenigstens in die richtige Richtung geklickt. Aber die Angelegenheit mit Leonie ist ja furchtbar. Ihr müsst etwas unternehmen.«

Ich erzählte ihr von Max' und meinem Vorhaben und sie fand es nur gerecht.

»Apropos Max. Habt ihr euch versöhnt?«, fragte Lilli betont unauffällig.

Ich wurde die Geschichte von unserer Versöhnung und dem Picknick bis hin zu dem kribbelnden Augenblick im Auto los.

Lilli kreischte: »Siehst du! Was habe ich dir gesagt! Mein Instinkt trügt nie!«

Ich hätte aus dem Stegreif hundert Gegenbeispiele für Lillis untrüglichen Instinkt aufzählen können.

»Was ist er denn für ein Sternzeichen?«, fragte sie.

Ich überlegte. »Er hat Ende Mai Geburtstag.«

»Ein Zwilling!«, rief Lilli noch aufgeregter.

»Ist das gut oder schlecht?«, wollte ich wissen.

»Sagen wir so. Eigentlich gibt es nur zwei Sorten von Männern, an denen man sich die Zähne ausbeißen kann. Skorpion oder Zwilling. Der Skorpion, weil er so extrem ist, wie du am eigenen Leib erfahren durftest. Wenn ein Skorpion ein toller Kerl ist, ist er atemberaubend, und wenn er ein fieser ist, dementsprechend eben auch extrem fies. Skorpione sind nicht immer leicht zu händeln, weil sie ihre Kanten ausleben und keine Kompromisse eingehen. Während der Skorpion mysteriös, geheimnisvoll ist und bei Menschen genau ihre Schwachpunkte spürt, ist der Zwilling ein Luftzeichen und nicht fassbar. Er ist der kommunikativste, spritzigste Freigeist auf der einen Seite, schnell gelangweilt und mit Hang zum Doppelleben oder den zwei Gesichtern auf der anderen Seite, deshalb auch Zwilling. Er ist sozusagen der Schmetterling unter den Tierkreiszeichen, immer in Bewegung, auf der Suche nach neuen interessanteren Dingen. Man könnte ihn leicht als oberflächlich abstempeln, wenn da sein zweites Gesicht nicht wäre, das allerdings nur wenige Menschen zu sehen bekommen.« Lilli war in ihrem Element.

»Was heißt das im Klartext?«, wollte ich wissen.

»In deinem Fall ist es gut, denn du bist Waage und damit auch ein Luftzeichen. Du kannst dem Zwilling das Wasser reichen oder ihn sogar fassen. Das gelingt sonst nur noch dem Wassermann und ab und zu dem Schützen.« Lilli war guter Dinge.

»Passt Sebastian eigentlich zu dir?«, fragte ich nach.

»Nee, überhaupt nicht. Ich bin Krebs und er ist Jungfrau. Aber sein Aszendent ist Fisch und mein Mond steht im Stier, von daher passt es wieder.« Ich war überfordert und wechselte das Thema.

Als ich im Bett lag, ging mir immer wieder der Moment im Auto mit Max durch den Kopf. Hatte da wirklich etwas in der Luft gelegen?

»Ach was«, schalt ich mich. »Von einem Reinfall zum nächsten, dafür hast du ja das richtige Händchen, Frau Mohnhaupt. Max ist in eine andere verliebt. Und jetzt wird geschlafen!«, befahl ich mir.

sieben

Die nächsten Tage gingen mit geschäftigem Treiben an der verhassten Leander-Biografie vorbei. Ich zwang mich, meine persönliche Abneigung zu zügeln. Jedes verkaufte Buch wird ihn schmerzen, sagte ich mir. Nur noch zwei Kapitel, dann hatte der Spuk ein Ende. Die Marketingabteilung begann bereits die Werbetrommel zu rühren.

Ich redigierte, als Vera mit Max im Schlepptau in mein Büro stürzte.

»Du glaubst nicht, was wir hier haben!«, rief sie und wedelte aufgeregt mit einigen Zeitschriften in der Hand.

Sie streckte mir die Gala entgegen. Auf dem Titelfoto lächelten mir Leander und Witta entgegen. Die Schlagzeile lautete: »Leander Berglandts neue große Liebe.«

Witta war endlich da angekommen, wo sie immer hingewollt hatte.

Auf der Bunten und der Bild hatten sie es ebenfalls aufs Cover geschafft.

Schnell schlugen wir auf und durften ihre rührende Liebesgeschichte lesen.

Von Liebe auf den ersten Blick und Seelenverwandtschaft war da die Rede. Na, dann viel Spaß mit diesen beiden sympathischen Seelen.

»Witta Stadtheimer, 27 Jahre, arbeitet im Devisenbereich einer Bank und nebenberuflich als Model.«

Ha, von wegen modeln! Sie durfte bei einer gemeinsamen Bekannten, die ihres Zeichens Boutiquebesitzerin war, einmal im Jahr bei einer Modenschau mitlaufen. Und die erlogenen 27 Jahre nahm ihr auch keiner ab, trotz des Weichzeichners.

»*Die beiden sind sich sicher, dass es die ganz große Liebe ist. Leander Berglandt, der gerade verlassen wurde, vergaß schnell seinen Kummer, als er auf die bezaubernde Witta traf.*

›*Wir waren uns bereits das ein oder andere Mal begegnet, aber ich war damals noch gebunden. Nachdem ich verlassen wurde, war der Weg für ein neues Glück frei.*‹ *Auf die Nachfrage, wie man denn auf die Idee kommen kann, einen Leander Berglandt zu verlassen, antwortet Witta, die neue Frau an seiner Seite:* ›*Wissen Sie, viele stellen sich das zu einfach vor. Aber es gehört schon einiges an Geduld und Selbstbewusstsein dazu, um es an der Seite eines Leander Berglandt auszuhalten. Man sollte wissen, dass man ihn immer mit der Öffentlichkeit teilen wird. Und man muss sich auch zurücknehmen können und damit fertig werden, im Hintergrund zu stehen.*‹« Genau, im Hintergrund stehen, Witta! Etwa, indem man sich freiwillig auf allen Covern ablichten ließ?

»Oh, Gott!«, stöhnte Max. »Hört euch das an! ›*Aber ich habe kein Problem damit, auch mal zurückzustecken. Wissen Sie, das lernt man alles in einer guten Ehe, und ich war ja fünf Jahre verheiratet, bevor mein Mann verstarb.*‹ *Leander sieht sie an und streicht ihr zärtlich über die leicht gebräunte Haut.* ›*Seit ihrem verstorbenen Mann hat Witta keine Beziehung mehr gehabt. Können Sie sich das vorstellen? Eine Frau wie sie!*‹ *Witta winkt ab und sagt dann leise, fast schüchtern:* ›*Es reichte vor dir eben keiner an ihn heran.*‹«

Wir mussten kollektiv würgen! Wenn es etwas gab, das Witta nicht war, dann schüchtern. Max wollte gerade weiter lesen, da klingelten mein Telefon und Handy gleichzeitig Sturm. Ich konnte mir schon denken, wer das war. Die üblichen Verdächtigen: meine Mutter, Lilli oder Katharina.

Ich ging ans Handy. Es war Lilli. Sie verschluckte sich fast vor Aufregung.

»Hast du heute schon eine Zeitung in der Hand gehabt?«

»Ja, Lilli, ich lese mich gerade durch die Romanze des Jahres, und mir kam schon das Kotzen«, ließ ich sie wissen.

Lilli war immer noch aufgeregt.

»Pia, es kommt noch schlimmer. Reuters hat uns schon Bildmaterial und O-Töne angeboten, und wir werden es heute im Celebmagazin leider auch bringen. Die beiden hatten gestern ihren ersten großen gemeinsamen Auftritt beim Filmball und haben ihre Visagen in jede Kamera gesteckt und allem, was nach Mikro aussah, ein Interview gegeben.« Wieso wunderte mich das nicht?

»Worüber haben die beiden Turteltäubchen denn gesprochen?«, fragte ich, während mein Festnetztelefon unaufhörlich klingelte.

»Willst du es wirklich wissen?«, fragte Lilli vorsichtig nach.

Aber natürlich wollte ich das.

»Witta trug einen Ring von Tiffanys und hat bestätigt, dass sie sich verlobt haben. Leander besaß die Frechheit, die ganze Zeit auf seine Biografie hinzuweisen, die in einem Monat erscheinen wird. Christian, unser Fotograf, war da und sagte, wenn man es nicht besser wüsste, hätte man meinen können, Witta sei bezahlt worden, so unermüdlich hat die ihre Geschichte wieder und wieder und jedem erzählt.« Tja, die kannten unsere reizende Witta eben schlecht. Eins musste man ihr lassen. Sie wusste, wie PR funktionierte.

Max, den mein anderes Telefon genervt hatte, hatte abgehoben und rief: »Es ist Katharina, und ich soll dir sagen, dass sie sich nicht abwimmeln lässt.«

Ich verabschiedete Lilli und nahm den anderen Hörer.

»Keinen Anstand, kann ich da nur sagen«, sagte Katharina ohne einleitende Floskel. »Ich kann es kaum erwarten, ihn am Boden zu sehen. Und Witta wird mitgehen. Du wirst sehen. Das rächt sich immer. Übrigens lässt Herbert ausrichten, dass er dich zu deinem Termin mit Leander liebend gerne begleiten wird. Ich war so frei, ihm Bescheid zu geben. Er bereitet sich schon vor. Hast du gesehen, dass die beiden sogar Boris und Babs vom Titel verscheucht haben? Das will was heißen.« Katharina verehrte Boris und Babs seit Jahren und wollte wie ein Scheidungskind, dass die beiden endlich wieder zueinander fanden, und gab die Hoffnung nie auf.

»Das war doch immer unser repräsentativstes Paar. Wer soll uns denn jetzt noch außer Heidi Klum, Steffi Graf und Franz Beckenbauer würdig in der Welt auf dem Gesellschaftsparkett vertreten?«

»Karl Lagerfeld und Armin Müller-Stahl«, beruhigte ich sie.

Ich legte auf und wollte gerade weiterblättern, als mein Handy klingelte. Meine Mutter, na also. Sie war vor allem besorgt, wie ich das Ganze verkraftete. Nachdem ich sie beruhigt hatte, wandte ich mich Max und Vera zu.

Die beiden standen immer noch kopfschüttelnd da.

»So was Pressegeiles gibt es doch gar nicht! Schau mal, das Foto hier. Wie devot sie zu ihm hoch sieht!« Das Foto war von derselben Fotografin gemacht worden, die auch mich und Leander seinerzeit fotografiert und die mich auf Leanders Wink zur »Begleitung« degradiert hatte, obwohl ich ihr anfangs meinen Namen buchstabieren musste. Kleiner Wink von Leander, so unter guten alten Freunden. »Du, das ist nichts Ernstes. Mach bitte keinen Staatsakt draus.« Und schon wird man zur anonymen Begleitung.

Max sah mich besorgt an.

»Wie geht's dir?«

Erstaunlich gut, dachte ich. Ich konnte der Angelegenheit immer mehr amüsante Seiten abgewinnen. Warum wollte meine Umgebung mir das nicht glauben! »Alles okay. Lasst uns an die Arbeit gehen und diese Biografie hinter uns bringen. Ich schreibe bereits am letzten Kapitel.«

Die beiden gingen, nicht ohne sich vorher besorgte Blicke zugeworfen zu haben.

Ich schaute noch einmal auf das Titelfoto. Das hätte ich sein können. Hätte ich mein Leben so leben wollen? Immer im Schatten Leanders, als die Frau an seiner Seite. War der Preis nicht viel zu hoch? Wie hatte Dr. Cornelius damals gesagt: Sie konnten sich gefahrlos darauf einlassen, weil Sie das Unwirkliche gespürt haben.

Es war heilsam gewesen, diesen Traum zu leben, hinter die Kulisse zu schauen und bei all den Erfahrungen eins festzustellen: Ich wollte eine reale Beziehung. Einen Mann, mit dem ich Spaß haben konnte, der nicht vor seinem Spiegelbild onanierte, sondern sich für mich interessierte.

Während ich meinen Gedanken nachhing, klingelte wieder mein Handy. Wer wollte mich denn noch bemitleiden?

Es war Leonie. »Hallo. Ich war heute Morgen einkaufen und hab die Schlagzeilen gesehen. Das ist bestimmt nicht einfach für Sie. Also, was ich eigentlich sagen wollte: Von mir aus können Sie Ihren Plan versuchen. Ich habe gestern Abend mit meinem Freund gesprochen.«

»Das freut mich. Wie hat er denn reagiert?«, fragte ich.

»Ich habe anfangs so herumgedruckst, dass er schon befürchtete, ich wolle mich von ihm trennen. Er war erleichtert, als er erfuhr, dass es um etwas anderes geht. Aber ich musste ihn davon abhalten, Leander aufzusuchen und ihn zusammenzuschlagen. Dabei ist er eigentlich Pazifist. Auf alle Fälle hat er verständnisvoll reagiert und will mich auch zu meinem nächsten Termin in die Klinik begleiten. Ich soll Sie und Katharina grüßen. Er meinte, es sei gut gewesen, dass Sie mich gedrängt haben, ihm alles zu sagen, und ich sehe das übrigens auch so. Ich drücke die Daumen, dass alles klappt, wie Sie es sich vorstellen. Halten Sie mich auf dem Laufenden, ja?«

Das versprach ich gerne.

Vera klopfte an. »Du Pia, wir gehen alle noch ins Bartok was trinken. Kommst du mit?«

Warum eigentlich nicht? Zu Hause wartete niemand. Ich rief Lilli an, ob sie Lust hatte mitzukommen. Katharina wollte verständlicherweise nicht schon wieder in eine Kneipe. Ich eigentlich auch nicht. Aber heute alleine sein mochte ich erst recht nicht.

Im Bartok waren alle angeheitert, als Lilli und ich dazu stießen.

Wir nahmen uns ein Bier und Lilli berichtete mir das Neueste vom Sender.

»Stell dir vor, Leander und Witta sind übermorgen bei ›Nachgefragt‹.«

Max hatte mit halbem Ohr zugehört. »So, die Damen, Themenwechsel! Ich kann weder den Namen Leander noch Witta mehr hören. Wollt ihr Nachschub?«

Aber gerne doch. Ich sah ihm nach, wie er zur Bar ging. Auf halbem Weg wurde er von einer blonden Schönheit angehalten und stürmisch begrüßt. Die beiden kannten sich offensichtlich. Lilli stupste mich. »Weißt du, wer das ist?«

Ich hatte keine Ahnung.

»Das ist so ein neues Topmodel. Caprice heißt sie. Woher kennt Max die denn?«

Sicher von einem Fotoshooting. Er schien nervös zu sein und weiter zu wollen. Mit einem Mal fiel der Groschen. Das war die

Angebetete, in die er unglücklich verliebt war! Er wusste, dass er sie hier treffen würde, denn er hatte selbst vorgeschlagen, ins Bartok zu gehen.

Und alleine wollte er nicht hin. Sie sah aber auch zu gut aus. Nahmen diese Beine denn gar kein Ende?

Sie gab ihm einen Kuss auf den Mund zur Verabschiedung und wieder spürte ich dieses Kribbeln im Bauch. Er küsst genauso, wie er aussieht – »unverschämt gut«, hatte Vera gesagt. Ich nahm mir fest vor, nicht mehr zu trinken, und blieb brav bei Bitter Lemon.

Gegen Mitternacht wollte ich nach Hause und verabschiedete mich. Lilli und Max wollten auch ins Bett.

»Pia, kannst du mich mitnehmen?«, fragte Max. »Ich lasse so lange meinen Wagen lieber stehen. Schließlich habe ich getrunken und Taxi dauert wieder ewig.«

Er machte keinen betrunkenen Eindruck. Als ich vor seiner Haustür hielt, fragte er, ob ich mit nach oben kommen wolle.

»Ich habe noch Crème Brûlée da.«

Da sagte ich nicht nein. Ein Mitternachtssnack war immer willkommen.

Max ging in die Küche. »Mach es dir bequem. Ich schiebe schnell die Crème in den Ofen.«

Ich legte mich auf die riesigen Kissen im Wohnzimmer und schaltete die Glotze an.

Der Tag war anstrengend gewesen. Es tat gut, die Füße auszustrecken. Max kam mit der Crème Brûlée, die genau die richtige Konsistenz hatte.

Er legte sich zu mir auf den Boden, und wir unterhielten uns über alles Mögliche.

Im Kamin prasselte ein Feuer und Max legte eine Motown-Platte auf. Wir sahen uns an und dieses Mal war das Kribbeln nicht wegzudiskutieren.

»Von wem hast du deinen ersten Kuss bekommen?«, fragte Max unerwartet.

»Von einem Engländer auf dem Schüleraustausch. Wieso?«, entgegnete ich.

»Nur so. Hat er so schlecht geküsst, wie die Engländer Fußball spielen?« Er grinste mich an.

»Nein. Das war soweit in Ordnung. Und von wem hast du deinen ersten Kuss bekommen? Sicher von einem sexy Kindermädchen, das dich damit für alle Zeiten verdorben hat, oder?«

Max lachte leise. »Eigentlich weiß ich gar nicht mehr, wie sie hieß. Ich meine, es war im Urlaub in Lissabon. Es kann aber so beeindruckend nicht gewesen sein, sonst könnte ich mich erinnern. Und mit wem war dein erstes Mal?«

»Das geht dich überhaupt nichts an. Wieso willst du das wissen?« Das Kribbeln wurde immer stärker.

»Weil ich mich frage, wer dafür verantwortlich ist, dass du dir nur so Arschlöcher aussuchst. Meistens ist es die erste Liebe. Wenn der es versaut, brauchen die Mädels Jahre, um darüber hinwegzukommen. Weiß ich aus Erfahrung. Ich habe genug getröstet.«

Das konnte ich mir lebhaft vorstellen.

Aber wenn wir schon bei der Inquisition waren, konnte ich auch nachhaken.

»Ich habe gehört, du bist unglücklich verliebt. Wie heißt sie denn?«, fragte ich herausfordernd.

Er wehrte ab. »Darüber will ich nicht reden. Hab ich dir schon mal meinen Lieblingsfilm gezeigt? Das heißt, eigentlich habe ich drei. Der eine ist »Spiel mir das Lied vom Tod«, der andere »Magnolia« und last but not least »Der Eissturm«. Den hast du sicher noch nicht gesehen«, lenkte er vom Thema ab.

Nein, den »Eissturm« hatte ich wirklich noch nicht gesehen. Er legte ihn ein. Der Film war zwar gut, ich aber leider viel zu müde, um richtig folgen zu können.

Plötzlich wurde ich sanft von Max gerüttelt.

»Hey Pia! Du bist eingeschlafen. Wach auf. Es ist schon nach drei.« Er kniete über mir und strich mir eine Haarsträhne aus dem Gesicht. Mit einem Schlag war ich wieder wach. Ich konnte seinen Atem auf meinem Gesicht spüren. Ich sah ihn an und er strich mir noch eine Strähne aus dem Gesicht. Ich atmete schneller.

»Ich glaube, ich muss nach Hause«, krächzte ich. Eine Übersprunghandlung!

»Das glaube ich nicht«, flüsterte er und begann mich zu küssen. Ich schwöre, dass mir schwindelig wurde! Das waren keine Küsse von der unschuldigen Sorte, sondern leidenschaftlich und fordernd.

Irgendwie gelangten wir in sein Bett und irgendwie warf ich sämtliche Regeln fürs erste Date über den Haufen. Genau genommen war es kein Date, und wir kannten uns auch schon länger.

Ich konnte nur noch fühlen und war wie entrückt. Dass Max erfahren war, hatte ich gewusst, aber mit so viel Einfühlungsvermögen hätte ich nicht gerechnet. Ich konnte gar nicht genug von ihm kriegen. Es war, als ob alle angestaute Energie sich entladen würde.

An ihn geschmiegt schlief ich ein, als es bereits dämmerte.

Ich wurde von Geschirrgeklapper aus der Küche geweckt. Wo war Max? Wieso lag er nicht mehr neben mir? Bereute er die letzte Nacht? War ich eine zweite Vera?

Unsicher zog ich mich an und ging in die Küche. Max hatte

Kaffee aufgesetzt und war wortkarg. Sollte ich ihn zur Begrüßung küssen?

Von der Atmosphäre der gestrigen Nacht war nichts mehr zu spüren. Kamen jetzt die Standardsätze: »Du, lass uns gestern Abend einfach vergessen. Wir haben uns hinreißen lassen. Es war natürlich sehr schön, aber wir beide passen nicht zusammen.«

Er stellte mir eine Tasse hin und sah mich fragend an.

»Gut geschlafen?«, quälte ich mir raus. Er nickte. Es war schrecklich. Vollkommen verkrampft. Was hatte ich mir nur dabei gedacht? Ich wusste doch, dass sein Herz an eine andere vergeben war. Aber so, wie er mich geliebt hatte, liebte man niemanden, für den man nichts empfand, außer man war Profi wie Max. Ich war dem Blick, der lügt, erlegen, und zwar sehenden Auges.

»Was ist denn los, Pia?«, fragte er mich.

»Es war ein Fehler, oder? Das denkst du doch auch?«

»Warum denkst du das?«, entgegnete er.

Ich versuchte es zu erklären: »Weil noch jemand anderes involviert ist und ich die Anwesenheit dieser Person spüren kann, deshalb.«

Sein Blick verhärtete sich. »Ich hatte gehofft, es sei anders, aber wahrscheinlich hast du Recht und es war ein Fehler. Ein großer sogar. Würdest du bitte gehen?«

So hatte ich ihn noch nie erlebt. Alles Strahlen war aus seinen Augen verschwunden.

Ohne mich umzudrehen ging ich.

Ich hatte genug! Ich wollte keine Männer mehr sehen oder treffen. Das war's – ein für alle Mal! Es sollte eben nicht sein. Irgendetwas stimmte nicht mit mir, weshalb die Männer, die ich wollte, mich nicht wollten. Vielleicht war das die natürliche Auslese und meine Gene sollten sich nicht weiter verbreiten.

Die Botschaft hatte ich verstanden.

Ich unterdrückte meine Tränen, ging zu Hause unter die Dusche, zog mich um und fuhr zur Arbeit.

Dort versuchte ich mich so normal wie möglich zu verhalten. Wie ich reagieren würde, wenn Max erschien, wusste ich nicht. Ausgerechnet heute hatten wir Redaktionssitzung.

Max tauchte rechtzeitig auf und sah lädiert aus. Geschah ihm recht! Warum sollte es ihm besser gehen?

Wir gingen nach außen hin betont höflich miteinander um, während es in mir brodelte und mein Magen sich zusammenzog.

Immer wenn ich ihn anschaute, musste ich an die unvergessliche Nacht denken.

Kein Wunder, dass Vera ihm verfallen war. Sie hatte Max zwar nur geküsst, aber ich bin mir sicher, das hätte mir auch gereicht.

Den Rest des Tages gingen wir uns aus dem Weg. Was war ich froh, als ich mich verabschieden konnte!

Ich fuhr nach Hause, legte mich in die Wanne und grübelte.

Mit aufgeweichten Füßen stieg ich eine halbe Stunde später wieder hinaus und packte mich in meinen flauschigen Bademantel.

In der Küche setzte ich mir einen Yogitee auf. Mein Telefon klingelte. Sofort dachte ich an Max. Aber es war Herbert. Er wollte mit mir das Treffen mit Leander durchsprechen, sich über allgemein übliche Konditionen in der Buchbranche informieren und bat mich, ihm einen unserer Standardverträge zuzufaxen.

Enttäuscht legte ich auf. Gerade als ich in die Küche ging, um mir noch eine Tasse einzuschenken, klingelte erneut mein Telefon. Panisch rannte ich los, stolperte über Schuhe und verstreute Bücher. Außer Atem meldete ich mich: »Pia Mohnhaupt.« Am anderen Ende war es einen Moment lang still.

Dann sagte eine mir nur zu bekannte Stimme: »Hallo, Pia, ich bin es.« Witta!

Es war nicht zu fassen! Sie besaß die Dreistigkeit mich anzurufen. Aber wieso wunderte ich mich überhaupt? Kurz überlegte ich, ob ich auflegen sollte, doch dann gewann meine Neugier die Überhand.

»Was gibt's denn, Witta?«, fragte ich betont gelangweilt.

Sie sprach nicht lange um den heißen Brei herum.

»Pia, wir müssen unbedingt miteinander reden. Leander und ich sind zusammen.«

Nein! Erwartete sie, dass ich die Überraschte mimte?

»Ich weiß, Witta. Ihr habt ja keine Zeitung ausgelassen«, antwortete ich trocken.

»Ach Pia. Ich wollte, dass du es von uns erfährst, bevor es überall zu lesen steht. Die hatten uns versprochen, die Berichte erst in den nächsten Ausgaben abzudrucken. Aber du weißt ja selbst, wie das ist. Da hält man sich nicht an Abmachungen, weil man befürchtet, der Konkurrent könnte die Story früher bringen.« Genau. Witta, die neue Medienfachfrau, erklärte mir jetzt mal, wie der Hase lief.

Sie fuhr fort: »Auf alle Fälle wollte ich nur wissen, ob es okay für dich ist. Aber du hast ja Leander verlassen. Und da brauchte er jemanden, mit dem er sprechen konnte. Ich war für ihn da, und irgendwie ist es passiert.«

Wieso rechtfertigte sie sich? Bestimmt war das eine Anweisung von Leander, der um unsere gute Zusammenarbeit fürchtete.

Ich überlegte kurz, ob ich Witta auflaufen lassen sollte, doch ich hielt mich zurück und sagte gleichgültig:

»Meinen Segen habt ihr. Ich war leider nur in Leanders

Image verliebt. Du bist da sicher ganz anders. Ich tauge nicht zum devoten Dienen im Hintergrund.«

Sie war erleichtert.

Ich legte auf und überlegte, ob man zu einer Witta in dieser Welt mutieren musste, um zu bekommen, was man wollte.

Mit einem spannenden Krimi legte ich mich ins Bett und versuchte, mich so gut es ging abzulenken.

Leider schweiften meine Gedanken immer wieder zu Max' Küssen und Berührungen ab. Ich schlief erst spät ein und träumte lauter wirres Zeug.

Ich hatte einen Entschluss gefasst: Ich würde mein Leben umkrempeln! Nicht morgen, nicht irgendwann. Nein! Hier und heute!

Ich beschloss, jeden Morgen laufen zu gehen, man musste eben sehen, wo man seine Endorphine herbekam. Meine Ernährung würde ich umstellen. Kein Fett und keine Schokolade mehr. Am Wochenende wollte ich ins Tierheim fahren und mir einen Hund zulegen. Den durfte ich sicher zur Arbeit mitbringen, und Männer konnte er mir gleich vom Leib halten. Vielleicht gab es Trainer, die Hunde speziell dafür abrichteten.

Und in einigen Wochen, wenn der Biografiemist hinter mir lag und das Wetter richtig eklig wurde, würde ich nach Indien fliegen und mich von den bunten Farben und der Wärme umarmen lassen.

Keinen Tropfen Alkohol!, schwor ich mir. Das schien nämlich immer der Punkt zu sein, wo meine Schwierigkeiten begannen. Am besten suchte ich mir einen Glauben, der Halt gab. Am glücklichsten wirkten die buddhistischen Mönche, aber der Buddhismus war gerade so in Mode, dass er wieder out war. Die katholische Kirche hatte Potenzial! Obwohl ich evangelisch war, fand ich immer schon, dass die Katholiken ihr Handwerk besser verstanden. Sie hatten auf alle Fälle die bessere Show. Weihrauch, Rosenkranz, schicke Farben und imposante Kirchen waren eine brauchbare Grundlage. Auch wenn ihr Image schwer angekratzt war. Mit gutem Marketing ließ sich einiges ausrichten.

Zumindest waren die Locations ansprechender als die übrig gebliebenen Betonkirchen der evangelischen Landeskirche aus den 70ern. Mir war jedoch klar, dass das eine oberflächliche, schale Betrachtungsweise war, und ich verwarf den Gedanken.

Dann kam mir die Erleuchtung: ehrenamtliche Sozialarbeit! Das hatte ich schon immer machen wollen. Für Unicef oder den Kinderschutzbund arbeiten!

Noch heute würde ich mich erkundigen.

Als neue Pia Mohnhaupt – zumindest mit neuer Einstellung – verließ ich mit deutlich besserer Laune meine Wohnung.

Im Verlag ging ich mit hoch erhobenem Kopf durch die Gänge und schnurstracks in mein Büro. Hier war Arbeit, hier wurde ich gebraucht. Eintauchen und vergessen!

Plötzlich kam Max herein. Was wollte er denn? Sein obligatorisches »Lass-uns-wenigstens-Freunde-bleiben«-Gespräch abhalten? Konnte er von mir aus haben. Ich würde diese Nacht und ihn vergessen können. Ganz sicher irgendwann. Spätestens wenn mir in Indien die Erleuchtung kam, würde ich über einen weltlichen Liebeskummer lachen und mit meinem neuen spirituellen Ich alle Menschen lieben und umarmen.

Ich zwang mich zu einem Lächeln.

»Pia, ich muss dir was zeigen. Du glaubst mir nie, was ich gefunden habe!«, sprudelte es aus ihm heraus. Den Aus-Knopf?

Er fuhr fort. »Ich konnte gestern Nacht nicht schlafen und da habe ich endlich alle meine Fotos sortiert und archiviert.« Danke, verschone mich mit Details. Sicher hatte er seiner unerfüllten Liebe nachgetrauert oder Buße getan, sich mit mir eingelassen zu haben.

»Sieh dir das an!«, sagte er triumphierend und legte mir ein Foto auf den Tisch. Ich betrachtete es.

Da stand Reinhard Wolfahrt, seines Zeichens berühmter Regisseur, in einer Küche und verteilte Essen an Obdachlose. War das Kulisse oder echt? Auf jeden Fall eine löbliche Arbeit. Guter Typ, dieser Wolfahrt! War auch eine Idee, falls das mit der Unicef nicht klappen sollte.

Ich zuckte mit den Schultern. »Ich kann nicht sehen, worauf du hinaus willst«, sagte ich zu Max.

»Schau dir mal die Obdachlosen genauer an. Fällt dir nichts auf?«, fragte er aufgeregt.

Ich sah mir jeden genau an und plötzlich sah ich, was er meinte. Ein Obdachloser kam mir bekannt vor. Woher kannte ich den nur?

Plötzlich fiel es mir ein und ich schrie auf.

»Das gibt's doch nicht! Wittas Mann! Das ist der Mann von Wittas Foto! Oder?«

Max nickte. »Ich war mir erst auch nicht sicher. Aber ich habe den Ausschnitt vergrößert. Und da sieht man, dass er eine kleine Narbe über der Oberlippe hat. Wenn ich mich recht erinnere, hat die der Mann in Wittas Schrein auch.« Er zog den vergrößerten Ausschnitt hervor. Kein Zweifel. Das war ein und derselbe Mann.

Ich war verwirrt. »Von wann ist denn das Foto?«

»Das Foto ist ein Jahr alt«, sagte Max stolz.

»Aber das bedeutet ja, dass Witta gar keine Witwe ist! Oder der Obdachlose ist nicht ihr Mann«, stieß ich hervor.

»Genau, das bedeutet es«, grinste Max. »Ich habe mir schon

einen Flug gebucht und werde versuchen, ihn heute noch ausfindig zu machen. Ich weiß genau, wo das Foto entstanden ist, und wenn wir Glück haben, ist er da noch zu finden, auch wenn es ihm nicht zu wünschen ist. Ich halte dich auf dem Laufenden«, rief er noch und verschwand.

Geplättet blieb ich zurück. Ich schaltete auf Konferenzleitung und rief Katharina und Lilli an.

Sie waren genauso ungläubig wie ich.

Lilli reagierte prompt. »Sag Max, er soll mich sofort anrufen, wenn er den Mann ausfindig machen konnte und weiß, was dahinter steckt. Wir wollen den Kerl exklusiv haben. Ich checke gleich mal, was wir zahlen können, und ruf dich wieder an.«

Katharina triumphierte. »Ha, habe ich nicht gleich gesagt, dass sich so was rächen wird!«

Ich wollte nichts überstürzen. Noch wussten wir nichts Genaueres.

Das Leben ging manchmal seltsame Wege.

Am frühen Abend rief Max endlich an. Er hatte zwar Fährte aufgenommen, aber unseren Mann noch nicht finden können.

»Ich habe einigen anderen Obdachlosen das Foto gezeigt, aber die wollten nichts sagen. Ich glaube, die denken, ich bin Detektiv oder ein Perverser. Nur einer hat sich gegen eine Pulle Hochprozentiges entlocken lassen, dass der Mann noch immer auf der Straße lebt und heute Nacht sicher auftauchen wird. Er heißt angeblich Martin Schieneck. Vielleicht kannst du mal im Internet schauen, ob du was findest.«

Die Verbindung wurde schlechter.

»Pia, geht's dir eigentlich gut?«, fragte er unvermittelt und seine Stimme klang viel sanfter. Vielleicht täuschte ich mich aber auch, denn bevor ich antworten konnte, wurde die Verbindung unterbrochen. Wie passend!

Ich machte mich an die Internetrecherche und wurde fündig.

Martin Schieneck war vor einigen Jahren Mitglied in einem Tennisclub gewesen, hatte einen Wagen zum Verkauf angeboten und war Filialleiter einer kleinen Bank im Harz gewesen. Die einzige Verbindung, die sich zu Witta ergab, war die Bank, aber im Harz hatte Witta meines Wissens nie gelebt.

Meine Augen brannten bereits vom vielen Surfen und so beschloss ich, nach Hause zu gehen, schließlich hatte ich in letzter Zeit nicht viel Schlaf bekommen.

Ich legte mich früh ins Bett und ließ für alle Fälle mein Handy eingeschaltet neben mir liegen.

Mitten in der Nacht wurde ich geweckt. Es war Max.

»Ich habe ihn gefunden! Er heißt wirklich Martin Schieneck und war mit Witta verheiratet. Aber jetzt kommt's! Die Gute hat ihn in den Ruin getrieben, weil sie nicht genug bekommen konnte. Martin Schieneck und Witta haben gemeinsam ihre Banklehre in einem kleinen Kaff im Harz absolviert. Nach nur einem Jahr heiratete Schieneck Witta. Anfangs war alles traumhaft, doch bald schon konnte er Wittas überzogenen Ansprüchen nicht mehr genügen. Sie plünderte regelmäßig die Konten, um sich Fummel und Klunker zu kaufen, wollte die tollsten Autos und Reisen haben. Der Arme wusste sich irgendwann nicht mehr zu helfen und bediente sich aus Kundenkonten. Dazu hatte Witta ihm geraten. Er würde doch an der Quelle sitzen.

Das flog natürlich auf, und er wurde wegen Betrugs verknackt, allerdings auf Bewährung. Natürlich bekam er mit dieser Vorgeschichte keinen Job mehr. Witta nahm sich einen Liebhaber und ließ ihn dann sitzen, wohl wissend, in welcher Situation er sich befand. Er war ihr verfallen und rutschte nach der Trennung endgültig ab. Du hättest seinen Gesichtsausdruck sehen sollen, als ich ihm Wittas Interview unter die Nase hielt, in dem er als toter Mann verkauft wurde. ›Das würde ihr so passen!‹, hat er gerufen. Der Arme ist sehr gebeutelt von Witta und vom Leben.«

Ich konnte es nicht glauben.

»Was machen wir jetzt?«, fragte Max.

»Lass mich mit den Mädels sprechen und dich zurückrufen.«

Ich rief die beiden über Konferenzschaltung an. Lilli und Katharina waren sofort hellwach, als ich ihnen von Wittas auferstandenem Ehemann und ihrer wenig glorreichen Vergangenheit berichtete.

Katharina quietschte vor Vergnügen. »Ha, was habe ich euch prophezeit! Lilli, was hat dein Chef gesagt, wie viel würde er zahlen?«

Lilli zögerte. »Für ein Exklusivinterview bis zu 20 000 Euro. Aber irgendwie habe ich ein komisches Gefühl dabei. Immerhin kennen wir Witta und waren mal mit ihr befreundet.«

Katharina stöhnte auf. »Also, wenn du unter ›befreundet‹ verstehst, dass Witta sämtlichen Exfreunden von dir gesteckt hat, wie verzweifelt du bist! Pia, sag doch auch mal was!«

Was sollte ich bloß sagen? Eigentlich war mir Witta inzwischen fast egal. Ich dachte an Max. »Hm, ich bin hin und her gerissen. Einerseits gönne ich Witta, dass sie auffliegt. Auf der anderen Seite frage ich mich, ob ich mich danach besser fühle. Ich will jetzt nicht die Heilige spielen, aber nur weil die Leute um einen herum charakterlos sind, muss man es doch nicht auch werden, oder? Die Sache mit Leander wird es nicht ungeschehen machen, abgesehen davon, dass ich inzwischen froh bin, dass alles so gekommen ist, wie es ist«

Lilli stimmte zu. »Das ist nicht gut für unser Karma. Zumindest nicht, wenn es von uns angezettelt wird. Wenn es jemand anderes ausgräbt, okay! Aber selbst so aktiv mitmischen ... Ich weiß nicht!«

Katharina seufzte. »Weicheier. Was ist denn mit dem guten

alten Testament: ›Auge um Auge, Zahn um Zahn?‹ Wobei, ich weiß nicht, ob es an den Hormonen liegt oder daran, dass ich Muttergefühle und Liebe für alle Wesen dieser Erde entwickle, aber ein mulmiges Gefühl hätte ich auch.«

»Wie bitte? Was sind das denn für Töne?«

Lilli und ich waren gleichermaßen erstaunt.

Katharina lachte. »Reingelegt. Ich finde immer noch, dass ihr euch zimperlich anstellt, aber ich werde wie immer eure Meinung respektieren. Außerdem vertraue ich dem deutschen Boulevardjournalismus und dem kleinen Dorf im Harz, wo sich sicher noch einige Menschen an Witta und ihren Ex erinnern können. Auch dort wird jemand in Geldnöten sein und bald plaudern. Eigentlich ziemlich dumm von Witta. Ich hätte sie für klüger gehalten, wahrscheinlich hat sie das in ihrem Identitätsrausch komplett vergessen.«

Sie hatte Recht. Es konnte nur noch eine Frage der Zeit sein, bis die Geschichte von irgendjemandem ausgegraben wurde.

Ich rief Max an.

»Na, was hat der Frauenrat entschieden?«

»Wir werden es nicht an die Öffentlichkeit bringen. Wir wollen uns als moralische Sieger auf der ganzen Linie fühlen. Nein, wenn ich ehrlich bin, hoffen wir, dass die Story eh bald publik wird. Danke, dass du dich so eingesetzt hast, aber von meiner Seite aus: bitte nicht weitermachen. Es sei denn, du möchtest die Geschichte selber verticken.«

Zum Glück war Max nicht sauer, umsonst recherchiert zu haben, und ich freute mich, dass er es auch belassen wollte und meinen Standpunkt gut fand.

Als ich auflegte, fiel mir auf, dass wir ganz unverkrampft miteinander gesprochen hatten. Vielleicht normalisierte sich die Lage wieder, aber vergessen konnte ich nicht. Dafür hatte es sich zu gut und richtig angefühlt.

Gerade wollte ich mich wieder hinlegen, als das Telefon erneut klingelte. Es war noch mal Max.

»Pia, Martin Schieneck hat sich schon selber um sein Geld gekümmert. Er hat sämtliche Sender antelefoniert und an den meistbietenden verkauft. Scheint, er hat den Umgang mit Kohle nicht verlernt. Ein Fernsehteam zeichnet morgen mit ihm auf, und ausgestrahlt wird das in ›Nachgefragt‹. Lillis Sender hätte ihn eh nicht bekommen, die Konkurrenz hat das Doppelte draufgelegt.«

Ich musste an Witta und Leander denken. Gleich und gleich gesellt sich gern. Zu gerne wäre ich Mäuschen, wenn Witta ihren wieder auferstandenen toten Exmann zur Primetime über die bescheidene Witta Stadtheimer und ihr gutes Herz auspacken sieht. Und wie würde Leander reagieren, wenn die PR flöten ging?

Für meine Angelegenheit mit Leander war es auf alle Fälle eine bessere Ausgangssituation, denn eine zweite Blamage innerhalb kürzester Zeit konnte er sich nicht leisten. Er würde schnell davon zu überzeugen sein, auf unseren Deal einzugehen. Beruhigt schlief ich ein.

In den nächsten Tagen überschlugen sich die Ereignisse geradezu. Ein großer deutscher Privatsender hatte das Interview mit Martin Schieneck ausgestrahlt und für helle Aufregung gesorgt. Im Blätterwald gab es nur noch ein Thema: den auferstandenen totgeredeten Exmann von Witta und wie skrupellos sie sich verhalten hatte. Er wurde von Talkshow zu Talkshow gereicht und sanierte sich kräftig. Er würde bestimmt nicht mehr auf der Straße leben müssen.

Plötzlich tauchten so genannte alte Freunde und Bekannte

von Witta auf, die die Chance ihres Lebens witterten, um die Warholschen ›fünf Minuten Ruhm‹ auszukosten, vor allem aber, um es Martin Schieneck gleichzutun und sich eine goldene Nase zu verdienen. Tagelang war Witta in den Schlagzeilen. »Witwenluder verdreht Leander Berglandt den Kopf« war noch eine der netteren Überschriften. Die wildesten Gerüchte und Theorien keimten auf. Ein Magazin behauptete, Witta und ihr Exmann würden gemeinsame Sache machen und reichen Männern oder wahlweise Prominenten das Geld aus der Tasche ziehen. Genau! Witta und ihr Ex alias Bonny and Clyde.

Witta und Leander sagten im Gegenzug alle Fernsehtermine ab und gaben keinen Kommentar. Leanders Management ließ wissen, dass man zu einem späteren Zeitpunkt Stellung nehmen werde zu den infamen Behauptungen, während Martin Schieneck alte Hochzeitsfotos von Witta und ihm in die Kamera hielt. Es tauchten Paparazzoaufnahmen von Witta auf, wie sie mit Sonnenbrille und Baseballmütze getarnt aus der Tiefgarage ihres Hauses wegbrauste. Ziel unbekannt. Man sagte, sie habe sich erst einmal in sonnigere Gefilde abgesetzt, was ihr auch zu raten war, denn all die Clubs, die ihr so wichtig waren, hatten sie zur Persona non grata erklärt.

Katharina und meine Mutter waren aus dem Häuschen. Sie sammelten alle Zeitungsausschnitte und lasen mir immer neue Artikel vor.

Ich musste feststellen, dass Rache sich in Gedanken besser anfühlt. Denn diese Aktion brachte mir weder Leander und eine heile Beziehung zurück, noch änderte es etwas an den Verletzungen, die Witta mir zugefügt hatte.

Mein Leben verbesserte sich nicht dadurch, dass sich ihres verschlechterte.

Das war wohl eine Frage des Karmas.

Mein Termin mit Leander rückte näher.

Am Vorabend saß ich lange im Büro und arbeitete alles noch einmal durch. Ich wollte gut vorbereitet sein. Für den Fall, dass alles glatt laufen sollte, Leander tatsächlich seine Prozente abtreten und einen Scheck ausstellen würde, hatte ich bereits Vorkehrungen getroffen. Jetzt musste er nur noch mitspielen und schön unterschreiben.

Max schaute in mein Büro. Wir pflegten momentan einen betont freundlichen, aber distanzierten Umgang.

»Ich gehe nach Hause. Du kommst klar?«, fragte er mich. Ich nickte.

»Und du bist sicher, dass ich morgen nicht mitkommen soll?«

Das war ich. Herbert und ich würden reichen. Je weniger Zeugen, desto besser.

Er wünschte mir viel Glück und war schon fast zur Tür hinaus, da drehte er sich noch einmal um und fragte: »Sag mal, Pia. Hab ich eigentlich in der einen Nacht irgendetwas falsch gemacht?«

Mein Herz setzte aus.

»Nein. Du hast garantiert nichts falsch gemacht. Es lag wohl an mir oder daran, dass es eben eigentlich nicht um uns beide ging.« Er nickte und ging.

Das Leben war so ungerecht! Wieso konnte er nicht sagen: Pia, ich habe mich in dich verliebt. Die andere ist Schnee von gestern. Lass uns zusammen sein und da weitermachen, wo wir aufgehört haben.

Ich hatte es nicht übers Herz gebracht, Katharina und Lilli von dem Vorfall zu erzählen, da die beiden überzeugt waren, dass wir zusammenpassten.

Darüber konnte ich mit ihnen immer noch sprechen, wenn der Termin mit Leander vorüber war.

Herbert sah perfekt geschniegelt und gestriegelt aus, als er mich abholte. Von Nervosität seinerseits keine Spur. Er streckte mir einen Kaffee im Pappbecher hin.

»Hier, damit du schön munter wirst.«

»Herbert, du bist so ruhig. Dabei sind wir im Begriff, krumme Geschäfte zu machen«, bemerkte ich unruhig.

»Ach, Pia, du bist so süß unschuldig. Ich sag dir besser nicht, wie oft krumme Geschäfte und Deals an der Tagesordnung sind. Und da geht es nicht im Entferntesten um Gerechtigkeit. Dieses kleine Geschäft bereitet mir persönlich Freude. Ich empfinde Genugtuung, diesen blasierten Möchtegern zur Kasse zu bitten. Mach dich locker und überlass das mir.«

Wir hatten uns mit Leander im »Puck« verabredet. Dort gab es einen kleinen Konferenzraum, wo man ungestört war. Pünktlich trafen wir ein und warteten auf Leander. Endlich kam er. Er sah angeschlagen aus und war erstaunt, Herbert zu sehen.

»Hallo, Pia. Liebes. Warum hast du denn Herbert mitgebracht?«

Herbert übernahm: »Weil wir heute über Geschäftliches sprechen wollen.«

Leander zog die Augenbrauen hoch. »Wir wollten über das letzte Kapitel sprechen und was auf dem Buchrücken stehen soll. Geschäftliches deale ich doch nicht mit Pia.«

»Tja, Leander, ab heute schon«, teilte Herbert ihm mit.

Er zögerte nicht lange und legte Leander das Kapitel mit Leonie vor, das ich nur für diesen Termin geschrieben hatte.

Die einzige Begegnung mit einer Frau, die ich wirklich bereue, ist die mit Leonie. Sie war erst 16 und ich Mitte zwanzig, als wir uns trafen. Dass sie so jung war, sah man ihr nicht an. Sie gab sich viel älter und ging regelmäßig in Bars, in denen sich viele Künstler aufhielten, auch ich. Nachdem die verheiratete Annegret Bäumler mich verlassen hat-

te, um sich mit ihrem Mann zu versöhnen, war ich zutiefst verletzt und wollte mich an ihr rächen. Ich nannte sie alt und faltig und zog von da an mit Leonie um die Häuser. Natürlich war es von meiner Seite aus nichts Ernstes. Leonie sah niedlich aus und liebte mich abgöttisch, was mir zu diesem Zeitpunkt sehr gelegen kam. Sie sprach von Heirat, und ich ließ ihr die Hoffnung; etwas dagegen zu sagen, wäre so anstrengend gewesen. Ich hielt sie hin, benutzte sie für meine Rache an Annegret und konzentrierte mich hauptsächlich auf meine Karriere. Kurz nach Leonies 17. Geburtstag beichtete sie mir freudestrahlend, dass sie schwanger sei. Ich war entsetzt! Sie wollte meine Zukunft ruinieren. Dieses naive Kind ...

Leander las es durch und wurde blass.

»Was soll das?«, zischte er und sah mich an.

Herbert antwortete für mich. »Dank Pias hervorragenden journalistischen Fähigkeiten ist es ihr gelungen, ein authentisches Bild von dir zu zeichnen – besonders in diesem Kapitel.«

Leander wandte sich an mich. »Pia, was ist das denn bitte für eine Aktion? Willst du dich rächen wegen Witta? Du hast mich verlassen! Was habe ich dir denn getan?«

Ich antwortete gelassen. »Frag dich lieber, was du Leonie angetan hast. Wegen Witta muss ich mich nicht rächen; sie selbst ist Rache genug.«

Er bekam es mit der Angst zu tun. »Pia, denk daran, was zwischen uns war. Bedeutet dir das denn gar nichts?«

Ich musste lachen.

»Meinst du die paar Nächte, die du runtergerissen hast, während du an Witta dachtest? Nein, die bedeuten mir wirklich nichts. Weißt du, das Parkhotel hat hellhörige Wände. Du solltest in Zukunft diskreter vorgehen, falls du planst, noch jemanden aufs Kreuz zu legen.«

Er war wie vor den Kopf geschlagen, atmete unregelmäßig, überflog noch einmal die Seiten mit Leonie und schüttelte währenddessen den Kopf.

Herbert schaltete sich ein: »So, während du das verdaust, mache ich mal weiter. Wir sind ja gar nicht so herzlos und lassen mit uns reden. Du kannst ganz einfach verhindern, dass dieses Kapitel erscheint. Tritt deine Tantiemen an Leonie Windler ab. Ich habe bereits einen entsprechenden Vertrag vorbereitet. Du musst nur noch unterschreiben. Natürlich ist es damit nicht getan. Einen Scheck würde ich schon benötigen, wir haben ja auch Auslagen und Unkosten. Rechercheaufwand etc. Also wenn du noch einen Scheck über 350 000 Euro hier lässt, wäre die Sache geregelt. Wir würden uns zu Stillschweigen verpflichten.«

Leander rastete aus.

»Das könnt ihr nicht mit mir machen! Das ist mein Geld. Es steht mir zu! Ich habe auch Anwälte. Die Verträge sind sittenwidrig! Damit kommt ihr nicht durch.«

»Wenn ich kurz korrigieren dürfte«, unterbrach Herbert.

»So stimmt das nicht ganz. Natürlich steht in diesem Abtretungsvertrag nicht der Grund, den behalten wir ja alle schön für uns. Damit ist es ein gewöhnlicher Vertrag. Sieh es als Wiedergutmachung oder Abschiedsgeschenk. Ein Mann deines Formats wird sich doch nicht lumpen lassen.«

Es war interessant, Herbert, den ich sonst nur mit wehleidigem Gesicht und Prophylaxetabletten kannte, knallhart zu erleben. Wenn er so sachlich und trocken durchgriff, konnte man sich gar nicht vorstellen, wie er nachts panisch nach Katharina rief, weil er glaubte, Herzrhythmusstörungen zu haben.

»Pah, das ist Erpressung! Damit kommt ihr nicht durch! In meinem Vertrag mit dem Verlag steht eindeutig, dass ich der Biografie zustimmen muss. Ohne meine Autorisation darf die Biografie gar nicht erscheinen!«, schrie Leander.

»Schau an! Gar nicht dumm, der Herr Berglandt. Ein gutes Argument, aber dafür haben wir auch schon eine Lösung: Dann verkaufen wir die Geschichte eben meistbietend. Kommt sicher auch eine nette Summe rüber. Dann sparen wir uns die Abmachung. Weißt du, ich frage mich nur, ob du die Publicity im Moment gebrauchen kannst, wenn ich da an die Geschichte mit Witta und ihrem Ex denke«, gab ich zu bedenken.

Leander war geschlagen. Er unterschrieb und stellte zähneknirschend den Scheck aus. Fluchend verließ er den Raum. Ich sah ihm nach, dem großen kleinen Leander Berglandt.

Herbert triumphierte. »Das wäre geschafft. Wir sind ein gutes Team. Falls du je überlegen solltest, die Branche zu wechseln, sag Bescheid. Du bist jetzt eine reiche Frau, ist dir das klar? Was machst du mit der Kohle?«

Das wusste ich genau. Ich nahm mir ein Taxi und fuhr bei Leonie Windler vorbei.

Der Vertrag samt Prozenten gehörte ihr. Sie konnte nach all den Jahren voll schmerzhaften Erinnerungen eine Wiedergutmachung gebrauchen, außerdem war eine künstliche Befruchtung nicht gerade billig.

Als ich ihr erzählte, wie das Gespräch gelaufen war, fiel sie mir erleichtert um den Hals. Es war wichtig für sie zu erkennen, wie viel Macht ihre Geschichte über Leander gehabt hatte – und nicht umgekehrt, wie sie immer angenommen hatte.

Den Vertrag wollte Leonie erst nicht annehmen, aber ich überzeugte sie, dass er ihr zustand. Wir verabschiedeten uns herzlich, und ich versprach, mich zu melden.

Zuerst aber musste ich noch einen Termin hinter mich bringen, vor dem es mir auch bereits seit Wochen graute: die gemeinsame Buchpräsentation mit Leander auf der Buchmesse, die für

Freitag angesetzt war. Wie sollte ich nach diesem Treffen heute noch mit ihm auftreten? Vielleicht war es das Beste, krank zu werden, aber Stader würde mir das nie verzeihen, schließlich ging es auch um den Verlag, und dem hatte ich eine Menge zu verdanken. Katharina und Lilli boten an, mich zu begleiten, was ich dankbar annahm. Es würde gut tun, meine Freundinnen im Hintergrund zu wissen, während ich mit Leander eine perfekte Show abziehen musste.

Wie er wohl reagieren würde? Absagen käme für ihn nie in Frage, dafür wusste er zu genau, wie wichtig der Termin war.

Freitagmorgen saßen wir im Flieger und die Mädels sprachen beruhigend auf mich ein.

»Denk daran, es ist für einen guten Zweck. Außerdem tut es deiner Karriere gut, und dem Verlag wird es auch helfen. Schau ihm einfach nicht direkt in die Augen, sondern schiel vorbei, und falls du es gar nicht mehr aushältst, täusch einen Schwächeanfall vor!« Das waren ja rosige Aussichten!

Wir trafen rechtzeitig ein, und schon von weitem sah ich Leander, gut gelaunt und wie immer mit strahlendem Lachen.

»Der sollte die Branche wechseln! Warum ist der nicht schon lange Schauspieler, so autodidaktisch wie er ist?«, konnte ich mir nicht verkneifen.

Lilli flüsterte mir immer wieder nur ein Wort zu. »Professionalität, Professionalität.«

Ich war gerade auf dem Weg zur Pressekonferenz, als plötzlich Leander neben mir auftauchte und mich zur Seite zog.

Hilfe, es konnte sich nur um einen Anschlag handeln! Er wollte mich verschwinden lassen.

Doch stattdessen setzte er sein bekanntes Lächeln auf, gegen das ich schon lange immun war, und sprach schmeichelnd auf mich ein.

»Pia, Süße! Lass uns reden! So können wir nicht weiterarbeiten. Das bringt keinem etwas. Ich gebe zu, ich war stinksauer, was du da abgezogen hast, aber auf der anderen Seite verstehe ich dich auch. Du bist eine Frau, und Frauen reagieren, wenn sie verletzt werden, eben unberechenbar. Schwamm drüber! Das Geld könnt ihr haben! Wenn wir jetzt zusammenhalten, haben wir beide etwas davon. Komm, wir lassen es krachen! Da ist doch noch was zwischen uns! Ich kann es förmlich spüren!«

Was bildete er sich eigentlich ein?

»Leander, alles, was du spürst, ist dein eigener mieser Charakter! Ich werde versuchen, mich zusammenzureißen, aber garantiert nicht deinetwegen, sondern weil mein Herz bei jeder verkauften Biografie, von der du nicht einen Cent sehen wirst, einen Sprung vor Freude macht. Und nicht etwa aus Rache, sondern weil ich weiß, dass jeder Cent etwas von dem, was du verbockt hast, hilft zu lindern!«

Seine Augen verengten sich.

»Sorry, aber die Bahnhofsmissionsnummer nehme ich dir nicht ab! Ihr Frauen seid alle gleich! Das ist doch nur Rache wegen Witta, die übrigens mich verführt hat. Ich hatte gar keine Chance! Sie hatte es richtig auf mich abgesehen!«, versuchte Leander sich herauszureden.

»Genau, und du hast auch gar nichts dabei empfunden und dein Orgasmus war vorgetäuscht! Verschone mich! Was soll das eigentlich noch? Wir sind fertig miteinander!«

Leander sah das offensichtlich anders.

»Pia, Süße, wir könnten doch noch einmal von vorne anfangen. Es war doch so schön mit uns.« Mir schwante, was er bezweckte. Mir war gerade wieder sein Plan eingefallen.

»Du bist dümmer als ich dachte, Leander. Vor allem unterschätzt du mich gewaltig! Ich habe nicht vergessen, wie wir uns verliebt bei der Buchpräsentation anschauen und mit einer möglichen, bisher geheimen Beziehung kokettieren sollten, um dich in die Schlagzeilen zu bringen! Ich habe auch inzwischen gemerkt, dass ich und mein Umfeld die Einzigen waren, die von unserer festen Beziehung ausgegangen sind! Dass deine Freunde und Hofjournalisten mich alle als deine Biografin kennen lernen durften, ist mir bewusst. Und wenn du mich noch einmal Süße nennst, schreie ich so laut und mache dir eine Szene, bei der mir sicher das ein oder andere rausrutschen wird! Und jetzt lass uns endlich da rein gehen und es hinter uns bringen!«

Ich ließ den verdutzten Leander stehen und ging voraus zur Pressekonferenz. Natürlich brauchte er nicht lange, um sich zu fassen. Bestens gelaunt kam er herein, scherzte mit den anwesenden Journalisten, verteilte Komplimente an die anwesenden Journalistinnen und lächelte mich an, als ob unser Gespräch gerade eben nicht stattgefunden hätte.

Und schon ging es los.

»Herr Berglandt, wie kommt ein Mann im besten Alter auf die Idee, eine Biografie zu veröffentlichen?«

»Wissen Sie, ich habe ja in meinem noch jungen Leben so viel erlebt, dass es besser ist, jetzt damit anzufangen, als jährlich einen Band nach dem anderen herauszubringen und eine Art Brockhaussammlung mit Goldrand daraus zu machen.«

Gelächter der Journalisten.

»Wird die Biografie etwas aufzeigen, das wir noch nicht wissen?«

»Sicher doch, oder wussten Sie, dass ich zur genetischen Minderheit gehöre, die nicht die Zunge rollen kann?«

Gelächter der Journalisten.

»Frau Mohnhaupt. Sie hatten das Vergnügen, mit diesem Prachtexemplar von Mann eng zusammenzuarbeiten. Wie war das für Sie?«

»Ich bin so tief drin in der Materie, dass ich mich ab und zu selber für Leander Berglandt halte. Wahrscheinlich muss ich erst mal den Entzug verkraften.«

Gelächter der Journalisten. Ha, es ging also doch!

»Aber im Ernst. Es war eine – sagen wir mal – interessante und professionelle Zusammenarbeit, die mir sehr viel Menschenkenntnis vermittelt hat.«

»Herr Berglandt, apropos Menschenkenntnis. Wie wir in den letzten Wochen lesen durften, waren Sie frisch verliebt, haben aber in der Zwischenzeit feststellen müssen, dass sie einer Hochstaplerin aufgesessen sind. Ist Ihnen das schon mal passiert und, wenn ja, lesen wir etwas darüber in Ihrer Biografie?«

Leander versuchte sich zu beherrschen.

»Von Frau Stadtheimer habe ich mich getrennt! Mit einer moralisch fragwürdigen Person wie ihr möchte ich nicht länger mein Leben verbringen und – nein, das ist mir vorher noch nie passiert.«

Innerlich musste ich kichern: moralisch fragwürdige Person!

Wie der Herr, so das Gescherr, dachte ich. Wie Witta wohl auf die Trennung reagiert hatte? Nicht nur, dass ihr Ruf dahin war, nein, zudem ließ Leander sie im Stich. Tja, wer sich auf ihn verließ, war verlassen.

»Herr Berglandt. Sie haben in einem Interview der Zeitschrift Gala angedeutet, dass Sie, kurz bevor Sie mit Frau Stadtheimer zusammenkamen, von einer anderen Dame verlassen wurden. Über diese Dame haben wir nie etwas erfahren. Wer war sie denn, und warum haben Sie die Beziehung geheim gehalten?«

Ich hielt die Luft an. Atmen, weiter atmen, impfte ich mir ein. Zum ersten Mal war ich froh, dass Leander ein geübter Lügner war.

»Die Dame befand sich in einer schwierigen Trennungsphase von ihrem eifersüchtigen Ehemann, es waren Kinder involviert, und ich wollte um jeden Preis die Privatsphäre der Dame schützen!« Gar nicht schlecht! So kam ich innerhalb von Sekunden zu einem eifersüchtigen Ehemann mit Kindern. Die Pressekonferenz verlief ohne weitere Zwischenfälle. Katharina und Lilli reckten beide Daumen in die Höhe, als ich auf sie zuging.

»Gut gemacht. Langsam befürchte ich, Leander ist ansteckend. Du hast, ohne mit der Wimper zu zucken, gelogen«, lachte Lilli.

Als Nächstes stand seine Autogrammstunde auf dem Plan, bei der ich zum Glück nicht anwesend sein musste.

Zeit, um Kaffee zu trinken. Genug zu besprechen gab es allemal.

»Wusstet ihr, dass er sich von Witta getrennt hat?«, fragte ich nach, denn bisher war davon nichts zu lesen gewesen.

Wir überlegten uns, wie Witta mit dieser Schmach wohl umgehen würde, und sie tat uns fast ein wenig Leid, aber nur ein wenig.

Am Abend wartete die Buchparty auf uns. Leander hatte damals nicht übertrieben, als er von einer exklusiven Party im Savage gesprochen hatte. Sie war wirklich stilvoll arrangiert. Bisher lief alles nach Plan: Fernsehkameras, erlauchte Gäste, überall lag die Biografie aus, mit seinem Namen und meinem abgedruckt, das Einzige, was uns noch verband, zwei abgedruckte Namen auf einem Buchdeckel. Max' Fotos waren abgebildet und wirklich gut gelungen. Man merkte den Bildern seinen Hass auf Leander gar nicht an. Max! Das einzig Gute an diesem Horrortag war, dass ich nicht hatte an ihn denken müssen. Er hatte sich geschickt um die Veranstaltung gedrückt.

Ich vermisste ihn so sehr, verbat mir jedoch, das zu denken, und stellte mir stattdessen vor, wie er in den Armen dieses Models lag. Ob er und Leander wohl schon mal ein und dasselbe Model gedatet hatten?

Ich kam nicht mehr dazu, genauer darüber nachzudenken, denn am Eingang des Savage gab es einen Tumult. Es hatten sich bereits Schaulustige gebildet, und alle Kameras schwenkten in die Richtung. Automatisch gingen auch wir zum Eingang.

Welchen Stargast hatte Leander denn da anheuern können?

Wir boxten uns durch die Menschentraube und trauten unseren Augen nicht. Der Stargast war niemand anderes als Witta.

Witta ohne Ehemann, ohne Freundinnen, ohne prominenten Freund, dafür aber mit einem berüchtigten, selbst ernannten Manager im Schlepptau, der schon einigen Menschen das Leben und die Karriere verdorben hatte durch irrsinnige Aktionen wie »live Achselrasuren« von Frauen, die nach oben wollten. Witta, dachte er wohl, eignete sich durch ihren momentanen Bekanntheitsgrad dafür, vermarktet zu werden. Fragte sich nur als was. Doch darauf gab sie vor laufenden Kameras allzu gerne Auskunft.

»Ich werde Ihnen den wahren Leander Berglandt zeigen. Dann bekommen sie die ungeschminkte Wahrheit und nicht seine geschönte Biografie! Von wegen, ich bin eine moralisch fragwürdige Person!«

Natürlich fragte die Presse sofort nach, worum es sich denn handle.

»Um Leander Berglandt, wenn die Kamera aus ist, oder wussten Sie, dass er gerne an meinen getragenen Schlüpfern roch?«

Nein! Und ehrlich gesagt, wollten wir das auch nicht wissen. Doch Witta hatte erreicht, was sie wollte, die uneingeschränkte Aufmerksamkeit! Ihren hart erkämpften Platz im Rampenlicht würde sie nicht ohne weiteres aufgeben, und wenn sie dafür mit sämtlichen peinlichen intimen Details rausrücken musste. Dass sie dabei zwei Fliegen mit einer Klappe schlug und auch Leanders Biografie promotete, war ihr noch nicht klar, Leander hingegen schon, weshalb er auch die Schmach in Kauf nahm und sie nicht gleich rausschmeißen ließ. Am Ende war diese Aktion gar abgesprochen.

Katharina brachte es auf den Punkt.

»Juhu! Die Presse hat ein neues Scheidungspaar gefunden. Dagegen waren die Wussows die Eintracht schlechthin!«

Mir reichte der Zirkus! Wir verließen die Party und vergnügten uns noch auf unserem Hotelzimmer. Ich war erleichtert! Das Thema Leander hatte einen Abschluss gefunden. Natürlich warteten wir gespannt, was Witta noch auspacken würde und vor allem wo.

Am nächsten Morgen im Flieger wussten wir mehr. Die »Bild« hatte ihr Interview exklusiv. Witta weihte uns ein, dass Leander Botox spritzte, sein Kinn hatte straffen lassen und von ihr dirty talk in den Laken verlangt hatte. Was war mir doch erspart geblieben, ging es mir durch den Kopf. Wittas Auftritt und die Biografie waren überall das Thema. Sie verdrängten sogar die Nachricht vom Tode eines bekannten Schriftstellers, der es allemal mehr verdient gehabt hätte, auf die erste Seite zu kommen.

Wieder gelandet, verabschiedete ich mich von Lilli und Katharina.

Mein nächster Weg führte zur Bank. Ich musste noch einiges regeln, denn schließlich hatte ich bereits einen Plan, was ich mit dem Geld machen würde.

Danach fuhr ich wieder zum Flughafen. Unterwegs rief ich Vera an und sagte ihr, dass ich für eine Woche verreisen würde. Ich buchte den nächsten Flug nach Florenz.

Als der Flieger abhob, seufzte ich vor Erleichterung auf.

Ich hatte alles hinter mir gelassen.

Keiner wusste, wo ich war. Ich war vollkommen frei und würde endlich Zeit finden, über die turbulenten vergangenen Monate nachzudenken, und vor allem Abstand gewinnen.

In Florenz angekommen, holte mich Giada ab. Sie arbeitete

für einen Immobilienmakler, der über einige schöne Anwesen verfügte, unter anderem auch über das Weingut, das Lilli uns ans Herz gelegt hatte.

In den letzten Tagen hatte ich sie häufiger kontaktiert.

Giada sprach nur gebrochen Englisch und mein Italienisch war rudimentär, aber wir schafften es, uns zu verständigen.

Sie fuhr mit mir in den Weinberg.

Ich verliebte mich sofort in das romantische Fleckchen Erde.

Mir war klar, dass das der wahr gewordene Spießertraum schlechthin war, aber schließlich durfte man mit 30 langsam konventioneller werden, und immerhin stand ich als Single und mit selbst erpresstem Geld hier, um für meine durchgeknallten Freunde ein Weingut zu kaufen.

Das Anwesen war in sehr gutem Zustand und es bedurfte, soweit ich abschätzen konnte, nur weniger Reparaturen.

Diese Stille! Nur die Grillen zirpten, die Sonne schien und man konnte Ende Oktober Sommerkleidung tragen.

Die Zimmer waren groß und jedes unterschiedlich. Viele waren mit Badezimmern versehen. Man hatte einen herrlichen Blick über das Tal, und das Beste war, man befand sich nur zwanzig Minuten von Florenz entfernt.

Ich war begeistert von den warmen Farben und dem einfachen Landhausstil.

Das Herzstück des Hauses war eine große Wohnküche mit langem Tisch, zehn Stühlen und einem Kamin. Ich konnte mir lebhaft vorstellen, wie gekocht, getrunken und gelacht würde. Mein Gefühl sagte mir, dass ich es kaufen sollte, denn wohin es uns auch verschlagen würde, wir hätten immer einen gemeinsamen Platz, an den wir zurückkehren konnten.

Giada freute sich, einmal natürlich wegen ihrer Prämie, aber auch, weil wir uns sympathisch waren und sie froh war, dieses Schmuckstück in guten Händen zu wissen.

Wir waren den ganzen Tag mit Formalitäten beschäftigt und es würde noch einige Tage dauern, bis der Verkauf vollends abgeschlossen war.

Ich konnte kaum abwarten, Lilli und Katharina damit zu überraschen.

Die beiden hatten meine Mailbox bereits voll gesprochen. Ich machte es mir auf der Terrasse gemütlich und rief Lilli an. Sie war mit Katharina beim Essen.

»Wo steckst du denn?«, wollte Lilli wissen und Katharina rief im Hintergrund: »Was ist das denn für eine miserable Informationspolitik, die du da betreibst?«

Ich musste lachen.

»Also, ich bin nicht in Deutschland. Ratet mal, wo?«

Lilli wiederholte für Katharina, was ich gesagt hatte. Sie nahm Lilli das Telefon aus der Hand.

»Pia, du bist doch nicht durchgedreht? Wo bist du? Und keine Ratespielchen, hörst du?«

Sie gab Lilli das Telefon zurück.

Lilli sagte: »Du musst mir schon einen Tipp geben. Bist du in Europa? Klar, musst du ja sein, sonst wärst du noch im Flieger.«

Ich gab ihr zwei Hinweise.

»Ich bin in einem Landstrich, von dem jeder deutsche Alternative oder Geschichtslehrer träumt. Wobei das meistens das Gleiche ist. Und dein Lieblingswein kommt von hier.«

»Toskana! Du bist in der Toskana! Was machst du denn da alleine? Oder bist du gar nicht alleine? Hast du etwa Max dabei?«, kicherte sie.

»Toskana stimmt. Aber Max habe ich nicht dabei. Das ist auch gut so«, seufzte ich.

»Wieso das denn?«

Am Telefon wollte ich nicht darüber sprechen.

Katharina rief im Hintergrund:

»Was machst du denn in der Toskana? Das ist so Nineties.«

Eine von Steinbeck hätte sich natürlich ein mondäneres Urlaubsziel gesucht, aber ich wusste, dass sie die Toskana liebte. Während des Studiums hatte sie ein Auslandssemester in Siena eingelegt. Nach ihrer Rückkehr behielt sie eine Zeitlang absichtlich das rollende ›R‹ für den deutschen Sprachgebrauch, weil sie es sehr kosmopolitisch fand. Leider klang es nur albern. Der Spleen war schnell beendet gewesen, als sie mehrmals gefragt wurde, ob sie aus Oberfranken stammte. Und das Katharina, die auf ihr geschliffenes Hochdeutsch so viel Wert legte!

»Lilli, du hast aber immer noch nicht erraten, wo genau ich sitze«, sagte ich.

Sie kam auch nicht nach mehreren Hinweisen drauf, und so hatte ich ein Einsehen und klärte sie auf, dass ich mit dem erpressten Geld das Weingut gekauft hatte.

Meine beiden Freundinnen kreischten wie wild gewordene Teenies in den Hörer. Was war das für eine Aufregung!

Sie versprachen, am Wochenende zu kommen.

Ich freute mich auf die beiden. Aber ich vermisste Max und hatte ein schlechtes Gewissen, einfach so gegangen zu sein.

Ich entschloss mich, ihm eine SMS zu schicken, falls Vera nicht eh schon Bescheid gegeben hatte.

Bis zum Wochenende war ich mit Formalitäten, Möbel- und Geschirrkauf beschäftigt. Wenigstens einige Räume sollten bewohnbar sein. Es war ein völlig ungewohntes Gefühl, ein Haus zu besitzen.

Ich konnte mir lebhaft vorstellen, wie schön es werden würde, wenn alle da waren.

Genügend Räume gab es. Es blieb sogar ein Stockwerk mit Gästezimmern übrig, das ich bereits für mein Projekt verplant hatte. Ich war gespannt, was Lilli und Katharina von meiner Idee halten würden.

Sicher konnte ich nicht das ganze Jahr hier wohnen, aber vielleicht würde ich ab und zu von hier aus arbeiten. Mit Internetanschluss und Laptop sollte das kein Problem sein. Lilli und Sebastian konnten sich niederlassen. Im Erdgeschoss gab es drei Räume, die sich hervorragend als Praxis eigneten, und Kinder aus den umliegenden Dörfern waren hinreichend vorhanden. Katharina hätte die Möglichkeit, nach der Entbindung zu pendeln. Für ein Kind war das die richtige Umgebung, um aufzuwachsen. Was gab es nicht alles zu entdecken!

Freitagabend war das Haus auf Vordermann gebracht. Ich hatte Kerzen und Laternen aufgestellt sowie eine Stereoanlage besorgt, auf der ich alte italienische Schlager laufen ließ. Das Haus war geputzt und durch die vielen Pflanzen und Blumen, die ich gekauft hatte, sah es gemütlich und bewohnt aus.

Es gab frische Gnocchi, Pasta, Basilikum, Brot, Oliven, getrocknete Tomaten, Mozzarella und Wein vom benachbarten Gut.

Endlich hörte ich ein Taxi draußen anhalten und lautes Stimmengewirr.

Sie waren da – und komplett begeistert, nachdem sie alle Räume inspiziert hatten.

Wir setzten wir uns an die gedeckte Tafel.

»Sebastian und Herbert kommen morgen nach. Vera ist eigentlich anderswo eingeladen, will aber versuchen mitzukommen«, erzählte Lilli.

Sie kniff mich in den Arm und sprudelte über vor Glück!

Selbst Katharina, die ihre Gefühlsregungen sonst unter Kontrolle hatte, saß mit Dauergrinsen am Tisch. Ich glaube, sie fand die Toskana nicht mehr »voll Nineties«.

Endlich, mit genügend Abstand, sowohl zeitlich als auch örtlich, beichtete ich, was mit Max vorgefallen war.

Erst waren sie hellauf begeistert, als sie jedoch vom Ausgang hörten, wurden sie leise.

Lilli schüttelte den Kopf. »Ich glaube nicht, dass er in eine andere verliebt ist. Mein Instinkt sagt mir deutlich, dass du es bist.«

Ich lächelte. Lilli und ihr Instinkt!

Doch Katharina stimmte zu. »Das passt nicht zusammen. Du bist sicher, dass es sich nicht um ein Missverständnis handelt?«

Ich nickte.

»Aber wie stehst du denn überhaupt zu ihm? Hast du dich wirklich ernsthaft in ihn verliebt?«, fragte sie.

»Ja. Ich sag es nicht gerne, vor allem, weil ich Lilli ausgelacht habe, als sie sagte, sie habe bei Sebastian gleich gespürt, dass er der Richtige sei, aber genauso hat es sich angefühlt, und nicht nur, weil die Nacht umwerfend war. Das hat sich schon früher abgezeichnet.«

»Ach, und das erfahren wir erst jetzt?« Katharina war empört.

Es war vorbei, bevor es überhaupt richtig angefangen hatte. Ich wollte mir nicht den schönen Abend verderben lassen, auch wenn ich mir insgeheim vorstellte, wie romantisch es wäre, hier mit Max bei Kerzenschein zu essen.

Wir wechselten das Thema und unterhielten uns angeregt. Es gab viel zu planen und zu überlegen, jetzt wo wir uns ein Weingut teilen wollten.

»Mädels! Das Anwesen habe ich nicht nur für uns gekauft«, teilte ich meinen erstaunt dreinblickenden Freundinnen mit.

»Wie? Wer soll hier denn noch wohnen?«, fragte Katharina.

Ich rückte mir der Sprache raus. »Erklärt mich für verrückt, aber ich dachte daran, das leere Stockwerk mit den vielen Gästezimmern für Mütter mit ihren Kindern zu verwenden, die sich keinen Urlaub leisten können.«

Aufgeregt fragte Lilli nach: »Wie kommst du denn auf die Idee? Und wie willst du das umsetzen?«

»Ich denke, wir sollten etwas Positives mit Leanders Geld bewirken. Außerdem habe ich mir vorgenommen, neben meinem Job in der schalen Glitzerwelt etwas Sinnvolles zu arbeiten, und so könnte man das Angenehme mit dem Nützlichen verbinden. Das Anwesen bietet so viel Freiraum und Entdeckungsmöglichkeiten für Kinder. Lilli, falls du und Sebastian wirklich hierher ziehen wollt, könntet hauptsächlich ihr euch um das Projekt vor Ort kümmern, und bevor du wieder die Sorgfaltspflicht gegenüber irgendwelchen Wunderkindern vernachlässigst, kannst du mit normalen Kindern üben, bevor du selber welche bekommst.

Natürlich werde ich eine Stiftung gründen, das Haus an die Stiftung überschreiben und uns lebenslanges Wohnrecht eintragen lassen. Ich rechne mit eurer Unterstützung, was das Geldauftreiben anbelangt, aber auf diesem Gebiet ist unsere wohltätigkeitserfahrene Frau von Steinbeck ja nicht zu schlagen. Viele Kosten werden nicht entstehen, die Anreise und Verpflegung eben. Einen minimalen Beitrag sollen die Familien leisten, damit es nicht wie Almosen wirkt, und vielleicht ist das übertrieben, aber ich dachte, wir haben hier so viel Land, dass man anfangen könnte, selber anzubauen. Okay. Ich weiß, es gibt Grenzen, und ich kann mir auch nicht vorstellen, mit Gummistiefeln auf einem Acker herumzustehen, aber wer weiß, vielleicht macht das Stadtkindern Spaß, und wir könnten eine Hilfskraft aus dem Dorf beschäftigen. Angedacht ist das für zehn Monate im Jahr, die restlichen zwei Monate haben wir das Haus für uns. PR für das Projekt werde ich machen, genügend Kontakte haben wir ja. Also, was haltet ihr davon?« Ich wartete gespannt auf eine Antwort.

Meine beiden Freundinnen sahen sich an. Dann kreischte Lilli begeistert, und Katharina wurde geschäftig.

»Die Idee gefällt mir! Ich glaube, man gründet besser einen nicht eingetragenen Verein. Na ja, das soll Herbert für uns regeln. Ich werde Bälle schmeißen und Spenden auftreiben. Wir brauchen einen wohlklingenden Namen, der was hergibt. Und eine Broschüre. Du, Lilli, musst uns Zeit bei deinem Sender verschaffen, und ich werde bekannte Paten für das Projekt auftreiben.«

Lilli rief: »Einen Kinderarzt haben wir gleich hier. Und Sebastian kann sein Italienisch endlich wieder auffrischen. Er hat doch sein AIP damals in Bologna gemacht. Wer weiß, vielleicht kann ich doch Kinderbücher schreiben und die Hälfte des Erlöses dem Projekt zufließen lassen!«

Beide hatten vor lauter Aufregung rote Wangen bekommen.

Ihre Unterstützung war mir sicher, und so ging ich mit gutem Gefühl zu Bett.

Samstagmorgen wachte ich ausgeschlafen auf und konnte es kaum erwarten, mit den beiden die Umgebung zu entdecken. Wir liefen ins Dorf und kauften in dem kleinen Lebensmittellädchen ein. Die Inhaber kannten bereits meinen Namen, was bei einem einzigen Touri pro Tag auch nicht allzu schwer war.

Sie hatten mitbekommen, dass ich die Signora war, die das Weingut gekauft hatte, ohne Signore oder Bambini. Der Inhaberin schien das sehr zu imponieren. Sie schenkte mir Brot und Salz zum Einzug und eine Flasche Wein, um die guten Geister anzulocken.

Für Katharina und Lilli war alles neu und furchtbar aufregend. Vor allem als Lilli zwei kleine Mädchen auf dem Dorfplatz spielen sah.

Am Nachmittag kamen Sebastian und Herbert an. Die Aufregung begann von vorne. Fachmännisch begutachteten die beiden, was es auszubessern galt, und stellten zufrieden fest, dass das Gut in tadellosem Zustand war und ich mich nicht übers Ohr hatte hauen lassen.

Sie planten bereits, welche Wände man entfernen konnte, um das Erdgeschoss offen zu gestalten.

Vera hatte einen späteren Flug bekommen können. Sebastian und Herbert waren mit einem Mietwagen gekommen und riefen zur Abfahrt, um meine Assistentin in Florenz abzuholen. Es passten aber nur vier Leute ins Auto. Ich verzichtete freiwillig.

Lieber wollte ich ein wenig im Haus bleiben und das Essen vorbereiten.

Ich genoss die Ruhe, legte mich auf die Couch in meinem Zimmer und sah ins Tal mit seinen vielen warmen Terrakotta-Farbtönen. Benommen von der Aufregung nickte ich ein.

Plötzlich wurde ich von einem Klopfen an meiner Tür geweckt.

Ich erschrak. Waren die anderen wieder zurück?

Ich hatte keinen Wagen vorfahren hören.

»Ja?«, rief ich vorsichtig.

Im Türrahmen stand Max!

Mein Magen zog sich zusammen.

»Wie kommst du denn hierher?«, rief ich erstaunt und sprang auf.

»Ist doch jetzt egal. Ich muss mit dir reden«, antwortete er und kam näher.

Das durfte doch nicht wahr sein!

Konnte er mich nicht in Ruhe lassen? Vielleicht lag ihm viel an einer Freundschaft mit mir, aber mich quälte es nur. Falls Vera ihm die Adresse gegeben hatte, wie vermutet, würde sie Ärger bekommen.

»Max, ich will nichts mehr hören! Lassen wir es einfach. Ich habe in den letzten Monaten genug erlebt. Ich bin hierher gereist, um Abstand zu bekommen und Kraft zu tanken«, wehrte ich ab.

»Das könnte dir so passen. Kneifen, wenn's ernst wird. Du wirst mir jetzt zuhören. Wenn ich fertig bin und du mich rauswerfen willst, bitte, aber erst hörst du mich an«, sagte er heftig, dann fuhr er ruhiger fort: »Falls du es nicht gemerkt hast, war ich, seit wir uns kennen, verliebt.«

Ich konnte es nicht glauben. Wollte er mir von seiner verschmähten Liebe beichten, damit ich ihn besser verstand und er sich danach besser fühlte?

»Max, bitte erspar mir das. Ich will nicht hören, wie sehr du irgendein Model liebst.«

Unbeirrt sprach er weiter: »Bleib mal auf dem Teppich. Du siehst zwar gut aus, aber ein Model bist du nicht. Zum Glück nicht!«

Ich war verwirrt.

Er sah mich an und machte einen Schritt auf mich zu.

»Ja, ich war von Anfang an in dich verliebt, was du natürlich nicht merken konntest oder wolltest, weil du nur Augen für Leander hattest und in mir den oberflächlichen Frauenheld gesehen hast. Gut, ich gebe zu, ich habe allen Anlass dazu gegeben, ich bin eben nicht perfekt, und vor dir hat es mich noch nie so erwischt.«

War ich mit Blindheit geschlagen? Plötzlich sah ich alles in neuem Licht. Sein Geburtstagsgeschenk, seine Unterstützung und seine Antipathie Leander gegenüber.

Max fuhr fort: »Als die Sache mit Leander vorbei war, du langsam anfingst, ihn zu vergessen, und wir uns näher kamen, wusste ich nicht, ob du schon für eine neue Beziehung bereit warst oder mich nur brauchtest, um Leander zu vergessen. In der besagten Nacht, die für mich übrigens etwas ganz Besonderes war, hatte ich meine Vorsätze, lieber noch zu warten, über Bord geworfen. Als du am nächsten Morgen sagtest, du könntest die Anwesenheit einer anderen Person spüren, dachte ich natürlich an Leander und hätte mich ohrfeigen können, dass ich mich hatte hinreißen lassen.«

Konnte mich mal jemand kneifen? Geschah das tatsächlich?

Wenn ich mich nicht verhört hatte, gestand mir Max gerade seine Liebe.

»Aber ich dachte, du wärst in eine andere verliebt«, entgegnete ich völlig baff.

»Das weiß ich inzwischen auch. Wenn deine Freundinnen nicht solche Plappertaschen wären und mich gestern Abend angerufen hätten, wäre das richtig in die Hose gegangen, denn nach meinem zweitem Versuch, über die Nacht zu sprechen, bist du immer noch bei deiner Version geblieben, und ich wollte wirklich aufgeben.«

»Da waren ja auch zwei Beziehungsprofis am Werk«, entgegnete ich.

Er nahm mein Gesicht in seine Hände.

»Du durchgeknalltes Ding!«

Ich löste mich und trat einen Schritt zurück. »Moment mal, ich bin verwirrt. Das muss ich erst mal begreifen.«

Er zog mich an sich und gab mir einen von den Küssen, von denen einem schwindelig wird.

Jetzt hatte ich begriffen!

Ich war glücklich, einfach nur glücklich!

Aber ich hatte es auch verdient, schließlich musste ich lange genug darauf warten und diverse Blindgänger ertragen.

»Und wie soll es weitergehen?«, fragte ich verunsichert nach. Ich würde nicht mehr die Katze im Sack kaufen.

Max lachte. »Na, du gibst natürlich deine Wohnung auf, nächstes Wochenende stelle ich dich meiner Mutter vor, die dir genügend Ratschläge mit auf den Weg geben kann, wie man mich glücklich macht und mein Lieblingsgericht kocht. Und abends lösen wir gemeinsam Kreuzworträtsel. Gut so?«

Sehr witzig!

»Kannst du denn nicht einmal ernst bleiben?«, fragte ich.

Er grinste wieder. »Willst du das wirklich? Sollen wir den ganzen Sermon durchkauen, wie du dir eine Beziehung vorstellst und wie ich es möchte? Meinst du nicht, wir kennen uns gut genug, um zu wissen, wie es sein wird? Kannst du nicht einfach mal vertrauen, loslassen und glauben, dass ich vom Saulus zum Paulus mutiert bin? Ich will dich und mit dir zusammen sein, und ich werde alles daransetzen, dass es so bleibt, aber ich werde nicht anfangen, mich als Person zu ändern, und wehe, du machst das!

Ich will nämlich die Pia, die ich kenne, mit ihren Unsicherheiten, ihren seltsamen Ideen, ihrem mitreißenden Humor und ihrer bezaubernden Tollpatschigkeit, verstehst du?«

Und ich wollte ihn, aber noch spukte sein Frauenheld-Image in meinem Kopf herum.

»Und du kannst dir vorstellen, mit nur einer Person zusammen zu sein? Ich meine, wirst du mir treu sein?«, wollte ich wissen.

Max nahm meine Hände und schaute nun doch ernst.

»Pia, ich hatte wechselnde Frauengeschichten, aber fremdgehen gehört nicht zu meinem Gebiet. Ich wollte keine dieser Frauen richtig kennen, weil ich nicht bereit war, mich zu binden. Ich kann dir nicht viel anbieten, außer mein Wort, dass ich mir nichts mehr wünsche, als mit dir zusammen zu sein, und jetzt liegt es an dir, ob du mir vertrauen und glauben kannst oder ob du in mir immer den Charmeur sehen wirst.«

Ich spürte, dass er es aufrichtig meinte, und was für eine andere Chance als es auszuprobieren hatte ich?

Schließlich war ich ihm bereits verfallen. Natürlich konnte

es schief gehen, natürlich konnte ich enttäuscht werden und alles bereuen.

Was ich aber viel mehr bereuen würde, wäre, es nicht wenigstens versucht zu haben.

»Ich hoffe nicht, dass du deinen Charme ablegst, sonst wäre ich gelangweilt.« Ich lächelte ihn an.

»Heißt das ja?«, fragte er.

Ich nickte. Max holte Luft, wirbelte mich herum und küsste mich stürmisch.

Plötzlich hörte ich seltsame Geräusche.

Max hielt abrupt inne.

»Das hätte ich fast vergessen. Eure Geschenke!« Wir gingen die Treppen hinunter. Er hob einen Korb hoch.

»Für euch drei. Für jede eine.«

In dem Korb lagen drei kleine Katzen. Eine schwarze, eine rote und eine grau gestreifte.

Ich musste lachen.

»Na, ich dachte, davor habt ihr immer Angst gehabt, als alte Jungfern mit ihren Katzen zu enden, und deshalb fand ich die Idee witzig«, teilte Max mit.

Ich auch!

Führte ich nun eine Beziehung? War ich erwachsen?

Es fühlte sich nicht komisch an. Vielleicht, weil es Max war und ich wusste, dass er nie im Leben auf die Idee kommen würde, mich in einen beigefarbenen Partnerlook zu zwingen.

Natürlich hätte ich es vergeigt, wenn meine Kupplerfreundinnen nicht am Werk gewesen wären. Aber wofür hat man Freunde?

Und natürlich hatten alle außer mir gewusst, dass Max kommen würde, sodass niemand großartig erstaunt war, ihn zu sehen.

Wir verlebten ein wunderschönes Wochenende und wollten

gar nicht mehr weg. Doch es warteten einige Aufgaben auf uns.

Katharina musste ihr Kind entbinden, Lilli und Sebastian umziehen, Herbert in die Apotheke, um Nachschub zu kaufen, Max, Vera und ich wollten Leanders Biografie unter die Leute bringen, und es gab eine Stiftung zu gründen.

Es war Mai geworden und wir saßen im Flieger Richtung Toskana. Wir, das waren Max, Katharina mit Rufus, Herbert und Vera.

Max hatte wieder einmal seine lustigen fünf Minuten gehabt, eine Stewardess zur Seite genommen, ihr vertraulich – aber laut genug, dass jeder es hören konnte – mitgeteilt, dass seine Freundin, also ich, ganz fürchterlich unter Flugangst leiden würde, was frei erfunden war. Nicht, dass es so schon peinlich genug war, nein, die neben mir platzierten Passagiere waren um mich besorgt und kümmerten sich rührend um mich. Vor mir saß ein pensionierter Ingenieur, der mir ganz genau erklären wollte, was jedes Geräusch bedeutete, und der die Gelegenheit nutzte, mich tätschelnd zu beruhigen.

»Das ist ganz normal. Jetzt fahren wir die Triebwerke ein. Es kann sein, dass es ein klein wenig ruckelt, aber auch das ist ganz normal.« Alles und jeder schien ganz normal zu sein, außer mein Freund Max.

Mit dem Hinweis, mein Valium fange an zu wirken, legte ich schnell meine Schlafmaske über und sank immer noch errötet in den Sessel.

Ich dachte darüber nach, wie mein Leben sich in der letzten Zeit entwickelt hatte, und war überglücklich.

Als wir nach besagtem, schicksalhaftem Toskana-Wochenende wieder in Deutschland eingetroffen waren, erwarteten uns einige Überraschungen.

Leanders Biografie landete innerhalb einiger Wochen weit vorne auf den Bestsellerlisten.

Unser Finanzchef war erstaunt, dass Leander sich gar nicht so recht über den Erfolg freuen konnte, und hielt ihn täglich auf dem Laufenden, wie gut sich das Buch entwickelte, in der Hoffnung, doch noch einen glücklichen Leander zu erleben.

Einmal noch traf ich mit ihm zusammen, als er eine Signierstunde abhielt und ich anwesend sein musste.

Eigentlich hatte ich angenommen, er würde mich abgrundtief hassen und keines Blickes würdigen, aber seltsamerweise schien er Respekt vor mir zu haben und versuchte sogar erneut anzubändeln.

Wir hätten doch so gut zusammengepasst! Wenn er nur auf mich gehört hätte, was Witta anging. Aber schließlich sei es für einen Neuanfang nie zu spät.

Mir war klar, dass dieser Versuch nicht mir galt, sondern seinem Geld, das er wohl auf diesem Wege wiederzubekommen hoffte.

Aber er konnte sich wahrlich nicht beschweren, denn der Hype um seine Biografie half ihm karrieretechnisch weiter. Er bekam eine neue Samstagabendshow bei einem großen Privatsender und obendrein einen lukrativen Werbevertrag.

Typen wie Leander werden immer obenauf schwimmen. Und nicht nur Leander wurde Nutznießer der Geschichte. Wittas Exmann war der eigentliche Gewinner. Er konnte ins bürgerliche Leben zurückkehren und fand Arbeit bei einem Messeveranstalter.

Die Stiftung hatten wir zu Weihnachten gegründet und sie auf den Namen »Fernweh« getauft.

Katharina schmiss, im achten Monat schwanger, mit hochkarätigen Gästen das Stiftungsfest, natürlich nicht ohne den Klingelbeutel herumgehen zu lassen.

In den Gazetten wurde gerätselt, wer der Vater sein könnte. Katharina war ob der Auswahl der ihr angedichteten Kandidaten sehr geschmeichelt. Schließlich handelte es sich dabei nur um hochkarätige Exemplare. Nur einmal hatte sie ihren Anwalt eingeschaltet und eine Gegendarstellung verlangt. Eine Zeitung, die sich noch nie durch fundierte Recherchen hervorgetan hatte, kam auf die absurde Idee, Leander wäre der Vater, weil sie einige Male zusammen gesehen worden waren. Dass bei diesen Gelegenheiten noch seine anonyme Begleitung, also ich, zugegen gewesen war, interessierte niemanden mehr.

Kurz vor dem angesetzten Termin waren Lilli und ich bei ihr eingeladen gewesen, und natürlich war das Thema die bevorstehende Geburt. Katharina wäre nicht Katharina, wenn sie nicht schon alles bis ins Detail geplant hätte. Den Geburtstermin für ihren Jungen, der per Kaiserschnitt das Licht der Welt erblicken sollte, hatte sie längst festgelegt.

»Pia, du glaubst doch nicht, dass ich mich stundenlang in Schmerzen und Exkrementen suhlen werde, um am Ende um eine PDA-Spritze zu betteln. Nein, nein. Da machen wir eine schöne Vollnarkose mit Kaiserschnitt und gut ist es.«

Lilli war naturgemäß entsetzt und versuchte Katharina von einer Wassergeburt zu überzeugen.

Als es schließlich so weit war, kamen Lilli und ich selbstredend mit. Frau von Steinbeck hatte zwar darauf bestanden, alleine mit den Profis, damit meinte sie die Hebamme und den Arzt, zu sein, aber wer wusste schon, ob sie nicht im entscheidenden Moment doch froh war, ein bekanntes Amateurgesicht zu sehen? Voller Aufregung hatten Lilli und ich Katharina ins Krankenhaus begleitet, nur um hören zu müssen, dass Frauen, die noch nicht selbst geboren haben, nicht in den Kreißsaal dürfen. Sehr ermutigend! Was sollte das denn heißen? Vor allem sehr weise, das vor Katharina verlauten zu lassen, die kurz davor stand, in den Kreißsaal geschoben zu werden, und so aussah, als ob sie es sich gerade anders überlegen wollte.

Herbert, Patenonkel in spe, war inzwischen dazugestoßen und bereit, sich zu opfern.

»Na, wenn keine von euch Nichtmüttern in den Kreißsaal darf, muss ich wohl oder übel ran.« Er wurde kreidebleich – aber nicht nur er.

Katharina schrie entsetzt auf. »Haltet mir den Hypochonder vom Hals! Das Letzte, was ich im Moment gebrauchen kann, ist jemand, dem schlecht wird und der sich die ganze Zeit fragt, ob das etwa ansteckend ist. Herbert, ist nicht persönlich gemeint.«

Herbert war nicht im Geringsten beleidigt, sondern nur erleichtert, dass dieser Kelch an ihm vorübergegangen war. Schließlich tauchten auch noch Katharinas Eltern auf, die sich bisher nur durch eines hervorgetan hatten: Namensvorschläge für den Stammhalter.

Momentan war ›Rufus‹ ihr Favorit, und sie versuchten um jeden Preis, ihre Tochter davon zu überzeugen. Katharina war kurz davor, die Geburt abzublasen und abzuwarten, bis auf natürliche Weise die Wehen einsetzten. Ihre Mutter konnte sie beruhigen und bot sich natürlich an, sie in den Kreißsaal zu begleiten, was Katharina eingeschüchtert und nervös annahm.

Es sollte sich als richtige Entscheidung herausstellen, denn Katharina war stets davon ausgegangen, dass Kaiserschnitte immer noch mit Vollnarkose durchgeführt werden.

Als der nette Anästhesist sie aufklärte, dass das nur noch lokal gemacht werde und sie Zeuge des Geschnippels würde, nahm sie von der Idee des Kaiserschnitts Abstand und entschied sich spontan für eine natürliche Geburt. Zwei Tage später setzten die Wehen ein.

Katharinas Eltern konnten sie überzeugen, den Kleinen Rufus zu nennen. Schließlich sei es ein schöner Name, und außerdem würden sie das Mutter-Kind-Projekt größtenteils finanzieren.

Katharina ist wider Erwarten und zu ihrem eigenen Erstaunen eine großartige Mutter.

Sie kümmert sich rührend um Rufus, ist sich aber selbst treu geblieben und zeigt allen, dass man eine liebende Mutter und gleichzeitig elegante Frau sein kann.

Lilli meinte zwar, das sei auch nicht sehr schwer mit Personal, das einem alles abnimmt, aber wir sind uns einig: Etwas Besseres hätte ihr nicht passieren können.

Lilli und Sebastian sind im März umgezogen, mit Sack und Pack in die Toskana, und haben schon die ersten Gäste in Empfang genommen. Die beiden blühen geradezu auf und berichten von nichts anderem mehr als der guten Luft, den unglaublichen Farben und der Freude, die es ihnen bereitet, unser Projekt aufzubauen. Täglich schicken sie via E-Mail Schnappschüsse, die sie gebräunt und glücklich zeigen.

»Ich mache das vor allem, damit euer Fernweh erhalten bleibt und ihr uns im Frühsommer wieder besuchen kommt.« Als ob wir dazu überredet werden müssten!

Meine Mutter ist stolz wie Oskar, dass ihre Tochter einen Bestseller geschrieben hat, auch wenn mein Name nur ganz klein auf dem Cover zu lesen ist. Meine Eltern und Tante Eda werden auch bald für zwei Wochen in die Toskana verreisen, das Klima wird ihnen sicher gut tun. Sie denken immer noch, dass das viele Geld für das Haus einzig und allein von meinem Bucherfolg herrührt. Na ja, irgendwie stimmt das sogar. Vera ist frisch verliebt, und Stader hat seine Saisonkarte für Hertha gelöst.

Und Max macht mich glücklich! Nicht dass mein Leben ohne ihn unglücklich war, aber er hat es um so viel bereichert. Wir haben eine richtig »reife Beziehung«, wie Dr. Cornelius sagen würde, wobei, wenn ich an die Flugangstnummer gerade dachte, führten wir wohl doch nicht eine »erwachsene Beziehung«, aber eine glückliche auf jeden Fall. Das heißt nicht, dass wir uns nicht streiten und ich nicht immer wieder mal unsicher werde oder austicke, wenn er meiner Meinung nach flirtet, oder er befürchtet, ich könnte mich noch mal in einen Blender verlieben und durchbrennen. Aber wie sagen die Engländer immer so schön: »We are getting there«.

Zwar wohnen wir nicht zusammen und meine biologische Uhr tickt auch noch nicht, wie einige prophezeit haben, dafür haben wir nach wie vor viel Spaß.

Was die Karriere von Max angeht, ist er richtig durchgestartet. Seine Ausstellung in Katharinas Galerie war ein Riesenerfolg! Sogar die »Süddeutsche« und die »FAZ« haben darüber berichtet, und das sehr wohlwollend. Natürlich ärgert er mich damit gerne; schließlich wird meine Belletristik es nie in diese heiligen Hallen schaffen, höchstens als abschreckendes Beispiel.

So lässt Max mich süffisant wissen: »Weißt du, Möhnchen, einer von uns muss ja was mit Anspruch machen!«

Jetzt soll er zu allem Übel auch noch einen Bildband herausbringen. Das wird sein Ego ins Unermessliche steigern.

Ha! Was er aber nicht weiß, ist, dass ich heimlich an einem Roman schreibe, mit so vielen Fremdwörtern und schlauen Redewendungen gespickt, dass ich den Pulitzerpreis förmlich riechen kann.

Während ich meinen Gedanken nachhing, hatte ich gar nicht bemerkt, dass wir schon im Landeanflug waren und die netten Saftschubsen auf ihren Sitzen festgeschnallt saßen.

Am Flughafen holten uns Lilli und Sebastian ab. Sie sahen erholt aus und sprudelten geradezu über!

Die beiden gingen in dem Projekt sichtlich auf, worüber ich

sehr erleichtert war, denn nicht jeder ist dafür geschaffen, 365 Tage im Jahr Gutmensch zu sein. Sebastian war sogar auf die Idee gekommen, auch Mütter mit kranken Kindern einzuladen, die er gleichzeitig therapieren konnte. Zum Glück gefiel ihnen die Toskana noch besser, als sie es sich ausgemalt hatten, denn ich hatte schon einige Aussteigerträume scheitern und die Betroffenen reumütig vor lauter Langeweile in die Großstadt zurückflüchten sehen.

Auf dem Weingut angekommen, führte uns Lilli gleich in ihre neu angelegten Gemüsebeete und Olivenhaine. Sie wollte eigenes Öl produzieren, doch Olivenernte war erst Ende November. Mit Giada, der Maklerin, die uns das Haus verkauft hatte, hatte sie sich angefreundet, und so fuhren die beiden öfter abends in die Stadt und sprachen schon gut Italienisch.

Während Lilli und Sebastian das Abendessen zubereiteten, bezogen wir die Zimmer.

Ich ging an das Fenster, atmete die frische Luft ein und dachte daran, in welch verwirrtem Zustand ich das erste Mal hier gestanden hatte.

Es war schön, wieder hier zu sein, und ich schwor mir, künftig mindestens einmal im Monat hierher zu kommen.

Als wir so gemütlich beim Essen auf der Terrasse beisammen saßen, die Abendsonne noch wärmte und wir mit einem guten Tropfen anstießen, war es einer dieser seltenen perfekten Momente.

»Jetzt ist es offiziell: Wir werden alt und spießig.« Herbert grinste in die Runde.

»Wenn das alt und spießig ist, ärgere ich mich grün und blau, jemals dagegen rebelliert zu haben«, gab Sebastian von sich.

»Zumal, Bruderherz, du als Einziger nicht gereift bist und dich immer noch beweisen musst und Erstsemester abschleppst. Dr. Cornelius glaubt, es liegt daran, dass du wegen deiner Hypochondrie Angst vor dem Alter hast und dich deshalb mit Grünschnäbeln umgibst.«

Wir mussten lachen, und Herbert spielte empört: »Ach ja, aber als Patenonkel bin ich gut genug?«

Das war er! Er war nicht nur gut genug, sondern man hätte sich keinen Besseren vorstellen können. Wenn man sah, wie rührend er sich um Rufus kümmerte, gab es noch Hoffnung.

»Außerdem! Wer ist denn hier unreif und macht ein Geheimnis um den Vater seines Kindes?«, rief Herbert.

Plötzlich klingelte Veras Handy. Sie nahm ab und ging ins Haus, um ungestört sprechen zu können. Nach einer Viertelstunde kam sie aufgeregt an den Tisch, sah mich an und rief: »Pia, das war Stader. Du glaubst nie im Leben, wen du für die nächste Biografie interviewen sollst!«

Ich sah sie erwartungsvoll an.

»Philip Sandenfort.«

Philip Sandenfort! War das nicht dieser unglaublich attraktive Schauspieler, der auch ab und zu im »Tatort« mitspielte? Keine dieser Eintagsfliegen, sondern ein gestandener Künstler?

Kaum hatte ich es gedacht, schaute ich zu Max, der mich amüsiert beobachtet hatte.

Wir sahen uns an und mussten beide lachen.

»Vera, kannst du mir bitte dein Handy leihen?«, fragte ich.

Sie schaute mich verständnislos an und reichte mir ihr Telefon.

Ich wählte Staders Nummer.

»Stader, ich wollte dir nur kurz sagen, dass ich Sandenfort an den Schröder abgebe.«

Vera schrie entsetzt auf. »Spinnst du, der ist doch so sexy! Wenn du jetzt nur noch alte Schachteln annimmst, will ich Assistentin bei Schröder werden.«

Katharina stimmte zu und klärte mich auf, dass ich immer

noch eine Pflicht meinen ungebundenen Freundinnen gegenüber hätte.

Ich versprach, demnächst einen Soapstar für Vera anzunehmen und mich um ein Interview mit Kronprinz Felipe von Spanien für Katharina zu bemühen, wobei Max einwandte, man sollte es doch eher mit dem nordischen Hochadel versuchen, schließlich hatten die mit Prinzessin Mette-Marit ihre Toleranz gegenüber allein erziehenden Müttern bereits bewiesen, und schon waren wir bei unsere Lieblingsbeschäftigung angelangt: Klatsch und Tratsch.

Ich blickte in die ausgelassene Runde, sah Max, meine Freunde, Katharinas kleinen Sohn, und mich überkam ein tiefes Glücksgefühl.

Wir hatten viel überstehen müssen, und der Trubel war sicher noch nicht zu Ende, aber wir waren alle auf dem richtigen Weg.

Ich hätte es wissen müssen! Nina »Augenbraue« Ruge hatte es oft genug gesagt.

Alles wird gut!

Der Zickenalarm geht weiter!

»Zeit meines Lebens habe ich mir gewünscht, einen guten Mann kennen zu lernen. Als ich ihn traf, fragte ich mich, was ich mit ihm anfangen sollte. Er rief immer an, machte mir erst Komplimente und dann einen Heiratsantrag. Damit verlor ich auf einen Schlag den bisherigen Sinn meines Lebens: auf Anrufe von Männern zu warten, Diäten zu machen und den Richtigen zu suchen.« Doch keine Angst, vorher muss Laurie noch viele ebenso schreckliche wie witzige Erfahrungen sammeln. Bis es schließlich sogar Nachwuchs gibt ... bei ihrer Schwester.

Hier sind sie, die neuen Abenteuer von Laurie, unserer frisch gebackenen Braut in XXL!

ISBN 3-404-15170-4

BASTEI LÜBBE

Die hinreißende Familiensaga der irischen Bestsellerautorin

Thomas Walsh entscheidet sich 1869 Irland zu verlassen. Er geht nach Amerika, rastlos auf der Suche nach einem besseren Leben – und Gold. Dreißig Jahre später hat der Goldrausch seine Träume wahr werden lassen und ihn zu einem der reichsten Männer Amerikas gemacht. Als seine Tochter Evalyn den sagenumwobenen Hope-Diamanten erwirbt, fordert sie das Schicksal heraus. Schon bald muss die Familie lernen, dass Geld allein nicht glücklich macht ...

Der Roman basiert auf der wahren Geschichte Thomas Walsh' – einem Großonkel von Mary Ryan – und ist ein Plädoyer für Hoffnung, Mut, Träume – und nicht zuletzt die Liebe.

ISBN 3-404-15198-4

BASTEI LÜBBE